U0043157

缺口

凌明玉

目次

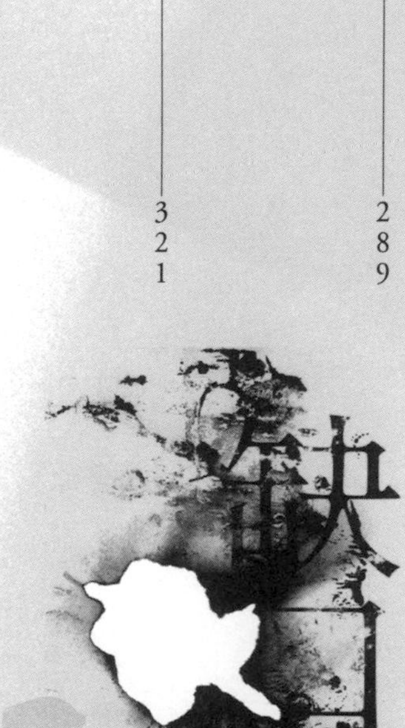

推薦序一

要不要試著抱抱看，這就是人生喔

王聰威（小說家）

我用ipad air2讀《缺口》的書稿，讀完最後一個字，就去叫太太起床，因為是週末有餘裕的時間，可以用Peugeot牌磨豆機手磨豆子，用鑄鐵壺燒開水煮咖啡，另外做日式早餐：烤鹽漬鮭魚、醬菜、中華風炒野菜、半熟蛋、味噌豆腐湯和白飯，吃完之後就去菜市場買菜，一邊想著晚餐要煮什麼一邊逛，稍微花點心思挑選，為了一把太貴的蔥（這時候一小把要四十元），還多走了兩攤菜攤。而且因為牛番茄總算降價到可接受範圍（之前三顆要一百五十元），所以多買了一顆，決定要做義式燴小卷當主菜，不久，天色有些暗，烏雲密布，可以感覺到快下雨了，我們倉促買完豆腐和老薑，又不得不去超市買啤酒和蛋，再快快趕回家，想說晚餐會煮豐盛一些，中午隨便吃吃就好，於是很簡單地煮了泡麵加蛋和蔥花，吃完各自去做各自的事，我上網看臉書，一位朋友身心俱疲地離開做了三年半的工作，一位朋友離婚，一對好友的孩子遇到不近人情的老師，一位朋友跟男友分手後愛上一位非洲人，而大部分頁面仍然激烈吵著白話文與文言文的話題，不過這件事既沒有人來問我的意見，也沒有人來找我連署，太太說：「因為你的意見不重要啊。」我想也是，結果雨一直沒有落下，我因為中午過後便開始猛喝金賓威士忌highball，有些昏昏欲睡，於是跑去躺在床上，可是頭有些痛睡不著，腦子裡有種鈍重感，究竟是怎麼回事呢？我開始生悶氣，覺得一定是誰惹火了我，從太太懷疑到同事，但仔細想想並沒有，這一瞬間，我才發現這鈍重感來自《缺口》，如果是我的話，我不會像明玉這樣寫，我以前是伊塔羅．卡爾維諾《寫給下一輪太平盛世的備忘錄》的腦粉，一直覺得輕盈的小說要比鈍重的小說要好，但明玉卻非得這樣惹惱人不可，她的男人女人全活在自己俗爛的家庭與心情裡，怎麼也無法擺脫那一點一滴地，就像把整個天空的烏雲全部收攏在一起，又故意不下雨一般的鈍重，在他們的世界裡，什麼文言文和白語文的爭議一點也不重要，人生要應付的外遇、惡婆婆、壞媳婦、媽寶老公、賤女人、負心漢、死小孩、恐龍家長、混蛋老師、爛草莓、白痴上司、無恥下屬、愚蠢媽媽、無良爸爸那麼多，怎麼可能去關心什麼文言文和白話文的論戰？這論戰可能幾個月或幾年來一次，但人生活在屎坑裡是每天，別誤會了，我這樣說不是針對《缺口》裡的角色，我說的是在座的各位都活在屎坑（好吧，這是《破壞之王》的哏），這不是撒撒義式香料或加點味噌就會有所改變的人生，明玉的《缺口》非得把沉甸甸的，令人呼吸不過來的什麼搬到讀者面前，逼著所有人：「要不要試著抱抱看，這就是人生喔。」這讓我覺得很傷心，如果可能的話，我也不希望自己是這樣的人啊，然後我就從床上爬起來，去準備晚餐了。

推薦序二

近距離徬徨

吳鈞堯（作家）

凌明玉在演講場合上，也許面臨提問：「怎麼找寫作靈感呀……」很可能明玉如此回答：「生活是一本大書，要寫什麼、表達什麼，找生活就對了。」有「大哉問」，便有「大哉答」；要把「生活」梳理為文字，放進散文、小說或新詩、戲劇等容器，都像告訴一個盲人：「跟著北極星走，就能走出森林了。」明玉的《缺口》可做為一個示範，以後再逢此問，只要揚揚手中書就成了。

《缺口》做為一個長篇，它的故事是「簡單」的。父親不負責、母親逃家，兩姊妹寄住外婆家，她們的共同願望都是逃離，打造自己的窩。上一代的不圓滿，像杯子有了缺口，不僅無法倒滿，流失處且成為積水、變成荒原，如果它們仍是水，便是惡水。

明玉短篇小說集《看人臉色》，有個隱晦的主題是「父親」。他，常常不在，於義務與責任，當然空白。《缺口》長篇，父親在，但也不在。他留給子嗣基因跟生命，一種無法對抗的存在；也用他的離家、逃避等「不在」，給予孩子負面影響。父親的「在」與「不在」，統統都是「在」的。

明玉機巧地安排宛真與善美這對姊妹，在一個崩壞之下，她們的人生出路。姊姊宛真懷抱家的美夢，很快與林家豪結婚。都說結婚不是兩個人的事，而是兩個家族的接軌，公公早逝、婆婆擁有大量資產，資助兒子購屋、開出版社，待孩子大方而溫暖，是宛真無法想像的。結婚者，婆婆多了一個女兒，還是失去兒子？「結」，有著「聯合」、「同盟」等意思了，它該是命運共同體的擴大，但婆媳、夫妻之間，常因「結」而「散」了。

一開始，家豪需索宛真肉體，到後來除非排卵期、為了傳承香火，碰也不碰她了。閱讀時，我們很容易接受主述者，然後關懷、同情，但莫忘了林家豪曾指著宛真，控訴般地說，「你好可怕啊」。一個崩壞，兩個對象，他們是婆媳、他們是夫妻。我們很容易被明玉牽引，同情宛真、鞭笞家豪，明玉也給我們線索：被父母拋棄的宛真，做著無辜表情就能吸引異性，她與家豪離婚，反倒受孕成功，這是一個巧妙伏筆。俗說「冤冤相報」，宛真能為她的孩子開鑿新人生，還是她與家豪再度變成有了缺口的杯子，他們的遺憾流下來、他們的怨念再度積累，而為惡水，這一來，便沒有人能逃出報信，人人都在餓鬼道了。

善美選擇不婚，冷言嘲諷姊姊，數說林家豪種種惡劣，可依然無法阻攔姊姊奔向她的幸福之道。在善美的主述線索上，父親難得在家時，卻深抱著她，下體朝女兒凸起。這樣的父親，便時刻陪「在」善美的成長路以及愛情旅途。善美是個「髒女孩」，再髒一點又何妨？

善美愛著男友高原，但那個字，不輕易說，因為她的家庭，沒教會她那一個字。善美跟宛真都失去「愛」的能力。宛真一頭栽進婚姻，質疑性就是愛嗎？宛真對待「性」便「隨性」了，性不是愛，但是性是什麼、愛又是什麼輪廓？

什麼能夠修補杯子的缺口，我以為是「愛」，小說終篇，母女三人的對話很可以當作「和解」，「讓我們一起，把這該死的，該補而未補的缺口，好好填實了」。

這是我讀到的《缺口》，沒有懸疑殺人劇情、不覬覦婆婆財產而使壞，宛真跟善美是小說主角，也是生活的主角，婆媳關係緊張、焦慮生不出孩子、夫妻月所得不足五萬，有了親密關係，也不知道那是否就是親密愛人；跟許多人一樣，喝豆漿、配饅頭，吃快炒、喝啤酒。明玉採取近拍，卓蘭老家的水果園、才藝班孩子胡鬧和班主任嘴臉、在銀行櫃檯辦理款項事宜的老北北……生活日常，經常攤做現實的證據，它們面貌寧靜，生老病死、愛以及不愛，以及更大的破壞，都是風暴，但都假裝平靜，並且消音一般，漸次地，敲了一桿、扎了一針，再伺機抽換底牌。

徬徨者，是踩著碎步來的，它的不慌不忙，是為了構造更深的徬徨，當一個警覺時，這一頭、那一頭，都一起動了，如那越流越深的水；它們的惡，最早也不過只是一個缺口。

推薦序三

愛，為了自己而存在

郝譽翔（臺北教育大學語創系教授）

《缺口》是一本百分之百的女性小說，為何特別說「百分之百」，就是因為凌明玉寫活了當代臺灣女性的幾種典型，從胼手胝足、為了孩子任勞任怨的母親，到個性迥然不同的兩姊妹：姊姊宛真是躲進婚姻的保護傘下，渴望擁有一個美好的家庭；妹妹善美則是選擇談戀愛但不結婚，過著自由自主的單身生活。母親、姊姊、妹妹，三個女人撐起了這本長篇小說，她們的命運和性格看似各異，但其實內心追根究柢，都在尋覓一份永恆的愛和家庭。

但什麼是「愛」呢？這世上有永不變質的愛情嗎？而我們又要如何定義「家庭」對一個女人的意義？那是心靈的歸宿？還是一副沉重的枷鎖？凌明玉在《缺口》中透過三個女人的故事，拋出了這些只要身為當代女性，都無時無刻不在捫心自問的課題。就像宛真在丈夫外遇出軌，婚姻破碎之後，她不禁疑惑地問自己：「真正的愛到底是什麼？」女人一切苦苦的堅持又為了什麼？是如同她母親所說的「為了孩子」嗎？但這一切以愛為名的舉動，「為了孩子而賠上人生」又是否值得呢？

「爭吵、背叛、離家出走，都是因為太愛了，愛讓他們以為自己都是對的，都是為了孩子為了家。」然後《缺口》中寫下了這樣的一句話：「愛一個人必須是全部的犧牲。」讀到這裡，很難不令人為之動容。原來愛的發生，是來自於心甘情願的受苦。如果不是因為有暗影的存在，就無法襯托光明的可貴，於是在小說的結尾，離婚恢復單身的宛真選擇生下孩子，獨自承擔起這份為人母的責任，也彷彿再次複製了母親當年的命運，然而這才是愛的力量的根源，生命終極的真、善，與美。

所以凌明玉寫《缺口》，雖然筆法和路數走的是傳統寫實，小說中的女性形象也平常平凡一如你我，但事實上，觀念卻是極為顛覆和大膽。她不動聲色地一路寫下來，寫男性愛情是如何的脆弱不堪，寫家庭生活又是如何地陳腐乏味，寫經濟現實又是如何地瑣碎，就像是一張織得過於細密的羅網，把所有的女人都困在其中，掐死窒息。這些我們每天都在親身經歷著的日常生活，一旦化為黑色鉛字呈現在紙端，竟是如此恐怖到讓人不忍卒睹，而這就是一切女人所追求的愛情美夢嗎？

《缺口》戳破了公主與王子愛情童話的假象，當一切回歸到俗世之中時，不僅面目全非，而且不但婚姻是一樁不可靠的謊言，就連堅持單身不婚的愛情，也不過是一份自我安慰的幻想罷了，到頭來，皆是落入空無和虛妄。凌明玉彷彿是要以此點醒所有的女人，生命的答案其實不假外求，不在其他男人，更不在金錢財產，而是就在自己的身上。

也因此《缺口》花了大量的篇幅去鋪陳兩姊妹：宛真和善美的童年，兩人的性格雖然不同，但成長的創傷與經驗卻是一致，也都在日後的婚姻與愛情之中不斷地發酵，產生出新的意義來。這也迫使兩姊妹必須時時去回視自己，審問自己，而如此一來，婚姻與愛情竟不是她們追尋的終點了，那只是一段過程而已，只有在經歷了這個過程之後，她們才能夠更加地了解自己。

原來紛紛擾擾的愛情與爭執，到了最後，不是走入另外一個男人的心，而是走入自己。我以為這才是《缺口》這本小說最具有啟發性的所在。於是到了小說結尾，原本在夫家傳宗接代的壓力下，一直苦於不孕的宛真，居然發現自己的身體內有了一個新的生命，而這生命的存在，不是為了任何婚姻，更不是為了延續父系的姓氏，而就只是單純為了生命本身所帶來的愉悅快樂，以及滿滿的希望而已。

至此凌明玉寫出了一則當代母系社會的寓言，在那裡，男性體制已然崩壞瓦解，而從外婆、母親到孩子的三代女人，形成了一個圓滿的生命循環週期，即使是世界末日地老天荒，但在海角，在天涯，在斷井頹垣裡，她們依舊怡然自得地活了下去。

一 不密合的 蓋碗

抖開床單，一只條紋短襪溜出來。遺落的襪子，她的。烘衣時夾藏著一起翻滾吧。孤單的襪子，總是等了很久才決定丟掉，後來又出現另一只，彷彿走了遠路，回家，卻沒有機會再見到另一只了。

失蹤的襪子，是不是，也很像他，獨自去做了什麼開心的事，回到家，若無其事擦著他的鞋，不在乎少了一只襪子。

摺痕，捲曲，汙漬……像是目擊什麼不可告人的祕密。

宛真開始鋪乾淨的床單。

抓住前端兩個直角，抖開床裙，迅速將床罩套入彈簧墊，接著是下緣兩個直角。鋪好一張床，平整攤開在房間中央。

不成眠的夜，宛真緊擁著幾乎沒有重量的被子，包裹其中的人，除去所有衣物，裸身面對的究竟是什麼？

柔軟羽絨在被衣裡有空氣彼此支撐，儘管徹夜翻覆，隔天，輕輕抖開，仍是一襲蓬鬆。彷若被一張海苔包裹的醋飯，她左右滾翻，拉起羽絨被，將全身覆蓋起來。

她想起那只孤單的襪子。

午夜一點。床頭的夜光鬧鐘，緩慢變化數字。身旁的男人忽然側身將手伸到她胸前，只是一隻手臂，卻是剽悍壯碩的身軀都集中在五隻指節的重量，每個觸點都讓她戰慄。

她僵直著，像是失去血肉和氣息的蝴蝶標本，美和醜皆無法定義，手腳無法轉動，他總是一下子制伏她。

彷彿一把電動釘槍啪地將連排釘子打進牆壁，「啊……壓到我的手啦」，好痛好痛——但隨即收住呻吟，她知道，尖聲喊叫，只會讓他更興奮。

他的手在她胸口壓上一塊巨石，以手臂為支點，一下子便橫過身來，宛真習慣側身收伏在枕頭下的另一隻手臂，被他覆蓋的身體，瞬間壓制到底。痛——啊……她忍不住又喊，他左右翻轉她僵硬的肩膀和慌張雙腿，像沾勻麵包粉那樣反覆摟抱，她只得彎曲手腳蜷著身，剝除所有衣物的她是軟嫩的蝦了。他準備油炸她，嗤嗤作響的油鍋，整個滾燙。

「不要，今天不要……」她必須極力阻止，卻無力抵抗。

他暫時停止動作，貼靠在她身上，完全靜止，沉重呼吸，一絲絲鑽進耳膜，讓她感到恐懼。他該不會，打開抽屜拿出她的絲巾，蒙住她的眼，或將她的手密實綑綁起來。

宛真仔細思考這細微變化，假如總在男人情慾高漲時抗拒他、推開他，雙手環著胸躲進被子，越會激發起他非得要在那瞬間得到滿足。她很想，在他流露慾望的第一秒，撥掉緊箍乳房的每一根手指。

每一次，不曾徵求同意直接撐開她，她毫無濕潤和慾望，撕裂她，聽她痛苦吼叫——以蠻力讓女人聽話，這算什麼？

好幾次，她抗議，不喜歡蠻力。他卻說，這是情趣，夫妻的情趣。

這樣歪斜的相處，他也覺得沒有關係嗎？

「有關係嗎？結果好就是好，最後，大家不是都很享受嗎？」

結果的好是他認可，大家就是他，而她是那拂了興致的人。

抵抗或不抵抗，結果是一樣的。面無表情沒關係，隨便了事也沒關係，配合演出這場戲便會順利謝幕，大家都能早點休息。

像一組不密合的蓋碗。

宛真一直思索什麼方位才能看起來不突兀，至少要是沉入純正牛皮沙發被穩重柔軟的觸感包圍，或是她最愛穿的棉質T恤，套進去，像是本來附著的皮膚，不曾隔著空氣，身體與布料完全密合。

她常一閃神，設想各種狀況，便忘記自己在做愛了。

埋在身上動作的男人，寬厚的背，汗水淋漓。她向上頂了一下，調整位置。無非想減少痛楚，讓自己好過。她還是看清了他的方型大臉，非常享受揭開她所有包覆，以舌滑溜的試探溫度，一口吞下甜與鹹交會的液體，像嚐到沾滿芥末的嗆辣神情，他的五官全都綻放。富含膠質的美味頓時充滿他整個口腔，他湊進她的嘴，將衝嗆辛辣的滋味傳遞過來，毫不掩飾他直衝腦門自由落體一樣的爽快。

從無例外，他悶悶從喉嚨發出幾聲驚呼表示讚賞。好，結束。

完事之後，兩人也照例，無話可說。

一開始為了怕尷尬，還會各自背過身拉攏被子，呼吸頻率和翻身次數，總是立即暴露她淺薄的偽裝。有時他還想從頭再來，確定他們還存在某種聯繫。

一切只是徒勞。重複掙扎和疼痛，竟是，他們這幾年的生活。

§

「我們根本不像夫妻吧？」背過身，她忍不住說。

身後傳來家豪微微的呼聲。他離開她的身體，如同掀開沾黏在一塊蛋糕上的透明膠紙，那麼輕易。

濕濡的汗與熱絡氣息還殘留在皮膚表層，如果不開床頭燈，宛真只好怔怔望著窗口，數算著，偶爾被夜風撩動的窗簾，左擺幾次右晃幾回。

為什麼會變成這樣，她也說不清，在什麼時候，關係有了變化。

大概從她感覺到空氣中有股隱藏暴力開始。他們，是剛過保鮮期的食物，勉強吃幾口，又擔憂毒素可能入侵的安全防線。以做愛來說，這幾年，她不曾感受在此刻死掉也無所謂的歡愉。

北風一直往那個狹長破口傳來咻咻咻的哨音，她起身，將只剩兩指空隙的窗整個拉上，冬天做愛簡直被催促著快一點再快一點，太冷了，又太熱了。他們無法一直蒙著棉被翻滾和衝刺，體溫把整張被子弄得像蒸籠，總是汗水涔涔一下子便掀開了被。

以一個完美的愛而言，做得非常草率，不好入口，尚未熟透的感覺，嚴格來說，屬於詐騙行為。

整個冬天，就是這樣，隨便做一籠包子或銀絲卷，嚐到也好。只是同居關係，甚至是分攤房租的室友，也不那麼令人煩心吧。她睜著睡不著的眼，望著天花板，浮出過往爭執。四坪大小的房間，靠牆大衣櫃，一張床和兩個床頭小櫃，容不下更多餘裕，扭打或格鬥，回擊瞬間即會碰壁，還有與床架互相牽絆，施展不開的手腳，光是想像，也費力。

七點起床，半小時整裝完畢出門，他開車，她騎摩托車，一小時後抵達各自工作的地點。他們像分針與時針，重疊的時間不多。

離開彼此，心才覺得安靜，最近總被這想法纏繞，宛真很厭煩矛盾的自己。

每天每天，倉促急切移動，這房間，這個家，他們的關係，掐緊了咽喉。

回到家，她又覺得呼吸困難。

房間那面空白的牆，亮晃晃，彷若漆黑電影院，他們必須坐進專屬座位，固定上片下片的規律，說不出有多厭惡。

張開疲倦的眼睛，悄悄挪動枕頭，身體順著往下溜，很快的，腳已抵住床墊尾部，傾斜月光透過窗紗映照在小腿，像是打了一盞聚光燈，將她白皙小腿、突起腿骨、腳踝描畫出淺層的溫暖光澤。

連小腿骨上那道被摩托車排氣管燙傷的疤，淺褐色指緣大小，都像加上特寫鏡頭，在窗口被放大，放大。這個疤，丈夫從來不曾發現，宛真也沒說過，他的探索從來也不耐於抵達肢體末端。

她似乎看見，那片牆上，他燃起了一支菸。

如果他會抽菸，至少抽根事後菸，還能在一根菸的時間說些話。雖然要說些什麼她也不知道，直覺這樣下去太不正常了。她的同事也說，結婚久了就是這樣，無話可說很正常。為了想懷上小孩，她現在非常討厭男人抽菸，也只是隨便想像而已。

將要三十歲，對於小孩，她和家豪不期待也不能放棄。

她覺得已婚女性，活得不像女人，像回歸動物本性，沒有生產力也沒有活力。這幾年，婆婆很有技巧的傳遞中藥材或醫療資訊，不過，婆婆從不覺是自己兒子有問題，有問題的肯定是她。

結婚以來，她依然蓄留俐落短髮，一百六十五公分、五十公斤，只比大學時期略胖一些，有點鬆垂小腹，皮膚很白皙，整體而言算是維持得宜。去圖書館找書時，曾有人從書架空隙傳紙條給她，她有些意外。她沒有告訴丈夫這事，藏在心裡，偶爾拿出來取悅自己。

她的五官不是容易讓人印象深刻那種，只有睫毛特別長，這點好像也不能稱為貌美，還有些小雀斑，站在大她四歲的家豪身邊，有點吃虧。他不僅高大瘦削，而且巴掌臉、單眼皮，最近還剪了韓星髮型，聽說很受年輕美眉歡迎。

「辦公室新來的工讀生，都叫我『歐爸』——」他順手撥了下厚瀏海，挑眉的樣子，令人生厭。

日子淡得嚐不出味道，夫妻生活好像只能炫耀一些不痛不癢、彼此聽了也動不了肝火的瑣事。結婚將要五年，她在補習班工作不需特意打扮，那些小毛孩也沒什麼審美觀。她知道自己漸像一幅色彩斑駁的壁畫，看起來有質感，卻吸引不了丈夫。

§

做愛時，已經怎麼做都無法讓對方滿意了。

無論是在上或在下，在床或沙發，她已枯萎成乾燥花，只聽見拗折關節細微咯咯響，毫無亮麗色澤和姿態的生活，合法上床的關係，讓宛真覺得好疲憊。

如果忍不住抱怨，他會若無其事瞪她一眼說：「哪對夫妻不這麼過日子，妳以為自己在演愛情文藝片嗎？」沒有溫度和情感的聲音，上司對付下屬那種。

為什麼，前一刻汗水還交融在對方身體，他的回答卻讓人渾身發冷。

她毫無睡意，繼續望著牆面。一片漆黑，有些光影反而顯得清晰，譬如牆上那道九二一餘震留下的裂縫，買的是二手屋，房子的身世跟不了原主還遺留在原址。

裂縫位於臥室梁柱上緣，往下龜裂，大約有一隻手臂的長度，閃電狀的橫亙於牆面右側。平常臥室的門敞開，恰好遮住它，睡覺時關起房門，那道閃電總會冒出來打招呼，無法視而不見。

路過高架橋的車輛偶爾投射的遠光燈，像是黑森林張牙舞爪的樹精……那道裂縫不斷抽長，深夜時分不動聲響趴在牆上，彷如蠢蠢欲動的魔魅從心中爬出來。

宛真不自覺想將被子往上拉，卻怎麼也拉不動，不知何時被子已被家豪捲走。一張床，像架設著通電的鐵絲網，她小心彎縮手腳，完全不想碰觸到他。他倒是豪邁自在迴轉身軀，有時像做了游泳的夢，隨意揮來一拳踢一腳，她總要使出全身力氣將他推回原位，比移動龐大的落地衣櫥還吃力。

推了半天，只聽見咿咿啊啊關節扭轉的聲音，他紋絲不動，偏斜的，還是她。她只好再次放棄，挪動任何細節。

厭惡，唾沫，黏膩的汗，他。

結束之後，宛真覺得自己只是沙包或啞鈴被充分使用過，哐噹一下晃回原處發抖的傢伙。被擺布的身體，讓她鄙夷自己。

她決定閉上眼，想像和另一位男人翻覆的畫面。他不會知道，她還是可以，悄悄的，將自己的心，挪動一點點。

製造小孩或單純做愛，對她而言，屬於無愛的慾望。宛真並非沒有慾望，她不願顯露出來，尤其在丈夫面前，那像宣示，她需要他。

有時她也熱切需要男人撫摸，韓劇或日劇那些暖男的溫柔她通常無法拒絕，也會偶爾想起前男友，在露營的海邊徹夜聊天，登山時激動的在森林親吻，入夜後在帳篷裡慌張的肢體碰觸。美麗純粹，不摻雜生活磨損的慾望，一幕幕，不受管控在腦海反覆播映。

回憶最美好的部分，保鮮期限非常漫長，足以讓她抵抗他，抵抗婚姻裡任何無奈的時刻。

這幾年，宛真最無法抵抗的反而是自己的真心實意。經常得按捺和他吵架的情緒，為什麼他凡事只考慮自己，從不加入一點點她這邊的資訊呢？譬如問問她，為何這麼想，或希望他怎麼做，都好。

現在，他不耐多說，也少過問她的想法。但是，如果連愛都丁點不存，又怎能愛這樣的生活。

說一點什麼都好吧。

「你有膽擱講看麥欸——」

窗外忽然拔尖一句辱罵，她摟緊枕頭，眉頭緊蹙，甚至覺得整個房間微微顫抖，隔天不用上班啊，不知哪裡又開始吵了。

可能近在咫尺，隔著一條小巷子，是對面公寓頂樓，或是鄰近住商混合大樓的某一樓層，幾日、一兩個星期，深夜或凌晨，分不清日夜的時間，便會傳來男女激烈爭吵的聲音。

「幹——有沒有公德心啊……快十二點了……安，靜，一，點。」

有個誰按捺不住，加入戰局，劃破寂靜對峙。她原本來就難以捕捉的睡意再度被打斷。身旁的他，翻了個身，再次將被子捲走了。

城市裡的狹小住屋，半空中的話語，彷彿彈跳在紅土球場的網球，每一球都有人迫不及待奮力擊回，吊高或掛網，都是一記詢問，也總有人回應。

她不禁羨慕起那尚有言詞齟齬的男女，至少，他們還願意溝通。

§

焦慮的時候，宛真總想吃東西。

不需要上班的假日，放空餵食自己，吃吃睡睡，是隻荒野中的走獸多好。

才吃完午餐，隨身包的蘇打餅轉眼只剩碎屑，啪盯一聲，洋芋片空空的捲筒已滾到茶几下。還是不夠。她又打開情人果，機械而毫無情感的將一根根翠綠果乾捏在指間，彷如手指抽長的枝枒，往外延伸，延伸了飢餓的滋味。

吃，也存在感情，和做愛一樣，不投入，就是乏味。

駝著背、眼神呆滯、吃個不停、舉止怪異的女子，一面捧著小說，一面嚼食手指。

嚼食嚼食，她嚼食著酸和甜，前幾天家豪說，哪對夫妻不這麼過日子，她反覆嚼食。

如果有，為什麼非得要和別人一樣。

下顎有點僵硬，咀嚼他的說法，宛真想不出什麼可以說服自己的答案，但確定一件事，他現在，再也不會像她這樣，耐心推敲彼此。

她舔舐舔舐，將五隻指尖輪流送進嘴裡，慢慢清理。分不清是清理殘留的糖漬，還是在啃食自己。

沒有甜，只有酸苦，舌頭最後辨識的味覺。

「才吃過午飯，又在吃。」家豪不耐煩說。

「就想吃啊。沒聽過，女人有零食胃。」

有些話語像是卡在齒縫的菜渣肉屑，藏在智齒和臼齒的隱密處，牙線翻轉一百八十度也探勘不著的角度，什麼時候會發現呢？

「哼，藉口。」

宛真瞅著他從眼前晃過，像隨手彈進垃圾桶的衛生紙團，軟綿綿丟句話沒事一樣離開，但，她就是受傷了。

「欸，你這麼省話幹嘛？和同事講個電話倒是輕聲細語說上半小時……」

不過是吃這種小事，為什麼他也能傷害她。通常是，看對方不順眼的瞬間，帶點腐敗氣息的話，便脫口而出了。

每一次，都令人掩鼻。不要說出來，該有多好。

「我就喜歡吃，你管得著嗎？撐死我，你也管不著。」她咕噥，自己聽見的音量。

她繼續將手指放在嘴裡吸吮，輪流的，發出嘖滋嘖滋的聲響。她不加思索直接將咒罵丟回。挑剔，做為一種回答，有時候不見得是看得見的外表，也可能是，思考。

現在，宛真覺得回答什麼，都無用了。彷彿捏起一撮鹽丟進沸騰的湯鍋，瞬間，鹽的顆粒消失，即使小心翼翼噘起嘴啜一口湯，滋味已然變化，完全不能做假，表情或動作都是，再也無法返回手指捏著鹽的固體狀態，以及那鍋湯仍然得以望見食材，清澈明亮的樣子。

結婚第五年，他們關心的事情、喜歡做的事情、討厭的事情都不一樣了。

「好啦，胖一點好，我開始幻想和胖子做愛應該要有好體力……」

「林家豪——你滿腦子都在想什麼噁心的東西啊——」她惡狠狠瞪他一眼。

他沒有直接指出她身材哪裡走樣，還塞得進M號尺寸，她不可能和他一樣自欺欺人，以為自己是花美男或歐爸。他的意思是，已婚女子，最好得時時賞心悅目、不要令人作嘔。

宛真不自覺嘆了口氣，丈夫不但是凡事聽話的乖兒子，還自以為是天下女人的救星，昨天說收到女同事送的「告白巧克力」，以為他還未婚。拎回幾個運動用品店的袋子，裡面是排汗衣褲、啞鈴和滾輪，他想鍛鍊成別的女人想要的樣子。

他趴在地板做著滾輪運動，一上一下的身軀猶如起伏山丘，結實的二頭肌和背肌在已汗濕的背心下浮現輪廓。

看家豪鍛鍊身體，她越是想毀壞自己。

她眼神放空的拉開蜜餞夾鏈袋，繼續往嘴裡送進死亡的果實。

牙齒磨碎的果皮和果肉，經過食道進入胃腸，排泄之後再成為養分灌溉一株果樹，結果摘下，切片曬乾醃製後又變成死亡的果實。彷彿女人的歷程。結婚生子，小孩長大後又繁衍後代，女人的身體是栽植種籽的土地，長出各種姿態的複製物，然後，連根拔除。

一片接一片，無意識的動作，讓她感受身體功能還真實存在，熱烈迎接食物成為養分的器官，每一次，都讓她安心。

§

同一子宮出生的姊妹，也是有像善美那樣唾棄婚姻的女人，不需要讓渡給任何人。

相差五歲，兩人的差異不只是五年，面容膚髮、身材比例、穿衣款式、電影品味……隱性顯性，從任何細節來看，都有著微妙差距。小時候極度缺乏安全感的妹妹，常黏著宛真，父母陸續丟下她們那幾年，善美才念小一，情緒只有哭和不哭，原本冷靜少言的宛真，婚後逢點狀況變得叨念和猶豫了。

長大後的善美，個性倒是果決，不喜拐彎抹角，幾句話便會戳中姊姊痛處，若是無意中聽到她們對話，大概覺得姊妹倆彼此憎恨吧。宛真挺喜歡妹妹這樣夾槍帶刺的指責她。只有家人，才能容許那些最鋒利的言語將彼此割傷。

兩人共度的童年，也是快速的通關密語，總能瞬間連結她們。

那幾年，不知去向的父母，將她們的心戳開巨大空洞。父親外頭養著小三小四，母親整天抓外遇，她們同時成為無依無靠的孤女，寄住在外婆家。偶爾來了戴著父母面具的兩人，帶來許多玩具和零食，善美總是開心地拉著母親的手，直到睡著。

童年時發生過一件事，幾個小朋友一起躲貓貓，妹妹不知躲在哪，直到遊戲結束，沒有人找得到。

晚飯時間到了，妹妹還是沒出現，外婆在街道上朗聲大喊：「小美啊——緊轉來——」

時間越晚，她彷彿聽到空氣中的碎裂聲，數不清的裂縫往四面八方不規則蔓延。

宛真的心跳狂亂無法控制，她這時才知道怕。妹妹不見了？妹妹真的不見了——她該怎麼辦？他們留下她一個，爸媽也不見了。

焦急不堪的大人堵滿客廳，七嘴八舌猜測妹妹去向何處時，善美帶著剛睡醒的迷濛雙眼，披著一件翻領垂綴駝色毛料大衣走出房間，彷彿從異次元回到現實世界。她一時怔住了，包裹著外婆大衣的妹妹，那張臉上竟浮現著母親的表情。

整個下午，妹妹躲在堆滿衣物被褥的大衣櫥，貼著密密垂掛的大衣和西裝的窄仄空間，她像是一件被遺忘的衣服，安安靜靜睡著了。

宛真也愛躲在衣櫥，只要將衣櫥門打開一點點縫隙，外面透進的光，很像全家一起去墾丁看見的一線天。她還記得，大家仰著頭遠遠望向石壁中央裂開的藍色天空，相同的方向，風和光，包圍所有的人，看起來很幸福。

那時，她伸出手，用拇指和食指掐住那道光，一下子合攏，一下子放開，有種哀傷的感覺，她發現可以掌握的東西實在很少。

父親拍了一下她的腦袋，笑著問：「小傻瓜，妳在幹嘛？」

這念頭太愚蠢，宛真不想說出來，只是傻傻的衝著父親笑。

她其實想將一線天摘下來，夾在作文簿裡，剛好有了寫作靈感，之後也確實寫出這篇遊記，她還不知道，那是全家出遊唯一的珍貴回憶。

妹妹當時才四歲，她小學三年級，永遠存在五歲差距。善美被父親抱在懷裡，像隻呆傻的馬爾濟斯小狗，瀏海覆前額，眼睛藏在頭髮裡，手裡揉捏耳垂，看著大家，於是，也仰起頭看著一線藍天。

像是走錯時空，大家早已從這個遊戲出走，妹妹卻還停留在四歲的模樣，衣櫥裡剛升上小三的善美打著哈欠、揉著眼睛問宛真：「爸拔馬麻呢？不是說要帶我去六福村玩風火輪？」

「妳在做夢啦。神經病——爸拔馬麻早就不要妳了。」宛真端著飯菜準備去廚房加熱，她沒好氣、冷冷的說。

「嗚哇……為什麼？為什麼？為，什，麼——」

很多事情小時候不知道為什麼，長大後還是不知道為什麼。

為了找妹妹，整個下午已讓人心慌亂，善美抽抽噎噎哭了一整晚，所有的眼淚，倒像是小時候一次哭完了。妹妹哭到鄰居都跑來拜託外婆，好心讓她別再哭了。外婆一直問宛真，到底和妹妹說了什麼，為什麼她這麼傷心？

宛真緊抿著嘴，扭身走回房間，留下外婆在客廳喃喃叨叨說：「查某囝講兩句就歹性地，磕袂著就欲共人罵，後擺就會予人看袂起。」

她記得外婆那次動了怒。她也不知道那時自己為什麼要如此狠心傷害妹妹，那只是一場夢，她連妹妹小小的夢境都要嫉妒。

因為，妹妹說，夢裡沒有姊姊，只有她。

那個夢是預言。

一起窩在巨大衣櫥，小時候，還能看見彼此的孤單，妹妹還不清楚，兩個人的孤單就不是孤單了。

宛真離開臺中後，外婆家的衣櫥變成小小的空洞，再往這個洞丟進什麼都不再有回音。她們再也聽不見對方的心底話。宛真考上北部某國立大學，留在中部的妹妹，過了好幾年沒有姊姊的生活。

善美也到臺北念書後，宛真發現那個愛哭害羞的妹妹像是遺失在卓蘭外婆家的記憶，變得陰陽怪氣，整天忙打工。平常在學校當教學助理、假日排滿一對一家教、晚上還去酒吧當服務生，除了念書，全部時間都拿來賺錢付學費，像是配備多核心的電腦，隨時都在快速運轉，摸不清何時休眠或系統重整。

「為什麼不辦學貸？妳這樣，哪有時間念書。」有時關心的話語一出口，卻成了干預。

「妳管好自己就好了，別管我。」電話中，善美總是簡單幾句作結。

兩姊妹彷彿不同作業系統的執行程式，各跑各的頻率。善美存心將所有的關係拋得遠遠的，不讓任何力量左右。她還是忍不住想知道妹妹好不好、累不累，好像由不得意識推拒或反抗，自然形成一股強大磁場，逼迫她們靠近。

宛真無法遺忘在父母離家出走時，她是善美的爸爸也是媽媽。

她總在觀看妹妹面對這世界的時候，發現原來還可以選擇，不要。

§

她們又住在同一個城市了。善美似乎打定主意過著自己想要的生活，她們最大的差異是，她無法再切斷彼此聯繫，即使當時以為來到臺北，就能遠離那個家。

這是上臂與下臂的關係，讓彼此連動的關節，是血脈。宛真不知要怎麼停止關注妹妹，那會令她感覺人生更加孤單。

她們的差異還有愛情，以及挑男人的品味。

「品味？第一次看到林家豪，只有兩個字，傻眼。妳怎麼會喜歡這種軟綿綿的傢伙？問他去哪度蜜月，喜宴需要幫忙嗎？不住家裡可以嗎？一問三不知就算了——還一副驚慌失措的樣子，好像我會吞掉他。」善美氣呼呼的說。

她深知母親和妹妹極不贊成她結婚，也不想多有辯解，只是淡淡回說：「哪有這麼誇張？他個性是有點溫吞，不過算是善良。」

她忘不了回卓蘭宴客時，妹妹在新娘休息室，故意齜牙咧嘴的說：「吳宛真，不知要說妳笨，還是呆，男人的話能信嗎？我們被害得不夠慘嗎？這輩子要我結婚，免談——除非我搞大別人的肚子。」

不是被別人搞大肚子，而是要搞大別人的肚子。善美也交往過不少男友，談不上厭惡男人，她想妹妹只是痛恨這個形式，將女人框住。

大學畢業便趕進度急著結婚，打電話回卓蘭知會大家，外婆說肯定被邪靈附身急著押她去廟裡祭改，母親沉著臉問該不會奉子成婚？善美則是從學校傳了七八則訊息阻止她。

「吳宛真——妳瘋了嗎？是被下藥嗎？」（結婚本身是瘋狂沒錯。）

「妳確定沒有被詐騙？」（結婚最終是詐騙彼此情感也沒錯。）

「該不會是奉子成婚吧？」（只是奉子，事情或許簡單多了。）

「林家豪哪裡好？列一張表給我……」（結婚不一定是選擇完美的人啊。）

「就算媽答應妳結婚，我不答應啦！」（妹妹原來才是一家之長？）

「算了……跟妳說不清，叫他滾來臺中，我有話問他。」（這命令她倒是傳達無誤，但林家豪說妹妹感覺很不爽，這樣說話很沒禮貌。）

儘管姊妹總是有話直說，不需隱藏情緒，她第一時間還是忍住回電話的衝動，只是閒散回說，她就是想婚，想清楚了，誰攔都沒用。

「我想有自己的家，可以嗎？」她最後的結論，善美一聽，居然閉嘴不再鬧了。

有時，宛真覺得強勢的女人即使全身武裝，某些地方卻顯得透明，像練武之人必有致命罩門。妹妹的罩門是恐懼，像傷口長出新肉的部位，禁不起再次碰觸。

她草草結婚，他人霧裡看花，她心裡清明無比，這是孤注一擲。

如果有自己的家，總是可以重新再來，宛真經常這麼想。就像這間二手屋，刷上新油漆，原來的孔洞和髒汙全都消失不見，新生活，大概就是這樣。一切都是新的。當時她以為氣味刺鼻，習慣就好了。

§

搬到山邊社區，結婚第五年，她快三十歲了。

不避孕也不受孕那一天起，生理期開始不正常，月經有時來有時不來，來的時候下腹痛得像是一把刀細細割著胃腸，只能抱著肚子在床上輾轉，全身軟綿綿彷彿失去骨架支撐。去婦產科檢查幾次，醫生說長了三顆肌瘤，又換去大醫院就診，快速決定開刀之後，她不知往後能不能懷孕，醫生說胎兒住的房間要長期保養，機率雖不大，還是要抱持希望。

術後身體恢復良好，未來的希望，大概也隨著手術刀一併被切割了。情愛也是。

她與家豪曾經有過美妙的時光，彷如住在沼澤的水獺，不離水也不離岸，鎮日歡愛，分不清流淌在身上的液體，懶洋洋的兩隻水獺，隨時一躍便墜入湖水之床，攤在水面曬著軟軟肚皮，互相整理對方毛髮，將要隱沒於地平線的陽光很溫暖，情感脈脈流動……她便是在這種魔術時刻、狼狗時光，興起了和這人一起生活也不賴的念頭。

原本懷抱浪漫，兩人在空間移動，或隨著季節或節日變化的場景，增減演出時間和臺詞，甚至極具默契的說出相同的話來。毋須說明的默契，讓她心驚，所謂沒有血緣的家人，或許就是婚姻形成的產物。

所有該發生的事情並非都在安全範圍。或許是搬出婆婆家後，甚至之前，紅藍燈訊號輪番閃亮，兩人的關係如同突然翻轉的股市，一路狂跌。

本來氣勢看好的綠燈一直停在宛真這方，她想，她要，她終於得到，應該是住進山邊社區那天起，登愣一聲，燈號悄悄跳躍成紅燈。還記得和同事去聽投資理財演講，某位老師說：「亮出紅燈時，表示景氣熱絡，但要懂得踩煞車。」

不只買股票，做人也是如此。不只是做人，夫妻相處也一樣吧。很少有人得了便宜不賣乖，得寸當然不夠進尺，還想擁有更多更多，宛真也不例外。

那時，她好天真。想著既然彼此相愛，不如快快結婚，組成自己的小家庭，盡早離開中部崩塌的家、過去那個委屈的自己。

「小真，這個家讓妳委屈，媽知道。不過，不要賭氣去結婚，不要和媽媽一樣。」母親得知她非結婚不可時，對自己的命運認輸，這不可能說出口的話，都拿出來和女兒認輸。

她聽見這話有點難過，好像女人的委屈都是男人造就，自己就不該負點責任。

「媽，別擔心，我都二十四歲了，我知道自己想過怎樣的生活。」

在果園裡忙著農事的母親背對著她說，想清楚就好，婚姻從來不是簡單的事。無奈的口吻，她可以想像母親的表情一定糟透了。

善美一副若是她結婚，兩人從此陌路的姿態，雖然反對到底，最後還是傳了一則簡訊：「還能天真想像王子公主的童話故事，也算是很美好啦。別想要我祝福妳——，但是，我希望妳快樂。」

宛真了解，這是妹妹最大的讓步。

最終誰都沒能阻止她的決定。那個時候，她還願意相信愛，或許存在著未曾發現的部分，可以扭轉她生命的醜陋。除此之外，她也不知道自己還能相信什麼。

宛真以為自己絕不會像父母一樣，隨隨便便毀掉一個家。

不過，如果可以預知未來，她實在很想跳回那個時空，猛烈搖晃蒙昧無知的自己，為何要貪圖幸福溫暖的空間。

在一個家的架構下，這是不可能存在的童話。

§

宛真幾乎不和別人提起小時候的事，尤其是被父親丟棄的那件事。

家豪不在家的夜晚，她總耽溺在回憶裡。少女時代，命運將她推向陰暗的洞穴，她不太喜歡說話，最好在學校不要引人注意，也不覺有人會注意到灰撲撲的她。

她只願告知曾經交往的男友，像是石蕊試紙，測試男友可以接受一個單親家庭的女孩，絕對貪婪的愛嗎？

有人呈中性反應，還拍胸膛表示一堆朋友單親，小事一樁，沒腦直呼不可能影響什麼。

有人反應偏酸性，詳細詢問來龍去脈，像是承受巨大壓力，恨不得將她家祖宗八代全都刨出來要她好好面對。鹼性反應極少，或者這只是一個幻影，像是迷戀偶像那般不可得吧。

她明知自己在等待一個說法，讓她知道不正常的家，不會跟著她長大，最好可以像壁虎那樣切斷尾巴，長出一個強壯的句點。

她不清楚，為何自己需要這樣的儀式。

石蕊試紙檢測樣本林家豪，是唯一鹼性反應。

他說：「為什麼不祝福自己的爸爸媽媽，重新開始，很不容易啊。」

她想，果然是挑了個心地善良的男人啊。他還願意祝福這兩個沒肩膀的人，即便他知道為了躲避票據法的父母，雙雙逃離家，竟然將念國一和小二的女兒丟給外婆撫養。

直到宛真念高中，這樣軟弱的父母先後回到外婆家，不曾解釋消失原由，好像暫時去了遠方旅行，若無其事接走她們。母親在市區已租好房子，在市場擺攤賣麵，父親不再回電子業，去保險公司跑業務，成天提著公事包拜訪客戶。

看起來像是打亂的撲克牌重新洗牌，這一局重新開始。

明明一切都曾經存在，為什麼又像是夢境一場。她們再次擁有夜以繼日認真工作的父母，也轉學到新學校，聯絡簿上每天都有家長簽名，彷彿是個正常不過的家庭。

「不是很好嗎？妳爸媽都想重新開始，難道，妳還要當孤兒？」

那時，家豪才聽完她一半不到的童年往事，輕易說出「孤兒」二字，完全引爆了她自以為藏得很好的敏感體質。

她終於懂得，原來，男友的善良，在過度保護的溫室長成肥美花朵，絲毫不知外頭啃良花蕊的蚜蟲摧毀了整座花園。

宛真隔天立刻搬離和同學一起分租的房間，寧可放棄這段感情，寧可莫名其妙離開他，她也不要一個沒有同理心的男人，隨隨便便對一個女孩可悲的成長，貼上孤兒標籤。更何況，這女孩還是他交往半年的女友。

也沒什麼不可談論，特別慘的時候已經過去了。

她同時背負著被丟棄的心有不甘，還得裝作沒事似的被操控。當時他們要開始重寫幸福，她怎能背叛這個組合。劇本都寫好了，若是她堅持不上臺演這齣團圓大喜劇，中途進場的觀眾可能認為，無情的是不肖女吧。

如果是孤兒那就好了。沒有人知道她的父母是誰，她不必背負他們留下的空殼，蝸牛一樣在剛剛展開的人生痛苦爬行。

她不知如何將這些曲曲折折的感覺，讓交往才半年的男友理解，她選擇離開，這最簡單的方式。

過了半年，家豪從系上其他同學那打聽到她修課狀況，一次兩次，只要宛真有課，便會看到他在教室外頭等她。彷彿流浪狗一樣垂著亂髮，眼神散漫無神，等著在教室外走廊攔住她。

學期快結束那天，下起大雨，她在走廊停下腳步，仔細打量他，格子襯衫皺巴巴掛在黏膩的牛仔褲外面，肋骨從灰色棉質背心底下浮出輪廓，空蕩蕩的瘦。

他長篇解釋的冗長話語，夾著雨，她沒聽仔細。他訥訥的聲音，很乾燥，飄浮在雨天潮濕的空氣裡，一句句刮搔著。她和他之間凝結的空白，好像有什麼一點一點剝落下來。她忽然感到心臟緊縮起來，甚至疼痛。

「妳不覺得這樣丟下我，也隨意丟掉我們的未來，妳和妳的爸媽有什麼不同？」他聲音很低，眼睛藏在中分長髮裡，卻炯炯望進她心裡的黑暗角落。

宛真像被識破罩門，武裝盡失，若是真有心碎，是這眼神吧。

她一言不發瞅著眼前這個男人，直到那瞬間，才稍微認真思考兩人是不是有未來這回事。「丟掉」這關鍵字彷彿一只錨，將她心底陰暗稀薄的冰層砸開一道長長裂痕，不規則，放射狀，裂開的蜘蛛網，從海平面直射的日光，讓她以為可以透過縫隙看見什麼。

雖然，她認為家豪不懂真正失去父母關愛的道路多崎嶇，即使努力清除障礙，怎麼走，每一步都是疼痛。

不管到哪，有什麼新奇好玩的東西，他不忘拍下照片給婆婆看，特別請假去排冗長隊伍買婆婆愛吃的鳳梨酥，只為討個笑顏說這兒子真沒白養。他最珍貴的特質，不就是孝順，也是她最缺乏的經驗，吸引著她靠近。

兩人復合後，捉住機會，他還不時和宛真說，哪有子女不願父母和好如初，一再提醒她所謂子女的本分。正是他占了理字，宛真一句話也答不上，幾乎想和他翻臉。好不容易復合，為什麼這些鬼話要一說再說。

「我像是蠻橫不講道理的人嗎？事情沒有你想的這麼簡單。」她通常閒淡幾句帶過。

家豪不放棄繼續說服：「我還是覺得——妳爸媽很需要妳的支持。」

「這種無情的父母，不值得相信啦。」這話題別再展開，她耐心快用完了。

他推了一下鼻梁上的粗框眼鏡，「妳不覺得他們很有勇氣嗎？我想，一定是為了要補償妳和妹妹，必須重新開始。」

「他們是很有勇氣啊——繼續弄一個家，爛掉就算了，繼續看著它垮掉。丟掉就好了。」

假裝康復的家，撐不了一年，宛真的父母再次簽字離婚，父親表明不想要孩子，母親流著淚簽名，那時她將要滿十八歲。家庭破碎，她已沒有感覺了。後來考上臺北的大學，她急切脫離臺中逢甲夜市，脫離那個她不喜歡的地方。

重新開始，她也可以做到，離開，不要回頭。

「所以——妳爸……又走了？怎麼會這樣？」家豪不敢置信的瞪大雙眼。

「嗯，不到一年又離婚了。我媽整天忙著賺錢，也沒空管我們。」

「所以，來自幸福美滿家庭的林先生你——完全不懂慣犯心理學。」她說這話不是刻意貶抑。身而為人，變成棋子、垃圾的感受，並不是什麼光彩的經歷。

「我們這家，如果說有什麼基因特別相似，應該是非常會裝作若無其事，也要人模人樣過日子。」她面無表情的說。

「小真，妳很堅強。我媽也說，妳很不容易……」家豪專注的凝視，像傾倒大量同情的傳道者，渾身散發讓人不想承接的溫度。

這類對話通常在宛真耐心耗盡後迅速結束，從此，家豪小心翼翼不去碰觸這塊地雷。可以恣意表達脆弱多好，她覺得自己最欠缺的是堅強。就像小時候在外婆家看連續劇《星星知我心》重播，一開始，她和善美忍不住抱著痛哭，哭劇中人，哭她們的遭遇。後來，她和善美說：「我們不可以哭——至少我們沒送給別人啊……」

或許她覺得姊妹仍舊彼此依靠，實在太幸運了。

§

結婚後，宛真反而能自然閒談往事，彷彿那已經是另一個女孩的人生。

「跟你說喔，我爸不要我之後，特別慘的遭遇好像結束了。後來發生的事，似乎特別順利耶。譬如，戀愛。」

宛真只有談起愛情，才會流露一點點符合她年紀的天真。

彷彿不再需要博取他人憐惜，她時常窩在家豪身旁甜甜的回溯青春情事，誰誰誰是怎麼在圖書館遞紙條約她、誰誰誰又是常在女宿或學餐站崗等她。或許因為缺乏大人關愛，皮膚白皙、身材瘦削、巴掌臉大的宛真，有種無辜眼神，那是讓人想要保護的神情。

每個和她交往的男生，都曾說過想要和她結婚，話一說出口就像馬上要去拍婚紗挑喜餅，接著便要同居那樣自然。

那時，家豪也是這樣被她吸引。

他們修了一學期通識課，他大五延畢一年，她大二，他中國文學史當掉重修，她是認真勤奮的好學生。那時他整天忙著校刊的採訪編輯、跑印刷廠看色樣，她每堂課為他去圖書館找齊資料、幫他做每一篇報告，還有密密麻麻的筆記，不停傳簡訊臭罵他，要他記得考試時間，記得交報告……

有時，她覺得是現世報，她成了阿慎，像環繞著行星的衛星，時間，因為家豪的存在產生意義。

她發現自己好久沒想起阿慎，大一剛開學沒多久，一邊上課一邊曖昧的時光。

心理學並不是文科必修，她純粹覺得研究人類想些什麼的學科算是有趣，擠不上必修，便加選這科。第一堂課老師宣布需要四次分組報告，阿慎就坐旁邊，發現了眼神茫然徬徨無措的她，他毫不費力歪過身子說，一起吧。說完，眉眼挑動一下，像是吆喝熟識已久的朋友，一起吃冰，一起看電影，那樣理所當然。

一起吧，一起吧。她承認自己心底被這三個字震動了。本來毫無交集的兩人，就一起了整個學期。

當時一起報告的還有阿慎社科系兩位同學，他們選定哲學家做專題或心理解析，輕而易舉，對宛真而言，卻是將她文學的邏輯抽出大學小學宋明理學，硬生生塞進夢的解析、洞穴理論、鏡像理論……她的腦子每次上課都亂糟糟，爛泥一樣讓思路陷入拔不出腳再走下一步的痛苦邊緣。

阿慎存在的必要性，整個被放大。蒐集資料、做投影片，幫忙將宛真需要上臺報告的部分全都做好小抄，他是糖果屋小徑上發亮的小石子。

她不想聽課時，曾經無聊的觀察全班男生並給予星星等級，第一個出局的是他。阿慎其實一點都不吸引女生，濕淋淋的平頭，靠過來借一枝筆，一轉頭，甩出的汗珠便降落在她的書和筆記。

或者是阿慎第一次上課就被宛真吸引，一見鍾情那樣。儘管他後來說又不是外貌協會，也太膚淺，純粹感覺她像迷路小羊，順手拎起來做善事。

憂愁，困惑，有點可憐兮兮的女孩，什麼都不必做，只要等待男孩經過，感受她需要他。這種微電波，宛真很清楚，她經常釋放。或者是某種奇妙的瞬間。尤其是當胸肌發達的阿慎總是側著身，大動作拉開桌椅將自己塞進去，再將桌椅聚攏，他像被堅硬蚌殼包覆的腹足貝類，柔軟的伸出手，跟隔壁女孩借一枝筆，然後，唰唰唰在一疊紙上寫字，再遞過來給她。

「這些重點請熟記，期中考必考，千萬不要以身相許，考好請我吃學餐最貴那家滷味就好。」

那疊紙，第一頁上方空白處這幾句話，逗得宛真噗地笑出聲，他睜大眼睛偷看她，手掌摀住自己的嘴，示意她噤聲。不知怎麼，她會被這樣的阿慎打動。

「哈哈……跟你說，阿慎超好笑，北七一個。」

她還記得沿路下垂的羽狀葉子不停撩過裸露的左手臂，很癢，他們總約在校園裡那排酒瓶椰子樹見面。她和家豪拉著手在樹下晃來晃去，她直說著阿慎這樣阿慎那樣，不自覺眼光閃亮，彷彿回到了大一初戀的甜美時光。

「所以呢？後來阿慎去哪了？」家豪垂著眼，有點不屑的從鼻孔哼氣。

「他劈腿啊，我看到他和學姊在圖書館睡在一起。」

「在圖書館……怎麼睡？」

「阿慎也這樣說欸。還說，要睡不會去汽車旅館，圖書館不舒服。」

「他說的沒錯。」

「哼，男生想的都一樣。我才不相信這些鬼話。後來，我就不再修心理學相關科目，阿慎掰掰不聯絡了。」

「所以，你們做了嗎？」

「做你的頭啦。」宛真彎起手肘重重往家豪肚子撞去

「好啦——我不想聽手下敗將的故事，以後也別再說。」

初戀話題，很快結束。宛真當然也不忘追問屬於家豪她不及參與的過去，但他總是敷衍了事，還說年少無知的戀愛沒什麼好說。

「把握現在，懂不懂？」家豪揉揉她的短髮，像擁抱一個布偶那樣，將她的身體摟過來，接著說，「我們應該想想，以後想做什麼工作，想要住在什麼房子，開什麼車——想想這些還比較實際。」

五年前，大四快畢業的那個夜晚，在那排椰子樹下，他們想像未來，並不遙遠。

那時，他總愛摸著宛真軟軟的耳垂說：「不要老愛生氣，溫柔些，乖乖的，多可愛，誰能抗拒啊。」

現在，不論她說什麼，他倒是都能抗拒了。

男人都喜歡乖巧聽話的女人，這樣的女人，是成家必備裝飾嗎？

五年婚姻，並沒有讓她變成那樣的女人。應該說，那樣的女人並不會因為渴求一個家而誕生。至少，她不會容許。

§

事情到底是從什麼時候開始一點一點的變化？

宛真想起剛結婚時，整天窩在小房間胡思亂想，每天都想離開。住在大學街區婆婆家，她是寄居蟹，屋梁和被床，甚至沒有一個杯碗，寫著他們的名字，揹著老人家努力一輩子的心血，總覺得那個家，不是她想要的。

是借來的，不確定的，一下子就會瓦解的空間。

剛開始找工作不是很順利，離家遠薪水低要求加班的，她都不想做，需要經驗、精通外語的公司也不想要她。她懶洋洋點閱幾個求職網站，完全無法提振精神，她想，是空間讓人安逸，還是已婚改變了脾性？

過去的她，絕不會東挑西揀，現在好像賭贏了一把吃角子老虎，有點籌碼，便不想高不成低不就的承受半點委屈。

「我不再是以前那個我了。」宛真發現自己經常對貼著囍字的鏡中人皺眉。

工作還沒著落，她已忍不住每天逃出家門。百貨公司、圖書館、超市、大賣場……所有可以打發時間的地方她都辦了會員卡。她是時間暴發戶，隨意揮霍還是令人發慌。

婆家、娘家，無一可依附，她是不屬於任何一處的遊魂。

沿著大學路直走，穿過校園，沿途蜿蜒墜有幾許綠意的行人道，上班時間兩旁的咖啡館和義式餐廳無一空席。宛真以前在連鎖藥妝店打工，站在門口發促銷傳單時，一直有個疑問，不論任何時段，這個城市總有這麼多人不必上班上課？

大三那年，打工的藥妝店位於市中心，附近有舶來品商圈、速食店、廣式飲茶、連鎖咖啡店……她望著街上擾攘穿梭的人群，一面思索，電影院外總是大排長龍，悠閒喝著下午茶看來不全是貴婦，還有西裝筆挺的上班族和休閒打扮的學生。火鍋店吃到飽的顧客群更是令人費解，有公司部門聚餐在店裡痛飲啤酒，還有一堆學生高聲嬉笑的在外排隊等位……

她的傳單沒幾人想拿，發出的幾張，沿著騎樓，迤邐一地，她只能趁著顧客較少的空檔，一張張撿回。整個下午，吆喝顧客和發傳單，重複的動作，讓她忿恨睥睨那些無所事事狂歡的人們。

現在，她也成了不必上班在外閒逛的成員，有人也同樣看她不順眼吧。

信步走到大學路旁的小公園，溜滑梯、搖搖馬讓還沒上學的小朋友擁有玩耍的同伴，晨光中的遊樂設施，看起來有些寂寞。一位年輕媽媽推著嬰兒車，坐在行人座椅喝著便利商店買來的紙杯咖啡，宛真覺得兩人年紀看似差不多，如果她也有小孩，是不是，比較不孤單？

「不過，好像會變成兩個人的孤單啊……」她心裡不自覺開始排斥有小孩這個想法。

轉著這念頭，才晃到大學街區的十字路，整個路口居然被黃色護欄淹沒，靠近人行道這頭還有大批施工材料、機具，她的腳步頓時於原地踟躕。原來設定前往的方向被阻礙，一早累積到中午的不順遂，瞬間爆發。

「Fuck——現在是怎樣，連馬路都跟我過不去……」

她怒目投向圍起的屏障，縱然裡面已是挖空的地面，明知不可能還原昨天平坦的道路，她仍然滿腹怨氣。捷運沿路深不見底的窟窿，地底糾結複雜管線，戴著工程帽的工人彷彿黝黑地鼠，狐疑冒出頭，望著她。

本以為沿著這條路直走，必定會抵達設定的目標。所有女人不就都是這樣，戀愛、結婚、有個家、接著孩子也會出生……但是，現在出現一個窟窿，她得繞路。

繞開黃色屏障，發覺騎樓也過不得。無路可退，好像她的人生。她不知自己為何要這麼想。

這才想起，日前新聞報導，說是捷運要連接其他路線，勢必有好幾年交通黑暗期，大學街區旁的道路長時散布圍籬，黃色變形蟲一樣霸住主要道路。每天出門時，總像迷宮測驗。今天封住一半左車道，過兩天封住右車道，公車站牌移到哪，要靠第六感尋覓，早上圍起左方路口，下午堵住右邊巷弄，走哪條路都不通，大家得盡快另尋出路。

「咦？吳宛真，妳在這幹嘛？」

背後傳來男人的聲音，轉身一瞥，那人抱著胸站在捷運圍籬旁，兩人相距不到十公尺。宛真此時憤恨自己精準的視力，她甚至捕捉到那人臉上一抹怪異微笑。

「阿慎……好巧。」她話才剛迸出口，他已經幾個跨步來到身邊。

「好久不見啊。妳好嗎？後來怎麼都不聯絡了？真不夠意思啊。聽說妳結婚了？現在住哪？」

阿慎一開口就是當年那個控制狂，宛真心想。不聯絡這事就別再問，問多問細，只有傷心收場。朋友也很難再繼續話家常，更何況是前男友。結婚不通知你，也是為了不讓彼此曾經擁有的過去尷尬收場。

她一點也不想讓阿慎知道近況，決定快速解決這個麻煩，倉促急切的說：「不好意思，我現在沒空跟你多說，我和妹妹約好了。下次有空再聊。」匆匆朝阿慎擺擺手即想轉身離開。

「等下……別急著走，留下手機號碼才能聯絡啊。」

阿慎一把抓住宛真的背包，她做勢邁開腳準備狂奔，看起來很像在路邊吵架的情侶，一個端臭臉，一個大叫再給我一次機會，最後，兩人覺得很荒謬而瞬間大笑出聲。

「好啦，給你號碼，拉拉扯扯，很難看欸。」宛真下意識攏攏散落的瀏海，雖然這樣也挽救不了久別重逢的狼狽印象。

她不忘再次交代，「記得，不要一直打電話給我，我很忙喔。」

「妳很忙，我知道。先這樣，我也得回去上班了。」阿慎輸入好號碼，忽然仰起頭朝她眨了下眼。

宛真此時才匆匆掃視幾年不見的阿慎，皮膚黑了，瘦了一些，他在哪工作呢？手上沒有婚戒看來應該還沒結婚，有女朋友嗎？他不會記恨自己當年甩了他吧？

糟透了——世界上沒有比素顏還穿著休閒運動服遇見前男友還要糟的事了。

§

車窗將裡外分割成兩個世界，靜止與流動。

離峰時間的公車，空蕩蕩的，三四位年長的乘客安居在公車前段，宛真獨自擁有後座幾排空曠。看似簇新的座椅卻有股霉味，她起身將空調裝置扳開，膝上的背包不小心滑落，保溫水壺滾了出來，她立即撿起，博愛座有個老婆婆本來在假寐，像被微微驚擾盯著她看了一會兒。

汽車和摩托車塞滿路面，她略帶疲憊的看著早上十點的城市，建築或人口密度都呈現飽和狀態，公車緩不濟急，所以需要蓋捷運來疏通吧。但政府編列大筆預算建設門面，內裡卻已逐漸傾頹，買不起房子沒有容身之處的市民比比皆是。

即便她和家豪這樣的小家庭，一輩子都買不起臺北的房子啊。如果不是住在婆婆家，她不敢奢望能住在生活機能發達的大學街區，附近還有醫院和公園綠地。上次回學校拿畢業證書，遇到同學，她根本不敢說還沒找到工作，光是和丈夫住在婆家這事，已經是史前時代的寄生蟲。

公車行經市中心的森林公園，兩位穿著韻律服的歐巴桑上車，朗聲興奮的聊著什麼印度瑜伽動作，不管年紀只問交情的話，有這樣一起運動聊天的老朋友，真讓人羨慕，宛真不自覺一直凝視著她們。

在臺北，她沒什麼朋友，大學四年忙於打工，疏於經營人際，只有兩三位同學還零星聯絡。早早結婚好像又因此被劃分在異次元，聚餐和旅行也沒人想找她，不過宛真也不在乎大家將她遺忘。

結婚找伴娘時，家豪曾經狐疑：「只找善美一個，妳沒閨蜜嗎？大學同學呢？從來沒看妳跟誰特別好？」

「我不需要閨蜜這種東西，有善美就夠了。」她理直氣壯回答。

畢竟她從未和誰好好掏心聊天，或者她是故意讓自己處於人際荒涼的狀態。閨蜜只是假裝姊妹的遊戲，就好像某天翻臉不認帳，也毋須負責的關係，當初又何必假惺惺膩在一起。這才是男人不理解的閨蜜關係。

善美也到臺北後，她還是和妹妹說話最能盡情釋放，至少不必擔心什麼該說或不該說。

昨天約好中午在學校附近吃飯，雖然妹妹說是她結婚後，特別需要有人聽她說話。她倒覺得，那是心裡被植入一個沉默晶片，儲存大量無法出聲的時間。在婆婆家，無法言語時，儲存晶片，碰到善美時，打開開關便一股腦傾洩而出。

妹妹從不會拒絕她，總是安靜或煩躁的聆聽，像是填充過去四五年來，她們的斷裂。那些話語，細細碎碎，她也不敢相信一兩個小時之內，像是拔掉排水塞子的浴缸，嘩啦啦旋轉著淤積的水，不流動的水，所有的水，瞬間排空非常痛快。

「欸，吳宛真，我沒妳那麼好命，結婚有人養，還有閒工夫在這抱怨老公，我打工去了。掰——」

譬如現在，妹妹還沒聽完她所有委屈，就趕著去打工。特意抓善美沒課的空檔，吃頓飯喝個飲料，妹妹總說時間沒法這樣浪費，不然付不出卡費。

「才剛吃完義大利麵，飲料還沒上，妳就要走……」

「留給妳慢慢喝吧，來不及了。先走了——」聲音還散落在咖啡館，只留下陣陣塵煙，善美已騎著摩托車消失在巷道那頭。

在落地窗邊遙望來去匆忙的妹妹，有點痛苦，那團煙霧像是被隔絕在現實之外，那麼近又那麼遠。

善美好像從來不需要一個家，而她被困在虛空的想像，動彈不得。

一口又一口往嘴裡送著布朗尼，帶點苦味的巧克力在咽喉化開，將不吐不快的話語往食道又推移了幾吋。

她決定招來服務生再加點一份草莓鬆餅。不停的吃，讓她感覺自己存在。

二

自助生活

哐啷哐啷。

整整一個小時，間歇聽到哐啷哐啷響聲。善美不確定眼前這排自助洗衣機哪一臺忍不住不斷哭夭？

到底是誰，忘了將口袋裡的零錢撈出來，這些本來不該被清洗的東西，一直哭，一直哭，要淹死了——要淹死了。

「唉，誰不是被生活整得死去活來……」她想起自己，有次也將補習班的員工識別證放在外套口袋，攪得稀巴爛。

每臺洗衣機都張著一張嘴，砸吧砸吧，吞吐髒，烘乾人皮。

整個自助洗衣店，只有她一人，注視洗衣機圓形的鏡面，泡沫起伏，彷彿登月小艇即將爬出臃腫的外星人，將她拉進黑洞，就不必再回到這令人厭世的時空。

每次坐在洗衣店等衣服洗好的無聊時間，她總是臆想聯翩。

十分鐘前，三個男孩扛幾袋球衣，胡亂塞進洗衣機，洗衣粉柔軟精亂倒一氣，拋著籃球打鬧，地面還殘留著粉末和凌亂鞋印，像是竊盜現場遺留的證據。她推斷男孩不耐等待，肯定跑到隔壁網咖打遊戲。

她也不耐煩啪啪翻著八卦周刊，政治人物不倫新聞占據了好幾頁，還有明星眼歪嘴斜加露毛照，星座、美食、旅行、手錶保養品精品廣告，隨便翻翻，都是消費不起的生活。

「嘖。」她不自覺迸出意見。

臺北的冬季令人絕望，一連好幾天下著不大不小的雨，沒有陽光，沒有一處乾燥的地面，無所不在的溼氣，善美望著自助洗衣店的壁紙邊緣微微翻起。

坐在這，感覺人也慢慢被侵蝕了。

如果一直單身，最好愛上自助生活。她隨時提醒自己。

手機忽然顯示「人妻姊」來電。人妻姊是吳宛真，人妻姊只存在手機時空，她姊不會知道這個祕密。

「喂……沒幹嘛。在洗衣服啊。好啦，隨便……都可以。掰。」

她懶洋洋的結束這無聊電話。不是問便當想吃什麼，就是要揪她去團購下午茶。有什麼好吃好用好穿的，姊姊都會記得要算上她的份。好像因此陪伴了彼此。

她不喜歡這樣。好像，憐憫。

不清楚宛真什麼時候愛上到處吃美食，姊姊的胃是無底洞。還住在臺中時，還曾經搜刮僅剩的零錢，一人一條吐司吃上三天，那樣儉省過日，好像已經是上個世紀的事了。仔細一想，大概是姊姊結婚後，開始偶爾約她到高級飯店或連鎖餐廳打牙祭。

姊姊總有用不完的團購餐券、自助下午茶券，還說網友激推的美食只要跟團就有優惠，滔滔不絕的說這家懷石料理堪稱道地，舔舌噘口水說那家巴西窯烤牛小排鮮嫩多汁，還有北海道帝王蟹雙人火鍋……從食材產地到料理方式，像是每道菜都隨身攜帶一個故事。

「妳看——這個下午茶雙人組合，CP值超高，陪我去吧。」

聽完冗長菜單，善美彷彿已攝取過多卡路里和脂肪，由衷反胃，她的食欲早已逃之夭夭。

「妳真的有病……每天這樣吃，不膩嗎？」

姊姊雙眼炯然，露出唇邊梨渦，上身靠近桌面抓著她的手，興奮的說：「不膩呀。妳不懂啦。還能吃，吃得下，多幸福啊。拋開亂七八糟的鳥事，吃完高級料裡從飯店走出來，那瞬間，我和貴婦一樣，超爽。」

「拜託——有什麼鳥事，還不都是婆婆媽媽的事。明明不是貴婦，還要裝……」姊姊遞來手機上團購網內容，她看都不想看，顧自打開手機套，滑自己的白色手機。

「咦？妳換新手機欸，怎麼有錢？」宛真驚訝的挑眉。

她想也不想即回：「刷卡囉——簡單。」

「簡單？不是還有三萬多卡債，循環利息會逼死人，妳不知道嗎？」

「噢——囉哩叭唆？說完了沒……」

她無所謂的態度，宛真也無法再多說什麼。她們雖是姊妹，卻習慣各自處理所有的事，學業、愛情、家庭、工作……不論面對何種關卡，不會有大人叮嚀或協助，沒有助力也不會有阻力，一切自己說了算。

姊妹倆都喜歡這唯一的好處，沒人管的人生。

善美的iPhone，信用卡分期扣款，她的學生卡消費額度並不高，每月分六期支付的不僅僅是手機，還有平板和摩托車。同學以為她是拜金公主，她無所謂。她喜歡將自己逼到絕境。

3C產品冰冷無情、售價昂貴，而且汰換率高，每隔一段時間，她便上網賣掉拆封使用不久的舊款，追逐更好更新的型號。拋棄式3C和她的愛情一樣。

推陳出新的電子用品，像是為她量身訂做，隨時保持新鮮，也是面對陳舊世界，她賴以存活的氧。這是她為自己打造的舒適圈。不是呼拉圈，那種反覆單調原地打轉的生活，不是她要的。

「如果男朋友送妳鑽戒，該不會不收吧？」宛真知道她不喜歡那些亮晶晶的飾品，故意這麼問。

「當然沒在客氣啊——上個月才將前男友送的蒂芬妮手鍊上網競標，價錢還不錯喲。」她不在乎的回答，像是固定SOP那樣。

男人所有讚美她都接受，她享受被疼愛被珍視。她很清楚，前一秒，男人還愛妳愛到死，下一秒，就是陌生人了。

Derek也曾送過她香奈兒套裝和高跟鞋，將她裝扮成芭比娃娃帶去參加公司尾牙，好像還是不久之前發生的事。Derek的禮物也該上網去流通一下，換成新款手機或筆電，彷彿愛的重生。

情感如果還有剩餘功能，讓它化作春泥更護花才是浪漫，她喜歡晚清詩人龔自珍這句詩。想到即將到手的新型平板，禁不住全身顫抖，她幻想，那超強的處理功能或許可以縮減目前亂七八糟的人生。

善美刷爆信用卡和換男友的頻率相似，揮揮手不帶走一片雲彩是灑脫，積欠銀行的債卻清清楚楚滾算循環利息，回頭看看那些鬼迷心竅買下的東西，才發現這不是夢境一場。

「唉……吳善美，妳這樣亂買，瘋狂打工也沒用，妳真的，需要兩臺iPad？」宛真撩起滑落額前的瀏海，雙手揉捏著兩側太陽穴，閉上眼接續說，「我真的不明白欸，一個大學生為什麼要買這麼多不必要的奢侈品？」

善美挑起垂在胸前的一束長髮，手指無意識捲著髮梢，理所當然回覆：「妳不懂啦——我同學也都這樣啊。沒錢，上網拍掉就有啦。」

「結果，辭掉酒吧，來補習班教作文又輪晚班櫃檯，兩份薪水也不夠妳用。升大三後課比較少，我和主任說說讓妳轉正職？」

「聽起來，還不錯，考慮看看……」她趴在桌上，翻了個白眼，心不在焉玩著胡椒罐，「吳宛真，這裡的巧克力磚冰淇淋網友激推，不吃，妳會後悔喔。」

「真的假的——點來吃吃看。」話還沒說完，姊已舉起手招來服務生。

姊姊這種生物，好像媽媽的翻版，說話語氣也很神似，每次宛真開始擔心她的卡債或是功課，便浮現和媽媽說話的錯覺。

§

今天善美又在咖啡館坐了一下午。

約的人沒來，沒目的沒情調，無聊透頂，只好坐在那翻翻雜誌，看人，主要是看男人。她發現左邊這桌翻桌率很高，三個小時換過三組客人，談房屋交易的仲介男、姊妹淘研究怎麼抓老公有小三、蹺班聊天的上班族；右邊這桌就和她一樣，點杯飲料千秋萬世坐著，不一樣的是他看起來像研究生，一落書擺在桌上，不停按著電子辭典、翻書圈註修訂資料，時而嘆息時而眼神渙散。

兩張桌子靠得很近，他像是完成今天的工作，開始收拾桌上物品，離開時，禮貌的向她輕聲「借過」。目光交會，他的神態有種細微改變，像是丈夫下班回家的神情，疲累又帶著一點點成就感。

善美沒有丈夫，她很確定以後也不會有。她只是從偶像劇借來這樣的經驗。

如果這時開口問他：「今天工作還好吧？」「很好啊，怎麼會這樣問呢？」「我的表情讓妳感覺我今天很衰嗎？」她覺得對方可能會這樣回答。

這種想像叫搭訕，對方或許接收到暗示，接下來不是一夜情，而是一場災難。善美很容易看著陌生男子就開始想像愛情，僅止於想像，沒別的想法。

她皮膚白皙，五官也算立體，最引人注意的應該是上圍和腰線，坐著的她看起來平凡無奇，剛才走去書報架拿雜誌，櫃檯旁穿著黃色西裝的房仲業務立即不能專注和顧客談話，眼神老是飄過來她這邊。善美略微調整了雪紡洋裝的荷葉領，盡量讓自己看起來無害。

剛剛點的總匯三明治，胚芽吐司乾澀，沙拉倒是爽口。連鎖咖啡館不會有什麼美味料理，通常只有一場買賣、一則外遇、一陣寂寞。她只是需要借來這個空間，暫時安放自己。

他看起來氣色不好，但是態度很好，四個小時，高頭大馬的男人窩在小小座位，不見他變換太多姿勢。她甩甩頭，目前不宜曖昧，決定暫留視線。光是翻翻雜誌看看人，心浮氣躁走動好幾次，加水拿紙巾要奶精，整個下午心慌意也慌。

善美想想，傳個訊息給Derek，他回覆開完會碰個面，如果不是為了等人，要她單純坐在這看人，浪費時間也浪費生命。

冬天一到，即使心情要保持明亮也非常不容易，傍晚五點加快暗去的天色讓這裡一下子變得空蕩蕩。這家連鎖咖啡館的名字，近似作家但丁的發音，但整個空間的裝潢淺藍色調看起來有點髒，牆上隨意掛了幾幅複製畫更顯粗俗不堪，根本無法彰顯作家心靈，更別提洗咖啡機似的熱美式，難喝的口感瀕臨地獄一樣折磨。

「唉……怎麼連通電話都沒呢？」

她按開手機的電源，解鎖、連上網路，短短半小時，重複數次，沒有電話沒有簡訊，臉書動態也沒人回覆。「大家是怎樣？都死光了嗎？」

「好想抽菸……」看著被學生占領的吸菸室快成了網咖，室內全面禁菸，她想抽菸還得拋下這個好位置，「真的好無聊喔。」她輕聲喊了出來，這句話啟動了一些情緒，分手的情緒。

好無聊～

善美又Line給Derek，三個字，好無聊，還外加一個撐著雨傘痛哭的棕熊圖案。

有一天不見面了，才會覺得無聊喔☺

Derek還在開會，但立即回覆她。這算什麼？見了面各滑各的手機沒話聊，虛擬空間反而對話順暢？

以前他們非得在固定時刻看到對方，擁抱接吻撫摸做愛，或只是輕輕揉著手都好。他們習慣在每週這天下午，去汽車旅館，再喝杯咖啡聊聊生活瑣事收尾。再往前推移，還沒在一起的時候，那時應該還是無聊，只是那種無聊，尚未摻雜瞎逛精品百貨以及一起到超市選購日用品，感覺距離生活越來越近。

善美一直以為自己早已習慣拋棄式家庭的滋味，希望任何男人對她和成家都不抱指望。交往過的男友，有的沉迷線上遊戲，有的愛看棒球，這些嗜好都不痛不癢，她最不能接受的是結過婚的男人。

現在，她卻經常變成第三者。她不否認和已婚男人交往再分手和去網路購物一樣方便，傳個簡訊或Line，謝謝你曾經愛過我，從此不聯絡，乾脆俐落。

沉默爭論冷戰斷訊，最近她和Derek老是無話可說。他們變得很容易把場子搞冷，不知是誰先開始的，他有意躲著不見面，她也有時氣極也刻意避開他。他們曾經很努力找尋所有可以談論的細節，從政治經濟到三十九元商店貨色，檳榔西施做業績的方式到資源回收分類法，連他的香港腳與她的腋毛，自出生那一秒走到現在無言以對的人生經歷，全都聊過一遍。

有一天，終於不見面了。臉書關係從穩定交往中變成一言難盡，再也不想和對方多說什麼。那麼，再見一面也是多餘。

時針轉了一圈，他終究沒來。善美鬆了一口氣，沒想到分手如此簡單。

她將手機套扣絆闔起，發現皮夾造型的咖啡色皮製手機套居然沾汙了一點水漬，她立刻翻找出眼鏡布沾了點水，小心擦拭著暈染的地方，上面的ＬＶ字母吸飽了水，顯得有點肥胖，但也可能是錯覺。

「才剛用沒多久啊——欸，算了，還好不是奶油。」她嘖地皺眉。

手機套才到手不到一個月，突如其來的髒汙形狀像是訊息占卜，往左右擴散是猶豫，往上下蔓延是別再對誰抱任何希望。她呆望著汙漬想。

善美還想著，還能再見到徐大大嗎？這手機套是他送的。如果真有機會，光是想像都令人頭皮發麻。她已辭掉酒吧打工，她害怕在那裡見到他。

再見那個男人，可能會發生她無法控制的事。

說到在她打工的酒吧經常出現的中年男子徐大大，平常大多在深圳工作，偶爾回臺灣會

只有美是完整的
在秋天的後面
風滄著遠的
一小盞窗
升起了光陰的爐火
羅任玲
羅任玲《初生的白》 聯經出版事業公司

來酒吧小坐，酒保們都稱他徐大大，大家好像也不想知道他原來的名字。他不是特別吵鬧，像是其他客人拚命追酒或是趁機摸她一把，但他也不是特別安靜，大概喝到第三杯威士忌，他會禮貌的去到鋼琴旁邊問樂手，非常老派的問，可否彈一首Edelweiss。

善美以前一週有三晚在那打工，一開始聽到這首經典老電影名曲，總會很驚訝，那是她小學合唱團練唱的歌，旋律雖然簡單卻非常耐聽。大概就是那個時候，不由開始注意徐大大。

想起酒吧的事，她忍不住偷偷打量咖啡館吧檯裡準備餐食的員工，雖然不在酒吧很久了，不知為何常想起那段時間，或許是因為徐大大，他有種莫名的氣質，他點的歌剛剛好是她最喜歡的那首。

§

黃昏時分，咖啡館的顧客像退潮海水慢慢遠離，只剩下兩三個客人，右邊那桌貌似研究生的男孩也離開了，大家像是說好了一起從這個空間消失。

不知是誰點了燒烤類的晚餐，空氣頓時有點嗆鼻。善美下意識也著手收拾吃完蛋糕的小瓷盤和咖啡杯，正打算離開座位，瞥到腳邊有張摺疊整齊的紙張，大約是A4尺寸對摺再對摺，是剛才那個研究生男孩遺失的？她好奇的撿起來，略微遲疑，還是打開了紙條，非常工整的字跡：

我總是祈求安全、舒適，不希望冒險，面對自己「想要」，都不一定敢去爭取，而是退讓，再次的退讓，或是想讓一切無爭，但這真是好的嗎？我也不知道！求祢安靜我，顧恤我，陪伴我，跨越疆界，走出舒適的圈圈，讓我能挑戰，而一切的挑戰都是為了突破，為人而戰，不使他們孤單，而是有力量的陪伴。憐憫、公義、愛，不離開我，與我的一切。朋友、愛，成為幫助，讓我更真實的面對你。

看起來文筆還不錯，但太過堅定的信仰反而讓她有點不舒服。

她不相信心靈雞湯或祕密法則這些書，意志這種東西，哪有那麼容易矯正。她不懂這個世界的邏輯，為什麼有些人總是可以活得這麼勵志，彷彿脊椎裡鑲嵌了一把尺，對準對齊，差一點點都要矯正。

「說到辦公室那個草莓，簡直是灰色地帶長出來的草莓，交代什麼都說好，實際上卻說不動碰不得。我最瞧不起這種人。」這張紙條讓她想起Derek曾經大肆批評同事，他咬牙切齒的表情。

他瞧不起別人，善美也瞧不起他。什麼灰色地帶，只想將別人踩在腳下，他大概只有滑Line傳訊時才低頭。Derek是有老婆的男人，在彼此厭煩之前分手，剛剛好，誰也不吃虧。

一份下午茶套餐九十九，她吃下了不感興趣卻棄之可惜的起司蛋糕，收拾好餐盤放到自助餐檯，臨走前環顧但丁咖啡館，仍然趴在桌上準備考試的學生，不發一語獨自啜飲咖啡的老先生，還有一對或許正在搞外遇的男女，她在這裡結束一段不倫之戀，也不算太顯眼，誰也不在乎誰，這就是疏離的城市。

離開咖啡館，才走幾步，揹包傳來叮咚聲，打開手機，Derek說會議延長，抱歉讓她等這麼久，如果無聊先去老地方。她捏著觸控筆停頓了一下，有沒有他的生活，其實無所謂，不過是個填補時間的備份。她在Line留下訊息：

沒有你，這世界好像不怎麼無聊呢～上次說好別再見面，就從今天開始吧。

（然後她送出一個熊大扭擺身體噴射愛心的貼圖）。

打完訊息，按下傳送的這一秒開始，真的無話可聊了。這個男人，結案。

收起手機發現擺在揹包內袋的紙條，她再次打開它，換了一個空間觀看，紙條的字跡忽然有種孤單的感覺。善美想起前幾天和姊姊聊到婚姻，或者更小的單位，愛。

她真的很想知道，如何去面對一個已經不愛的人。

§

像姊姊老是抱怨或離家出走，老是逃避，真的可以嗎？

善美不自覺會想起早婚的宛真，其實比她還有個性，或者，姊姊有很多事也不全跟她說滿，淨是揀些無關痛癢的瑣事，隨意拋給她，讓她通過她，看看這樣的人生，是不是一點也不值。

「什麼值不值？妳都迫不及待要嫁，攔也攔不住，我還能說什麼……」她不想聽宛真抱怨個沒完，便直接回嗆。

宛真通常也會冷冷的回：「後悔不行說一下嗎？妳很無情欸。我就只是說說嘛。」

「妳現在才認識我嗎？別跟我說，妳不無情喔。」

話題進行到這，總是無法繼續。姊妹倆和爸媽一樣無情，無情的基因無情的顯現在子女身上，無情的子女再繼續懲罰無情的父母。

她想起，陽臺上那盆落地生根的多肉植物，斬不斷的循環。

昨天才點開手機給姊姊看多肉的照片，宛真倒是一張張耐心看完，最後無奈的結語：「女人啊，只要讓男人播種，真的像極了艾格利旺和尖玉露，一個分成兩個，兩個又變成四個……沒完沒了。結婚啊，懷孕生小孩的，一個家變兩個家，想到就煩。」

說要分裝兩盆多肉讓姊姊布置新家，宛真想也不想立即拒絕，直嚷著：「拜託……不要啦，妳給Amy老師啦。會被我養死。」

「拜託，多肉很好養欸，丟在陽臺澆水就好。」

「算了，別給我，我婆婆整天要我生孩子，我連小孩都不想養了。」

「拜託——這兩回事，不就是養個盆栽，也能扯到生孩子。」

表面上，姊姊看起來很倔強，總是堅持自己的想法，沒得商量。但是，她其實很羨慕姊姊冷漠的個性。

離開咖啡館經過日式百貨，她轉進店裡買了幾個陶瓷花盆，準備換裝陽臺上那些多肉，本是補習班同事的小盆栽分裝而來，才幾個月，沒完沒了的蔓生。

她想起爸媽再次回到臺中時，姊正在準備考大學，每天行進路線只有臥室、廁所、大門、圖書館，她們好像只是穿過家這個空間，不曾多看爸媽幾眼，彷彿只是來這分攤房租的房客。

她只是國二生，大部分時間都留在學校，上完一天的課緊接著晚自習，姊姊準備大學聯考，她準備著剛剛開始實施的國中基測，家裡翻天覆地的改變她們完全不管。選擇和抉擇最大的差異是，選擇有選項，抉擇則是非如此不可。那時，誰也不知道未來的命運。

現在她們都在補習班工作，對於考試風向，補教業者一向敏銳，也研擬各種多元課程來應對多元方案。大學聯考已在二〇〇二年廢除，改以多元入學方案做為考生進入大學的管道之一，基測也在二〇一三年廢除。善美曾想過如果考上臺北的高中，是不是許多事情都會改變呢？

姊姊那時對未來充滿期待，在房間貼滿勵志標語，目標只有北部大學，彷彿這不只是一場考試，而是合法取得離家證明的方式。

她也身陷在基本學力測驗風暴中，吃飯睡覺，讀書考試，上課下課，她們毫無溫度在那個家生活。考生的時間無比珍貴，冷漠被合法允許，全家人不親不近。

「他們最近老是假惺惺的說話，噁心死了——」她和姊姊經常星期天跑出去吃豐仁冰，根本不想待在家。

用湯匙不停戳著剉冰，宛真冷淡的說：「這兩個人，以為這樣，我們就會當作一切都沒發生過，哼，天真沒藥救。」

姊姊不像在吃冰，倒像每一個穿刺都充滿怒氣，「我只想離開家，就和當初他們丟掉我們一樣。」冰晶全都灑在桌面，迅速化為一小攤水漬。

後來姊姊的志願卡果然全都填上北部大學，丟下這個家，逃走了。

屬於善美的命運，卻讓她留下，北部的基測量尺分數沒有補習的她不可能達到，只好心如止水留在臺中，她知道自己遲早還是會離開，暫時留下只是為了見證媽媽對那個爛男人死心的過程吧。

爸爸根本拉不到保險，業務毫無起色，於是他又拋下她們，跑到大陸的製鞋廠工作。母女三人再度被丟棄了。即使他誓言這次去對岸肯定拚出個局面，否則沒臉回家。大家都清楚這不過是藉口，他最終需要外面的女人給他慰藉。

那個叫做爸爸的男人再次音訊全無。

「我們已經離婚了。他死在外面，也不干我的事。」媽媽的神情，輕蔑又無奈。

留下來的人是可笑的，媽媽不是不想離開，而是賭一口氣吧。爸爸離去後，媽媽帶著她搬到逢甲夜市旁和學生分租房間，說要讓那絕情的男人永遠不可能再見到女兒。

現在，一個女兒不再認他，另一個也不要他，如果詛咒有魔力，也算另一種心想事成。媽媽晚上在夜市賣麵白天在超市當收銀員，支付了她的高中學費，像是為了證明不需要男人，也可以獨當一面掌理一個家。在臺北念書的姊姊每學期拿獎學金，還四處打工負責生活開銷，媽媽似乎認為自己贏回了兩個乖巧女兒，便是這樁破碎婚姻的贏家。

善美高中畢業，和姊姊選擇相同的叛逃路線，到了臺北，兩人也鮮少回去，媽媽現在和外婆住在卓蘭。那個架空的家，已經消失。她也沒什麼資格，說是誰背叛了誰。

偶爾，想起臺中的家，像是夜間荒涼鐵道，閃爍著無人看守的燈號。彷彿玩具店櫥窗展示的火車站模型和軌道，那列必須放在鐵軌上的小火車突然不見了，一節節軌道、平交道和鐵橋只能尷尬留在原處。

一路想著年少的事，漫步騎樓商店，像回憶的窗，一扇扇羅列。玩具店、便利商店、女裝精品店、手搖飲料店、牛排館……穿越這些店面像回到臺中逢甲的時光。不過，一眨眼，時空瞬間又回到大樓林立、半空蜿蜒著捷運軌道的臺北。

拎著花盆走不到五十公尺，善美轉進捷運，一下手扶梯，便聽見車子到站的嗶嗶聲，車來了，半小時後她可以抵達在學校旁的分租雅房。

所有時間和移動像線上遊戲設定好的關卡，一節車廂在尖峰時段吞吐多少乘客也經過精密計算吧。下班的車廂有點擁擠，她靠在捷運門邊隔板，想著每天在城市機械式移動，未來不敢夢想。如果未來，也能精密計算該有多好。

她靠在車門的棕色玻璃隔板旁，取出手機，用觸控筆寫下：「謊話比真話傷人。一切看似美好的結果，前一秒都是千瘡百孔的存在。」

手機記事本新增一則記事。每天她都不忘寫日記，她只願意相信自己的真話。

三

像一顆寄生瘤

宛真一直有種虛脫的感覺，結婚後，毫無目標，簡直浪費生命。現在卻懷念那時的自由時光。還沒去補習班工作前，大約婚後那三個月，逛街看電影、約人唱KTV、吃Buffet……直到家豪快下班，像灰姑娘急忙踢掉舞鞋招來南瓜馬車趕回家。

新婚階段，寡居的婆婆看起來好相處。每天從市公所下班，拎著和同事團購的有機蔬菜和超市買來的魚肉，動作利索做晚餐，趁煮湯空檔順手也將陽臺衣物收整妥當。只派給宛真一些輕巧事，洗晾整燙衣物或採購日用品，當個幫手足夠。

「我習慣自己動手，就當運動嘛。妳也不知道家豪喜歡吃什麼——我來就好啦。」婆婆堅持不需她插手廚房的事。

婆婆說不必做，不代表真的不必做，韓劇不是都這麼演嗎？

她自以為聽懂絃外之音，通常試圖幫忙，有時也要家豪一起洗碗，他們在流理臺推擠嬉鬧，不外乎家豪隨手滑溜了碗盤，宛真朝他潑水尖叫這類遊戲。

原本卸下圍裙準備休息的婆婆瞥見，隨即滿臉堆笑走進戰場：「哎喲——小豪，這是在折騰什麼？你根本不會做，誰叫你沾這些……」隨即將自己的兒子推出廚房。

這話是說給誰聽，宛真自然知道，也會故作乖巧搶過菜瓜布，甜聲說：「啊，媽媽，我來洗就好，您快點去客廳吃水果吧。」

這些瑣事，不是宮廷劇，卻也暗潮洶湧。每當宛真氣呼呼轉述，善美便幸災樂禍說，那是她命好不必做太多家事，還嫌？

姊妹也有無言以對的瞬間，彷彿兩個世界的時差，修改過去的抉擇也追趕不及那種。她只能吞下以下省略五千字抱怨，妹妹實在太小看「主婦魂」了。

雖說大多家事都是婆婆一手執掌，如果處處必要整齊、每個角落都必須一指抹起不沾塵埃，大小事只有婆婆標準來檢驗，實在無法稱為好命。

「媽，您下班也累了，晚餐還是讓我來做……反正……我現在沒上班。」有幾次，她心虛自己閒散度日，怯怯地表示要分擔家務。

她曾在婆婆還沒下班前試著做菜，卻是灰頭土臉弄個三小時，那幾道菜最終進了廚餘桶。

婆婆停下鍋鏟，看了她一眼，「做菜很簡單，幾下就弄好了。呵呵……還是我來省事，讓妳做，是要等消夜吃吧。」

「可是……媽，一直讓您煮晚餐，這樣不好啦。」

嘴不甜，又說不出貼心話，她不是妄想占領廚房，而是想多學一些廚房的事。「誰說不好？家豪嗎？他敢說不好，我說好就好啦——」婆婆兩下子又炒好腐乳空心菜，俐落端起單柄炒鍋，呼嚕嚕將菜撥進瓷盤。

「好啦，端到餐桌吧。小真，我跟妳說，人老，就是要動，才不會被人『棄嫌』喔。」婆婆摸摸她的手，要她別想太多。

到底是誰會棄嫌呢？為什麼老是話中帶話，那些話語背後都夾帶了一個警世故事。

婚前，家豪帶她回家，每一次，婆婆像是母獅打獵回來披掛一身魚肉蔬果，她愛吃麵疙瘩和水煎包，婆婆總是親自和麵團擀麵拌餡料，要離開時，又頻頻問下次什麼時候來，好像她需要冬眠直到下一個季節那樣，最後還會裝好一大包糧食和切好的水果，目送幼獸遷徙那樣難捨難分。

如果可以類比，脈脈流動的關注彷彿少女時期缺少的母愛，讓她悸動。原來，也有這種深愛子女的母親。

婚後，關係卻悄悄質變。家豪是這個家不受波動的那個，她和婆婆都關注著他，不過，她的言語多點重量，視線多些停留，都讓婆婆難以承受。

她發現男人最常說的謊言之一，就是「我媽最好相處了。」到底該怎麼做，婆婆才會安心，她並不是搶走兒子的敵人啊。

有幾次，她在廚房洗碗，婆婆不知和誰在電話裡聊天，聊得起勁朗聲笑著：「哎喲——她什麼都不會……我哪裡輕鬆。我們家對媳婦最好，什麼事都做好了，不需要她動手。可惜只有家豪一個兒子，不然我們做親家多好哇。」

聽到這種不單純對話，她勸自己別想太多，有可能只是閒聊虛應故事，但是婆婆早知道，她雖不是嬌嬌女，貨真價實是什麼都不會。

「什麼都不會」這句話像脖子上突起小粉瘤，提醒她，什麼都不會就是沒用的東西，放在那礙眼，丟掉也不可惜。

婆婆不許她進廚房幫忙，也不能動不動和娘家抱怨，該怎麼辦呢？每次想到這裡，眼眶一熱，又得忍住情緒，不讓傷感蔓延。

「媽媽為什麼要和別人這樣說我？我努力想做好啊，她連機會都不給我……」她不只一次要丈夫正視這件事。

「妳要我怎樣啦？一個是媽，一個是老婆，我要聽誰的？」

家豪沒好氣回答，讓她更加肯定，婆婆早已將所有不滿，在兒子面前說了又說，就像她這樣纏著他，要他聽聽她的委屈。

再怎麼一無是處，她總也是勤快，趴在地上拈起所有塵埃髮絲，一格一格擦過瓷磚，日日擦抹桌椅櫥櫃，直到全家散發著清潔用品的橘子氣味。

婆婆總是特別將兒子的衣服從洗衣籃挑出來，另外洗晾整燙，特別留著辦公室團購的波士頓派或芋泥捲只給兒子享用。早餐一吃完，便忙不迭問兒子晚餐想吃什麼，卻從來沒問過媳婦想吃什麼……還不時和鄰居在門口聊天掩嘴小聲說：「妳不知道，我家媳婦真的很懶惰，老是要人陪，兒子有了媳婦就忘了娘啦。」

這個家就三個人，卻各自委屈過日。

有一回，婆婆戴著老花眼鏡拜託她輸入手機通訊錄，有意無意挑著她的弱處說：「煮菜不會，這個妳會吧？但是我不會呀，妳說說看，這個世界是不是很公平，給了妳這個，就不會給妳另一個，哈哈哈……」

忽冷忽熱、話中帶刺，讓她想起北風與太陽的寓言，她彷彿這一刻拉緊風衣，下一瞬又得將自己赤裸掏出的旅人，她不知該怎麼取悅她，怎麼做都不對。

宛真覺得自己無路可退了。

§

她很快的厭倦家庭生活。精確來說，是女人的戰爭，讓她厭倦。

在這個家，唯一放鬆的地方，是洗手間。

她常關在洗手間聽音樂看小說，傳簡訊給家豪和善美，偶爾也和自己說話：「妳呀，臉上寫著一無是處。」

看著鏡子，呵一口氣，再擦掉，好像那些話語隨著霧氣蒸發飄散，那個無能的自己便不會浮現。

宛真在洗手間看完最後半本科幻小說，迷失在異次元的人物，他的遭遇，讓她覺得人生更虛無。真實和虛構，居然同樣可悲。

家豪和婆婆相繼下班，她還是陪著在廚房做菜，餐後再陪看無聊連續劇，也只有陪伴，才能減少婆婆繼續和姊妹淘抱怨，或者，連這個形式也是徒勞。推動日常的節奏，大同小異，有時熱血無比想要做點什麼實際建設，回過神來，已躺在床上，哪裡也去不得。

在外頭閒逛也會疲憊，空洞的感覺，她覺得可恥，假裝乖巧，她又看不起自己。

躺在床上的丈夫，不意外又將工作帶回家，帶上床，那是合法帶在身邊無法擊倒的小三。她湊到身旁，瞄一眼他手上的資料，故意提高音量：「我一定要快點去上班，再這樣下去，我，會，瘋，掉。」

「急什麼？住家裡多好——不用付房租，只要給媽一些家用，多輕鬆，找到喜歡的工作比較重要。」

他無所謂的語氣，到底是什麼企圖？想到這，沒來由一口氣堵在胸前，窒礙的上不來。

「整天在家當米蟲，誰還能心安理得啊。」

「哪有這麼可愛的米蟲，啊——是我養的。」

「喂——你很煩欸。」

他顯然當這討論是夫妻情趣，她氣不過，想搶他的文件，卻連幾張紙也無法動搖，他瞬間護住資料，一把將半歪斜的她推回原來位置。

「欸……別鬧，明天開會要報告。」

「我的問題也很重要啊。你都不管喔——」

「我有在聽。」他還在看資料，不耐煩的表情寫在臉上。

回到床頭左邊的她，不禁有些感傷。床右邊的丈夫，是個有工作的人，她無業，目前沒有發言權利。

回想大學四年打工生涯，超商、手搖飲料店、火鍋店、藥妝店，沒一個穩定長久。氣溫經常飆破三十五度那兩個月，還是大學畢業生。

好像蛇蛻下一層皮，不過是上一個季節的事。

這個冬天，她不再需要半夜趕報告、早上擠公車。她已是人妻。一不小就會掉進時空黑洞。

她只知道自己絕不想回到過去，卻又不喜歡目前的生活。

「壁虎欸，你看到了嗎？」她說。

「哪裡？」除非壁虎掉在臉上，他才會發現吧。

「那裡啊。靠近衣櫥旁邊，裂縫那邊，有壁虎……」

「沒關係啦，隔壁跑來的，等下就跑回去了。」他根本沒細看，視線又回到那疊資料。只是隻壁虎。就算這房間充滿爬蟲，他也不在乎吧。

「已經三天了，北部的壁虎真的不會叫耶。」

「是嗎？壁虎會叫？別吵好嗎？這本工具書的稿子有很多專有名詞，不專心不行啦——」

宛真想起小時候住在卓蘭外婆家，不管是客廳或房間裡的壁虎，夜深人靜，啾啾——唧唧——聲音格外響亮。

她覺得自己也像壁虎，離開原生地，便失去了聲音。

「壁虎適應能力很好，到哪都能活，妳可以學學。」家豪的手指沒離開過那疊資料，他的姿勢也沒變過。

「你才要學學壁虎咧——明天不用上班嗎？快睡覺啦。」她分不清他是認真或開玩笑，用力搥了他一拳，賭氣關掉臥室頂端大燈。

「喔——吳宛真，妳明天又不用上班……」

他說對了，不用上班的人要像壁虎一樣活著並不難。

黑暗中，她盯著天花板。不需覓食，不需競爭，沒有威脅生命的危險需要克服，但她覺得呼吸困難。

上面的氧氣會不會比較充裕，她想問壁虎。有點睏意，她告訴自己睡吧。明天的事明天再說。

家豪終於關掉床頭燈。腦細胞休息了，手卻沒閒著，黑暗讓他加速清除她身上所有障礙，她奮力推開他，捲起被子，不想他碰她。

她氣憤的想著，不用上班的人不代表有閒工夫做愛。

捲在被褥裡的女人增加他的渴望，像攫取一隻壞脾氣的螃蟹，他將她的身體從被子提領出來，揮舞的雙螯一下子被固定在枕頭左右。他輕易湊近她的唇，開始品嘗夜間料理，揭開蟹殼，暴露出粉紅內裡，不沾醬，吸吮所有汁液。

厭惡。身體汩汩湧出的回應，讓她懊惱剛才的堅持到底是什麼？

她痛恨自己，每次做愛之後，他注入嗎啡般的液體，她便忽然萌生信賴感，覺得他們的關係至少緊密。

結束後，他早已沉沉睡去，輕微呼聲迴盪在耳邊。

在失去光線的房間，她張著乾澀的眼，望著天花板，覺得氧氣越來越稀薄。

§

經常獨自待在房間，真要變成壁虎了。

宛真小心的，貼著牆，總是躡手躡腳悄聲活動，不過，也很容易一下子被揪住尾巴。

上個週末發生了一件事。

她捧著小說，躺在床上，翻來覆去著迷的讀，絲毫沒發覺婆婆悄悄地進來收走垃圾桶裡的飲料罐、餅乾盒、巧克力包裝紙……直到房門被輕輕帶上，喀噠一聲，她像渾身被電擊從床上猛然跳起——

小說砰地摔落大理石地板——手肘順勢一揮，碰倒擺在床頭小桌上的可樂，咕嚕咕嚕淌出褐色糖水順著桌沿，流至小桌抽屜，拉出抽屜，棉襪手帕這些小東西迅速沾染甜膩。

她不知該先去整理狼藉的抽屜、黏答答的地板，還是整理自己。

不停走來走去，這空間如此狹小，也不知還能走到哪裡去。

她已經習慣被忽視、放棄，缺乏關注。無法隨興在婆婆面前流露過於悲傷或狂喜的表情，會讓老人家疑惑或難過的事情，都要提醒自己收斂。但和婆婆同住，還是，不經意喚起了少女時代某些難堪回憶。

她不知自己繼續懷抱被父母所棄的往事，該怎麼展開新生活。

這個家的節奏，她老是跟不上。彷彿看好出發時刻在月臺等候火車，趕上車次，卻上錯車廂，每節車廂都擠滿了人，怎麼也無法穿過人群抵達自己的位置。只好窩在車廂與車廂交界處，隨著火車前進，至少，她會和他們處在同一時區，抵達同樣的地方。

她想好好待著，又想快點離開，反覆糾纏的想法，讓她無法親近這裡。

「這事簡單，把我媽當成我，那樣愛著，不就好啦。」

「拜託——這完全不一樣。你是我老公，我愛的人，你媽是你媽。」

她說出這話，不自覺驚訝，或許自己在婆婆眼裡，也是完全不一樣的存在。

「小真，妳想太多了——妳只是不適應。我媽很喜歡妳，不想上班也沒關係。我們養得起。」

他說「我們」，絕不是她與他，而是他與他的母親。

宛真在他面前描述憂慮，他卻毫不在意地敷衍。最後，所有爭辯，又結束在肉體反覆傾壓。他總是一把將她摟過來，連同她的煩惱，一起擠壓在胸膛。

這不是養不養得起的問題，而是喪失了生活重心的問題。

眼前這男人不會懂得，她隨時想離開，又不想逼迫丈夫陷入兩難，這念頭像是電腦裡互相排斥的執行檔，一直在她腦海跳出無法讀取檔案的視窗，經常下一秒便呈現當機狀態。

「你都不懂欸——不是想太多，是有心理障礙，我不知道該怎麼和你媽相處……」

「嗯，這很自然。像是學開車，注意煞車和油門，久了就熟練了。」他捏捏宛真的鼻子，彷彿在安撫耍脾氣不乖乖吃飯的小朋友。

失去存在感的生活，令她窒息。她深知無法將婆家當成自家無父母當家的狀態，但她又不是變色龍，可以快速隨著環境變化外表與心境，如果家豪結婚後必須住到女方家裡，才會懂得她的痛苦吧。

或者，她根本不適合婚姻。

隔幾日，她便鬧點小脾氣，一兩天悶著不和家豪說話，故意和妹妹到小巨蛋聽演唱會、再去KTV夜唱狂歡，最後乾脆在善美的小套房留宿。只要徹夜不歸，丈夫便會瘋狂找她，她深知這樣的試探，他必會回應。

「小真，先回家好不好？妳說什麼，我都答應。真的，這次是真的。」

所有從家豪口中吐出的「真的」，每一句都像在呼喚她的名字。

為了挽回在外晃蕩的妻子，隨口允諾的條件，說是幸福條款也不為過。即便這些承諾，是給了甜頭的空頭支票。

「不要動不動就生氣嘛。妳不回家，該怎麼和媽說？她是不想我們搬出去，真要搬，也沒關係，我媽說，獨立很好，我爸二十歲就結婚了，如果他還活著，也會說男人成家立業才算有肩膀。我媽還嫌我太晚結婚，老是賴在家。」

他這話說得豪氣，動不動就是「我媽說」，宛真心裡一陣發冷。

「我媽說我媽說……我受夠了——你可以做你自己嗎？」她想，愛情果然會讓人盲目，談戀愛時覺得他孝順，現在覺得自己愚蠢。但她已經又再次被他騙回家了。

她忘了每次是怎麼哀求妹妹收留一晚就好，但只要家豪幾句話，她又拎著行李回去繼續過著盜版的家庭生活。

林家豪的世界本來就是如此，他的生命一直不存在巨大變動，好像只要學會哄女人，要她忍耐要她等待，便會順利擁有理想生活。

他總是費盡唇舌，讓她在沙漠裡看見海市蜃樓，還能倚靠著一點點幻想在那個家過下去，何況他不認為事情真有那麼糟，一切都是她不適應罷了。

「好吧，既然你說，媽媽也同意，明天立刻找房子啊。」她決定換個方式溝通。

「開玩笑？我們哪有錢——」他瞪大眼，好像她踩中了隱藏地雷。

「哼，現在怎麼就不想靠媽了。」

狠話一下子便溜出口，同樣誠實反應的還有身體，她執意轉過身去，使勁推開他蠢蠢欲動的手。

她不懂，男人怎麼可以，在爭辯氣氛下還能若無其事想要做愛。

沒錢沒錢沒錢，這的確是標準答案，完全堵住她接下想要撒潑的嘴。

從愛情到婚姻的保存期限，一開始新鮮，這麼快，就傳出腐敗氣味。

「話是這麼說嗎？真搞不懂妳們女人……住在我家，也是家庭生活，有差別嗎？」家豪迷濛的聲音從枕畔傳來。

「有啊。差別就是，這還是你家，不是我們家。懂不懂啊。」

那天晚上，再次以肉體糾纏，像是某種和解。

以身體和解多麼虛假。宛真心裡有種怪異的感覺。他與她重疊時，她覺得自己是顆寄生的瘤，直到他抽出，她才像是完成什麼交易那樣輕鬆起來。

§

他們在床上沒有比較和諧，而是宛真勉強自己讓步。她放棄不抵抗的原因，就是交易而已，為了有個屬於自己的家。這麼做是傻還是蠢，也不想深入思考。什麼事想得太周全，也就什麼事都不必去做了。

他要性生活。她要家庭生活。這是結婚三年來最大差異。

初步擬好搬家計畫，立即點燃她的求職欲望。隔天在幾個求職網站登錄，標榜二十四小時必定回覆的人力銀行立即有了好消息。首先剔除派遣公司，其中彈性上班的安親班老師攫住了目光，她沒有太多個人喜好，純粹是工作時間自由離家近。

隔天去面試，對方急需她即刻上班，出乎意外順遂。她成為安親班老師，早上十一點上班，傍晚七點下班，還有午睡時間。負責小四小五的安親課，大多在陪小孩玩遊戲順便拐騙他們乖乖寫作業，工作不輕也不重，剛剛好疲憊的時候就下班了。

她不斷想像，有了兩份薪水，終於可以好好規畫未來的事。

想要屬於自己的家，搬出去，這三個字像電視節目跑馬燈，聊天、看電影、買甜甜圈、澆花修剪盆栽，還有和朋友聚餐的空檔，不停在日常發出訊號，提醒她。

這三年，不論她怎麼撒嬌或爭吵，家豪還會耐住性子摟抱著陪小心，大概也覺得她發怒的樣子很有趣。待在婆婆家，像寄居蟹擠在小小的房間，一向有母親遮蔭的家豪不在乎，宛真總不能不想想現實的事。

後來，不得不三天兩頭將離婚掛在嘴上，逼著他說出幾句原本堅持不讓的允諾。

「明天我馬上去找仲介，搬出去。」「小聲點，別讓媽聽到——年終獎金一發，明年一定搬出去。」

在出版社工作的家豪，想租個房子連準備三個月押金都有問題，公司說好要發的年終獎金從來沒發過。

「林家豪——什麼明天、明年，你以為在騙三歲小孩嗎？都聽三年了——」

「該說的都說了，還要怎樣？」

還要怎樣，這種無賴口吻讓宛真難以置信，難道他不需要更積極更努力一點，難道他不想要自己的家？

口角摩擦次數增多，彷彿疲乏的彈簧，一個不停施壓，一個不能抗壓，開始發出不明聲響，像是將要壞掉的機器，也像兩人的關係，不知道哪一天就壞掉了。

她必須回想美好片段來抵抗這些痛苦。為什麼是他，而不是阿慎？或許是當年他專注的神情吸引了自己。

為了校刊實習編排的小雜誌，找來一堆版型樣本讓宛真挑選，還細心解說編輯排版流程，她覺得認真推敲每個細節的學長，果然和系上那些寧可抽空寫文婊PTT版鄉民的假文青，或是徹夜不眠上網打遊戲的宅男們，完全不同。

幾本校刊出版表現讓系上大老們非常滿意，經由老師推薦，家豪一畢業便順利進入出版社當起助理編輯。每次她到出版社等他下班，看他埋首編輯檯勤奮的模樣，不由幻想，如果嫁給這樣的男人，好像也不錯。

「不錯」還是錯。這兩個字根本是否定的意思，為什麼不是很好，不是最棒，而只是不錯。她不只一次這麼想。

回想這些對現實毫無幫助的事，感覺未來仍然一片混沌。

她下意識從冰箱拿出一盒藍莓優格，一格藍莓果醬，一格純白優格，混在一起稀釋了藍莓的重口味，也提升單一味覺。她一小匙一小匙送進嘴裡，酸與甜，綿密交錯。

「早知道應該買原味，藍莓優格居然有二百卡，這要做多少仰臥起坐啊。」

她看著成分標示，好像被誰欺騙似的低嚷，最後無奈將空盒沖沖水，丟進資源回收桶。

§

在那個家毫無容身之地時，宛真總讓自己短暫放逐到頂樓。她是偶然飛到別人屋簷的燕子，披著墨黑外衣，垂首斂著雙手，一頁一頁翻著故事。她喜歡躲在頂樓水塔後方，假裝自己不是那個家的一分子。

通常是假日，婆婆習慣找來姊妹淘閒磕牙、打打麻將，熱鬧喧囂，四十坪空間便顯得擁擠，這時她會抱本小說、拎把摺疊椅，慢慢爬五層樓階梯，抵達頂樓。

大多是天色再也不能照亮文字，忘記在頂樓待了多久，捧著小說想要借來路燈的光，垂著脖子的燈，卻偏偏在對面照著別人的路。

只好收起摺疊椅，一手勾著椅子、一手夾著書，慢吞吞走下樓。

樓梯間小燈總是不亮，從頂樓彎著身子向下看，彷若往下垂直墜落的深井，她想，如果將腳下的拖鞋踢下去，大概不用兩秒便可抵達地下室。

「如果是人呢？至少要五秒吧？而且會卡在扶手，不上不下，更煩——」

被丟棄的時光，她以為已經拋得好遠，沒想到這個畫面仍然鬼魅糾纏著。

她甩甩頭，卻甩不開這些想法，腳步像踩在小船上，有點飄浮，有點搖晃。無法腳踏實地待在架空場所，不屬於哪個空間的感覺，讓她的胃隱隱痛起來。

這才想起，吃過午餐的大鍋麵後，便上了頂樓，直到現在，超過五小時，連一口水都沒喝。她草草收拾求生小道具，這回合宣告投降。

一級一級，踩著不輕不重的步伐，不知自己究竟想快點或慢些回去。

經過五樓門口，他們鞋子擺滿每一階，像延伸了家的地盤，一直蔓延至空中的錯覺。四樓大門掛著蘋果綠的保溫羊奶盒，意思就是，一個家，需要每天每天不斷餵養。

回到三樓，她停在家門口，身體和思緒都停格了。門兩旁春聯寫著：「四季平安原是福，一堂和煦便成春。」還沒轉動鑰匙，那一堂和煦的笑聲早已溢出，真不知該不該進去攪和這一團和氣。

她想了想，還是低著頭進門。

客廳擺了桌麻將，今天來的客人是婆婆的妹妹一家，要叫阿姨，阿姨的小孩要叫宛真什麼？她也忘了，那一點也不重要。一進門，餘光瞥見家豪正在麻將桌和親友們廝殺，婆婆和阿姨好像在廚房忙著做什麼粿和什麼糕，這些她始終搞不清且手續繁複的點心。

「現在做媳婦好命啊——哪像我們……也不敢要她多做事。什麼……辛苦？沒事沒事，我家那位走掉都快三十年啦，沒什麼能難倒我。」

宛真輕輕帶上鐵製雕花大門，也輕輕帶上自己的腳步，悄悄往房間方向移動，聽見的話也輕輕留在外頭。這三年她唯一學會的事，是讓自己瞬間變成耳目盡殘。

「躲到頂樓對吧。妳不餓嗎？午餐看妳沒吃什麼菜，才吃半碗飯……」家豪不知從哪閃身而出，一把將她拉進房間，看來只有他發現她回家。

「咦？你不是在打牌？有發現我失蹤啊。」宛真低頭，靜靜看著拖鞋，這樣看起來有點愧疚。

家豪敲了她的頭一記，壓低聲音說：「拜託——大家都發現了好嗎。躲這麼久，不餓？」

「噢——很痛耶。我餓慘了——現在可以吞下一個冰箱。」

「幫妳留了一盤花壽司，快吃吧。」

「哇……想到老公對我還不錯，我就乖乖滾回家。」

「滾？妳挺優雅的走回來啊。」分不清他這句話是幽默還是諷刺，「我看妳待會兒最好去廚房幫忙一下。」

宛真將自己放倒在床上，家豪從上方俯瞰她，他的五官變得很模糊，但表情看來有點擔憂。

「我知道……」她嘴裡塞滿醋飯，蛋皮和海苔、小黃瓜捲成繽紛的圈圈，柔軟的、堅硬的，全都攪和在食道，推擠著她的餓。

她好餓，輪著嚼食不同口味的壽司，半吞半嚥，吃得又急又快，彷彿手指也將捲入唇舌之中。是不是，別管食材是黑是白、是黃是綠，是什麼滋味都不重要，反正這就是婚姻，一口吞了它吧。

他不提醒她，她也覺得該是現身時刻，消失或隱匿都不夠聰明，最好的方式是行動。去廚房和客廳演一場乖媳婦和賢妻的戲碼，幸福又溫馨，大家都滿意。

宛真舔舔嘴角旁的白芝麻，將最後一個花壽司一口吃掉，端著空盤子走出房間，朗聲問婆婆需不需要幫忙？

不，連詢問都是多餘，應該到廚房自然的接下盤子擦拭水漬，將碗筷小碟玻璃杯布滿餐桌，佯裝賢淑不是那麼難，非要融入家族聚會卻令她覺得自己太虛偽了。

難道，婆婆不知道親友來家裡吃喝閒聊，她總偷偷躲在頂樓，老人家肯定發現她消失不見，只是沒想過，為什麼非得躲起來不可。宛真的自閉傾向，無疑會令人覺得莫名其妙，如果親戚問起，婆婆又該如何回答呢？

但是，她無法抑制想要逃走的念頭，也無法違背心意在親友面前唱一齣家庭和睦的喜劇。每逢這個空間充滿親友大話誰誰誰拿了博士或哪個敗家衰尾的變賣祖產，大家恣意談論家族興衰，話語彷彿膨脹的爆米花，一朵一朵浮盪在空中，全面向她轟炸。在那個家，再次無路可退。

只要一出現和樂氣氛，不知為何，她怎麼都無法容忍熱絡的聲音和親密畫面，該如何甜美的對每個人微笑？

她覺得這些虛偽的臉孔，一張張疊合著言不由衷的笑，將整個空間轉化成無重力狀態，每走一步她都感覺在飄浮，彷彿這個家塞滿了膨脹人偶，整個空間將要炸裂。

實在受不了了——她只好趁著大家不注意的空檔，收拾求生小包偷偷溜到頂樓去。不過，這種奇怪的症狀，如果只有婆婆獨自在家，她發作的次數便會減緩。

在市公所當公務員的婆婆，再過兩年便要屆齡退休，她膝蓋不好，上班時間之外，會定時去醫院針灸復健，假日還會去社區大學上插花課拼布課，白天宛真也在補習班上課，平日算是相安無事。假日，常有親友來串門，久而久之，也只能順應這種家庭生活，雖說不習慣，但還可以忍受。

畢竟不正常的是她，只能隨時以橡皮擦一點一點擦去跳出這空間的狂想，再用鉛筆將自己的輪廓一筆一筆填進空格裡，以同樣濃淡的筆觸，盡量讓大家喜歡她美化整型的樣子。

晚上，大家頭碰頭臉對臉，晚餐之後又得在廚房客廳熱絡拾東掇西。婆婆看連續劇時，三不五時話裡藏機鋒，假借劇情發揮。那些沒有發生的事，透過電視劇畫面，提供婆婆許多想像，譬如媳婦處心積慮和婆婆鬥法，或是將兒子改造成妻奴和婆婆反目成仇等等。

宛真有時不免也會揣測，是不是長年寡居的婆婆，特別缺乏安全感，總想一再確認未來的事。

通常婆婆最愛再三提及，有親戚介紹吃什麼包生男的中藥，現在認真養好身體好好準備養胎，冬天有孕隔年秋天生產，天氣冷熱適中，孩子好帶頭好壯壯之類。婆婆有意無意流露抱孫的渴望，不想宛真去上班，希望早日生養林家子嗣，彷彿她是植物，澆水施肥一定能瓜瓞綿綿。

她懷疑婆婆還從韓劇學來臺詞和走位，最後總會親熱握著她的手，環著她腰，熟稔的說：「宛真呀，妳看家豪的表弟都當爸爸了，你們就一鼓作氣吧，要加油呀，趁媽媽現在身體還行，幫忙帶孩子，會輕鬆很多喔。」

兩人結婚後並沒有刻意避孕，但是有孕這件事大概和中樂透差不多，即便三天兩頭做愛，少了運氣一切白做工，好像送子觀音硬是喜歡跳過宛真。

她想菩薩實在無比睿智，她沒有做為一個母親的資格，做人媳婦也不合格。結婚第三年，她隱約發現自己或許不能生養子女，西醫也檢查不出什麼問題，婆婆總是以大量中藥餵養她，一直沒有受孕的身體仍然毫無動靜。

整理垃圾時，看到沾血的衛生棉，那天心情總是特別糟。她刻意將沒有中獎的訊息仔細包裹好，藏在垃圾最深處，卻不知怎麼，不多時，婆婆總會閒淡說，這個月又無望了啊。無望的話充滿倒鉤的刺，通過她的耳蝸，又緩慢鑽出，讓她疼痛不已。

她覺得自己渺小，好像沒有一個小孩撐著她，就是充滿瑕疵的女人，在婆婆眼中更是毫無重量。每個月，期待交錯失望的情緒，像是擊球，在婆婆和她之間彈跳著。總有一天，會疲乏吧。她想。

如果，將女人的生命細分為不同等分的格子的大富翁遊戲，宛真多想直接跳過母親這一格，前往熱帶小島或關在監獄都好，倒退二十格回到幼稚園更好，那麼，她還是個有人疼愛、無憂無慮的小女孩。

宛真並不是那麼喜歡孩子，諷刺的是，她是天天被孩子圍繞的安親班老師。

每次週休後，想到隔天又要去安親班對付那些小屁孩，星期天晚上，她總是整晚翻來覆去睡不著，有種游泳游到快缺氧垂死掙扎的緊迫感。家豪倒是工作資料看著看著、蓋在臉上便睡熟了。

男人就是有種天賦本領，天塌下來都能睡，沒有什麼大不了的芝麻小事能阻礙他照常入眠。

在漆黑的房間，她闔上眼，默默數算生理期天數，每個月，這簡單的數學問題總讓她嘆息。

§

婆婆家在大學附近的街區，四十坪的三十年老公寓，據說市價一坪將近八十萬，家豪表示這價格只會不斷往上調整，這房子市值三千多萬，母子倆唱雙簧似的，婆婆接口：「幹嘛賣房子，臺南還有兩甲地，家豪那個什麼出版社編輯也是隨便玩玩啦——他以後想要開公司也沒問題。」

他們結婚那時聽到婆婆在親戚面前，細數家豪的未來，理所當然的口吻，像是一切本該如此。

結婚後，宛真看見另一種母親，與她原生家庭迥然不同的愛。

這樣的愛，她感到陌生，而且呼吸困難。

丈夫究竟活在什麼她無法理解的世界。她收拾好驚訝的表情，裝作若無其事，慢慢慢慢從這群不屬於自己的族群退開。家豪坐在婆婆旁邊，配戴得意的神情聽別人談論自己，或許宛真太過小心翼翼，他們根本沒發現她離開客廳，連她的丈夫也沒發現。

這個男人從小到大念過幾所學校，都在臺北市區，一九九七年捷運淡水線通車後，抵達位於河畔邊上的大學更是便利，即使公車七轉八繞，不消一小時也能抵達。近三十年，他好像從來沒離開過這城市。

他們的約會地點從公車站換成捷運站，趕著校車固定發車衝上去占位，到捷運站附近下車，家豪總是在她打工的漫畫王廝混，陪她上班聊天，聊天上班。她下班，送她去分租的學生公寓，等捷運最後一班車時刻將近，他才匆匆衝到捷運閘口。

結婚才三年，戀愛廝磨時光，卻像一塊將要用完的肥皂，薄薄脆脆，香氣仍然，繼續搓抹就要斷裂。

浪漫的愛情是，爛肥皂丟了也不可惜，買個薰衣草精油洗手乳多美妙，結婚後的真實是，還能用的東西，到底還能怎麼善加利用，這個月，下個月，未來的情感，如何不會透支。她覺得自己越來越務實，至少思考上趨向賢良主婦。

譬如，既然自己想要的家還是空中樓閣，她現在倒是想方設法延遲回去的時間。下午，趁著空檔傳簡訊給家豪，編造招生人數不足被老闆檢討學生月考成績退步被家長罵等諸多藉口……總之心神疲累，一切糟透，不想回家。

家豪倒是立即回傳了笑臉圖案，說是乾脆去祕密基地放鬆一下，還算是善解人意。

祕密基地，是以前常去的小咖啡館，不論是輕食或甜點，老闆都不假外人之手，尤其自家烘焙豆子、調配適當比例的手沖咖啡，帶點果酸和喉韻，他們都非常喜歡。

好像來到這裡用餐，原本將被引爆的家事，還能獲得轉圜的機會。

她實在不想老是和家豪吵架，住在家裡，什麼話想說不能說，還得看時機挑地點，趁著婆婆外出或講電話，行色匆匆快速吵完。彷彿技巧高超的演員，還得及時抽離情境，婆婆一出現，空氣和表情仍是同樣寧靜溫馨。

所謂的婚姻，越來越像匆匆快炒、倉促上桌毫無新意的菜色，無心烹調的廚娘老是端出吃不出鹹淡的料理，慢慢的，男人也失去了期待。

家豪最近再也沒有耐心聽她娓娓訴說，為什麼菜煮壞了？是燙到手還是不會控制爐火。啊，她忘了，婆婆根本不許她進廚房做菜。

從小，有人瞧不起她，她也不會瞧不起自己，本來，沒人教她該怎麼做一餐飯菜和打掃家居。當她摟著丈夫的腰，瑣碎叨念著婆婆又搶著在他加班回家時，衝到廚房去煮水餃。

「這麼簡單，我會做啊——為什麼老怕我搶了廚房，你和媽媽說一說啦。」她不流露委屈，慢慢的說。

昨天他邊刷牙邊含糊不清的回答，落得輕鬆，不是很好，隨口吐出白色泡沫。她的委屈頓時連同泡沫一起被沖到下水道。

「少來，誰說不做菜就輕鬆？我得跟在旁邊忙這忙那，你根本搞不清楚，輕鬆的是你吧——下班有人送茶送拖鞋，吃完飯連牙線都有人遞上，只要陪聊天看電視吃水果的，我還得去整理廚房、洗衣服刷浴室收垃圾，誰輕鬆啦？」

她忍不住一陣狂飆，彷彿板塊推擠累積的壓力，每隔一段時間，她便會被如此的情緒引爆。

「很晚了，不想跟妳吵——媽愛做就給她做，妳怎麼越來越像嘮叨的歐巴桑，每天都囉嗦一樣的事情。」他冷冷斜睨一眼，淡淡的說。

想到昨晚，宛真瞬間沒胃口，才吃完主餐的燻雞袋餅，藍姆葡萄起司蛋糕被她的叉子挑得支離破碎。

「為什麼一定要生小孩？女人只有這功能嗎？是不是，不生孩子，我就沒有存在的必要了。」

「又來了，媽媽就是愛念嘛——她說什麼，風一吹就不見了。整天胡思亂想，妳就不能想些正面的事？」

快三年了，別說婆婆焦急，宛真也開始急躁。有同事介紹婦科名醫，她循址做過檢查，醫生說她經期紊亂，子宮內膜很薄，要育養小孩得多調養身體。她老是嚷著自己不適合做媽媽，小孩子才不會不長眼跟著她，醫生的診斷，她頓時覺得是報應。

她打定主意，真的生不出孩子，只能搬出去一途，她不知該怎麼面對婆婆不時買回小嬰兒的玩具或衣物，還不斷明示暗示說有個孩子家裡多熱鬧。

這個家有生子緊箍咒，獨子魔咒，她好想逃脫。

「好吧。想點正面的，如果有了小孩，一家三口還擠在這個小房間，像話嗎？你說——

什麼時候搬出去？」
「不急嘛——家裡還有空房間啊。媽媽退休，我們再搬不遲。」
家豪說話習慣提高尾音的語氣，讓宛真越聽越光火，不由尖聲回道：「噢——原來要等到媽媽退休，我們才能搬走哇。如果媽媽不退呢？是不是就得一直住下去……」
宛真對婆婆要不要退休沒有太多想法，婆婆是能幹的職業婦女，她也很讚嘆公事家事一把抓的新時代女性，那是她無法抵達的高標。
她很清楚，家豪不過是藉口，好像吃飯得等大家都到齊了才能開動，等集夠點數再去換超商的公仔，等存到了錢再買房子。即使雙薪，他們的存款遠追不上臺北房價。有些事可以等，等候是種美德，有些時候，等久了卻變成只會傻傻啃食胸前大餅的蠢蛋。
不懂得把握好友即將移民，付訂買下她屋況極佳的大樓二手屋，宛真覺得這輩子想要擁有自己的房子再也沒有這麼好的機會了。
「我的好朋友不多，天底下真的沒有那麼優惠的條件了。林家豪，我跟你說，雖然那房子坪數不大，兩個人足夠了，以後再以屋換屋嘛。」
「我覺得山邊的社區有點遠。」
「不是理由。捷運五站就到你家。」
「錢不夠。」
「什麼爛藉口——我們有兩份薪水耶，還可以和銀行辦首購優惠，利率很低啦。房子你也看過兩三次，屋況好交通又便利，到底還在考慮什麼啦──」

「還能考慮什麼……我不放心媽媽一個人。妳不在意自己的父母，也要我跟妳一樣？就沒有其他方法嗎？」家豪的聲音聽起來很虛弱，像被抽光所有力氣的模樣。

「妥協個屁。我妥協三年了──我們可以每天回家陪媽媽吃晚餐再回家，不是都說好了嗎？你現在又要說我不孝？我就是不孝怎樣？」宛真簡直無法控制自己的情緒，攪拌咖啡的小茶匙噹地敲破了小瓷盤，她頓時也覺得自己似乎反應過於激烈。

熟識的高個子店長立即過來收拾桌面，她不好意思的說會賠償餐具損失，店長倒是笑笑說沒關係，或許也習慣如此，還說稍候要補一杯咖啡過來。

店長離開後，咖啡館外的招牌燈也熄滅了，他和她之間一陣沉默。

他們毫無覺察彼此已失去支撐，即便在咖啡館的一張桌子兩端，卻空曠得連回音都聽不見。

每隔一段時間，他們總避開婆婆，在外頭開戰，好像遠離那個家，隨便說什麼都可以不用帶回家去。

兩人離開咖啡館，繼續站在路邊大吼，大多是宛真歇斯底里的狂吼，她訝異自己居然像電影裡失去理智的女人，踹掉高跟鞋、丟開溫柔婉約的形象，披頭散髮使命拉扯家豪的襯衫、將他的手提包拋到馬路上……

每個行經現場的路人，都躲得老遠，像觀賞鬧劇。如果有人參與這場鬧劇，肯定認為她不但是愛吵愛鬧，不守本分的恰查某，還唆使丈夫搬出去自立門戶，這條不良媳婦叛亂罪便是大逆不孝。

那晚回家，兩人倒是迅速回復正常，像是電腦設定的系統回復，精準的回復到闔家歡樂的時間點。

婆婆在客廳看連續劇，宛真梳洗完畢到陽臺晾曬衣物，她隱約聽見家豪和婆婆在客廳窸窣窣聊天，做完家事，她照例速速躲進房間，這種母子和樂的場合不宜介入。

她不知他們到底說些什麼，他回到房間時很安靜。宛真試圖問他，他卻推說，沒什麼重要的事，閒聊不值得再說一遍。

「你很沒耐心欸。結婚就變了你，哼。」

關心變成自討沒趣，她關了燈、拉上被子，豈知，家豪一把扯過薄被，將屬於宛真的那一半全部掠奪，她的身體便完全沒有遮蔽。雖說她還穿了棉質的長袍睡衣，他卻鑽進長袍底部，開始啃咬炸雞腿那樣，這一口連帶麵衣輕輕咬下有彈性的腿肉，那一口揭開大片麵衣，直接抓住她的腿骨，她聽見身體微微發出喀啦的聲音。

不易察覺，然而，她和他的確有什麼地方徹底裂成兩半。

沒有詢問，沒有等待，沒有沒有，什麼都沒有，只有他蠻橫的進入和翻轉。他以為自己是旋轉的釘子，硬是在她身上鑽了個足以懸掛一個男人重量的掛鉤。多麼粗暴，進入和離開。

家豪若是被母親責罵，那晚不意外行動特別強烈，像是以征服妻子的身體來填補自己的心被母親所戳出的傷口。

他可能不明白為什麼都填不滿，就像宛真也不是很清楚自己為什麼會吃不停。

住在小房間第三年，她只感到許多疼痛，然後，一點一點，慢慢失去愛的能力。

四 倒過來的世界

跑上十圈，陸續休息幾次，跑最後兩圈，有種靈魂和身體即將碎裂在操場的感覺。

善美索性躺在最外圈邊緣，介於單槓鞦韆小木馬那些遊樂器材和跑道的畸零地，暴屍一樣急促呼吸，大口吞吐著冷冷的空氣。

頭貼地、面仰天之際，她以為自己是被翻轉過來的蝸牛，渾身濕答答的黏液。

沒有殼的蝸牛，在這城市爬行多艱難，正在哀憐自己買不起房子時，在倒過來的世界，她看見有個爸爸拉著小男孩的手，慢慢的，轉圈圈。

小男孩將小小腳丫踩在爸爸的球鞋上，小男孩身軀放鬆的往後放倒，仰望著天空，爸爸彷彿變成一支傘，旋轉旋轉著小男孩的世界……

每個小孩都該擁有這樣一個小宇宙啊。但，她還是個小學生，就失去旋轉軸心，無法對焦注視，對於父親仰望，剩下漩渦一樣的混沌。

如果一直過著有爸爸的生活，會不會，比較堅強呢？

她決定丟開這些惱人的畫面，再跑五圈。補習班輪晚班時，她習慣先到小學操場跑步。整個下午，快跑，慢跑，後來是走路，瘋狂繞著ＰＵ跑道一圈又一圈。她不喜歡身上有一點點贅肉。照鏡子時，鏡中的她，像嚴格的健身教練，總是以嫌惡不耐煩的嘴臉，挑剔不明顯的鎖骨、大腿間橘皮組織，還有小腹不夠立體的比基尼線。

她希望隨時保持在最好狀況，體脂肪不超過百分之十五，一增加就控制，身體是女人的籌碼，她從不覺得羞恥，她以自己美好的體態為傲。

跑步的時候，只有手腳擺動，規律單調的動作讓腦海不自主浮現一些情境，像是站在跑步機上頭，履帶不斷前進，液晶電視一幕幕播放影片，不論想不想看，都沒辦法啪嚓一下按掉畫面。

譬如，被父親丟棄的時光，這段影片不由分說轉動起來。她想起了童年，她和姊姊在臺中，那個倒過來的世界。栩栩如真。

§

十分鐘，乾脆俐落的在代書事務所簽好了第一次離婚協議。

回想這場景，善美覺得好荒謬，所有儀式都在規範婚姻，只有愛，永遠無法以任何方法規範吧。

記得自己緊緊拉著媽媽裙角，只聽到低啞的嗓音傳來，「孩子是我的，白紙黑字，你不能反悔。」

沒肝沒肺的男人，媽媽也不想挽留。只有一個要求，留下孩子。她才九歲，不懂簽了這張紙，為什麼不可反悔，為什麼小孩說要給誰就給誰，不是一家人嗎？為什麼會是這樣？

十三歲的姊姊，睜著大眼瞪著爸爸，一面哭一面尖聲吼叫：「他不要我們——他早就不想要我們了！我早就知道，早就知道了——」

她當時非常害怕，只管躲到媽媽懷裡，只記得那個地方除了坐在辦公桌前戴眼鏡的女人，所有人都靜靜掉淚，沒有聲音的哭。媽媽摟著她，肩膀一聳一聳的，像是極力在壓抑什麼，她整個人被媽媽的胸脯摀得好熱，簡直快要窒息了。

「嗚……嗯……哇嗚……媽——」

忽然，媽媽鬆開她，跑到辦公室外面，蹲在騎樓旁開始嘔吐起來，吐出早餐的豆漿。

善美現在才了解，移情別戀，四個字如此鋒利。那天起，戶口名簿不再有他的名字，她和姊姊的身分證卻得清清楚楚保留父親的位置。即便他已丟棄了生命中不重要的三個女人，她們仍然無法這般狠心，一舉將遺留的印記焚毀殆盡。

另一個女人正在大陸等他，這個家變成多餘的存在。

年輕的媽媽一氣之下，將她們送到卓蘭外婆家，趁著她們去上學時偷偷離開。「這個比賽叫做誰比較狠心，輸的人，會得到兩個小孩，所以得跑快一點啊。」姊姊躲在被窩和善美偷偷咬耳朵。

沒想到一同躺在紅眠床的外婆耳尖聽見，轉過身來捏著姊姊的臉頰肉，生氣的說：「飯會使烏白食，話毋通亂講，囡仔人莫知影，莫要烏白講。」還說姊姊這樣說自己的父母壞話，不孝順，會被雷劈。

小時候，她覺得雷公要管的事好多，飯粒沒吃完黏在碗裡雷公要打，功課沒寫完雷公要打，不孝順雷公要打。

食物，對她來說，已經失去保存期限。雷公愛怎麼懲罰她沒意見。

如果情感是記憶，必得定期清空所有資料匣。

§

那個叫做爸爸的男人不在臺灣的時間，像過期的食物一樣生霉、腐爛、化蛆，分解成微生物混入泥土，成為下水道的沉積黑泥。或者已經變成苔蘚的養分，附著在她去補習班上課路經的行道樹，也可能是操場上那棵大榕樹。

跑步的時候，為了讓自己支撐下去，總會想起住在外婆家那些沒有爸媽的時間。第十二圈，她跌了一下，膝蓋微微滲著血漬。彎腰嗅著身上汗濕的運動衣，氣味透露著似曾相識的酸臭，膝蓋那裡裂開一道縫隙，她覺得自己像剛剛開始腐敗的西瓜。

如果放任這身體不管，會不會從摔傷的地方開始壞掉？她開始胡思亂想。

垂掛的氣根，風一吹，混合草本和泥土的氣味鑽進鼻腔，彷彿在說到我懷裡來。她空堂時，在操場PU跑道一圈又一圈跑步，固定在右邊那棵異常巨大榕樹底下稍事休憩，大榕樹的枝幹滿布苔蘚，似乎盤古開天闢地就在那俯瞰她。

樹下幾枚被鞋踩扁的菸蒂，斷裂成指節大小，不久之前還被夾在指縫，燃燒過等待和焦慮，看著香菸屍體，她總是不自覺將肩膀緊偎著樹幹。樹皮斑駁粗礪的觸感，摩挲著手臂，癢癢刺刺，像是爸爸剛洗好澡沒刮鬍子的時候，抱著她將她圈在懷裡，下巴剛冒出頭的硬鬍鬚，磨著她的臉頰、肩膀、手臂。她就賴在爸爸的大腿上，聞著糅合了香菸焦臭和沐浴乳的味道，咯咯咯的笑起來。

跑步完畢，她必須拖著多汗的身體再去學校的溫水游泳池游幾個折返。游到第三輪，她勉強摸到池沿，覺得自己快要死去了。然後放鬆身軀漂浮，抱膝閉氣慢慢的潛到池底，像是一顆凝結在果凍裡的青梅。

她喜歡水裡的世界，只剩下一個人，彷彿隨時可以拋棄自己。

簡單沖洗之後，她感覺又成為全新的人。還有一疊作文沒改，頂著半濕不乾的長髮，她決定拎著塞滿大浴巾和運動服的大包包，到速食店逼迫自己趕工。

離開酒吧，升大二暑假她到姊姊的補習班打工，那時配合安親才藝課開立了作文班，從暑假延續到這學期，低中高三個年級兩班作文課各有十幾個學生，招生也算穩定。後來，大三課修得不多，善美還接了小一先修班安親，辭掉酒吧收入算是補上了，但是這學期還是得去辦學生貸款來繳學費。

姊姊離開臺中後，她們初次相處這麼長時間，還待在同一處上班，善美開始感到痛苦。畢竟是姊姊，以前時不時囉嗦她的功課、交友、卡債，現在還多了一些工作態度、穿著打扮、應對進退……不管說什麼她都覺得超煩。或者，她只有在擔憂她的時候，有點像再次回到臺中的媽媽。不過，姊姊永遠不知道那時的媽媽是什麼模樣。

「我知道妳不愛聽這些，下學期我就調到老闆新開的分部了，妳快解脫姊姊魔音啦。」

「哇——恭喜姊姊高升。」

「嘖，高升個屁，不過是換個地方當保母。」

現在姊姊不再憂心她的卡債，大多煩惱生不出小孩，總說看顧別人的孩子多輕鬆，是留在補習班工作最大的慰藉。

女人能走的路被姊姊走得好狹隘，不是嫁人就是小孩，她想不透執著糾纏其中的女人，感受過真實的快樂和幸福嗎？

她的樣本數不多，身邊隨便舉兩個例子，一個破碎，一個大概將碎，她覺得自己至少安全。

速食店永遠不缺顧客，二十幾本作文她已經改了兩小時，面前這桌走了房仲業者換成肩膀寬厚的男士，應該是剛下班來速食店用餐吧。他坐進尚有餘溫的位置，淺藍襯衫，深藍斜紋領帶，拎著咖啡色手提箱。他一坐下啪啪兩聲扳開蝴蝶鎖打開手提箱，拿出一疊疊文件，接著從襯衫胸前口袋取出一支鋼筆，旋開筆蓋，便唰唰地在紙上勾畫。

「現在流行在速食店處理公事嗎？有沒有這麼忙啊——」坐在後方的善美忍不住喃喃。視線穿過他的手肘空隙，他使用鋼筆的老派氣質，不由定睛，很久很久。

兩人位置座標垂直，她不想換，整家店也沒空位可換，她望著前方有墊肩的毛料西裝，分布在橫軸方向的手提箱和文件接著占據她所有目光。他剛才似乎一進速食店就點好了餐點，不到十分鐘，櫃檯戴著棒球帽高大瘦長的實習工讀生已經將竹籃裡的餐食送到他桌上。

「嗯——我到了。電影票買了，都搞定了。對，今天不必回家啊。還有一小時，不急——」他開始講話，對著耳機麥克風。收訊似乎有干擾，「不急」這兩個字格外響亮，還拖長拍。他不斷確定耳塞和耳朵是否密合，每隔兩三秒就伸手將耳機往耳朵推進一點。這個瞬間，她好像聽見了他往樹洞傾訴的祕密。

今天不必回家，為什麼不必？為什麼需要事先搞定電影票？

換句話說，如果今天必須回家，這些都無法搞定嘛。

她發現自己開始盯著他後頸，他的髮根算高，覆蓋著細短黑髮，彷彿黑熊毛茸茸的厚爪子，向她招手。偶爾側著頭露出的鬢角，往上剃高一片青白，右半邊宛如祥雲圖騰——善美沒忘記他今天不必回家。

他忽然把手提箱放到自己旁邊的空椅，手提箱那對蝴蝶鎖熠熠生光，長方形，非常精緻，鎖頭圍繞著長框綴飾一圈鉚釘，燈光折射下好像許多眼睛盯著她，或者是她的眼睛過於專注凝視著它。

這手提箱好熟悉，善美想起了一些什麼，不太確定。

手提箱的ㄇ型把手和底部的護角，看起來簇新無磨痕……像是爸爸以前在保險公司上班提的那個，扳動鎖扣時，會聽見細微的喀喀聲。小時候，她最喜歡在爸爸下班的時候，接過手提箱，坐在手提箱上，一再掀翻又扣合，那對蝴蝶鎖。老是玩到爸爸一把將她拎起來，放在他的肩膀上，舉著她晃來晃去的說，「小丫頭，妳的馬在這，我跑得很快喔——要去哪玩？爸爸帶妳去——」

她拿起桌上的空水杯，走去櫃檯要求服務生給一杯冰水，這不過是藉口正面觀看坐在前面這位今天不必回家的男人。她想要看看他臉上的神情。

她走回自己的桌子，他還在講電話，仍然以手指推著耳塞確定著耳機的收音效果，他剛好說道：「慢慢來別趕，我先買杯咖啡和漢堡帶著，不會讓妳餓著啦。」

他在笑，笑得顴骨高高聳起，鼻翼兩旁的法令紋盡責的架著一張有菸垢的嘴，看起來有點猥瑣。她幾乎想揪出電話那頭的「妳」就是個小三。她心裡澄淨如水，和對方眼巴巴說著今天不必回家的男人，和爸爸一樣，以後也不會有家可回了。

她的爸爸一聲不響離開家，五年之後，他回家了，極力裝作若無其事，他沒有和家人解釋什麼。他以為不說過去，未來也不會改變什麼。

最讓人生氣的是媽媽，她似乎被傳染了若無其事的病菌，「男人的話能信嗎？」媽媽不管外婆勸阻，硬是從外婆家接走她們，這兩個曾經丟棄家和小孩的人，居然又到市區租了房子，說要重新開始。

善美曾經非常愛爸爸，而且偷偷幻想長大後要嫁給像爸爸那樣受人歡迎的人。每次爸爸帶她去談生意或和朋友吃飯喝酒，那裡的漂亮阿姨總是大力讚賞爸爸的慷慨，那些身上有著特殊香氣，彷彿像是住在閃閃發亮宮殿裡阿姨們說：「妹妹，阿姨好想嫁給妳把拔，他是我看過對我最好最好的人了。」

「不行——我以後要嫁給我把拔。」善美非常生氣的回答那個藍色眼皮阿姨，大家聽見都笑了。爸爸也笑得眼睛瞇起來了。

他黧黑的皮膚，在水晶燈下看起來黑中帶黃，有點憔悴。他不笑的時候，臉上深刻的笑紋像在生氣，她喜歡他咧著嘴開心的笑，至少，在笑意充盈的剎那，可以遺忘一些事情吧。

她永遠記得那天，他摟著藍色眼皮的漂亮阿姨，那個身上有刺鼻香味的阿姨，穿著開高衩的白色長洋裝，那布料輕飄飄的有點透明，那阿姨胸口鼓鼓的穿著白蕾絲內衣。善美不喜歡她這種打扮，她見過那樣的純白內衣，兩條細細的肩帶，媽媽不久前才買給姊姊穿，媽媽說這是女孩子貼身的衣物。她忘了在那房間停留多久，爸爸好像一直沒有回家的意思，最後她疲倦的倒臥在紫色天鵝絨沙發，快要閉上眼的瞬間，她看見，爸爸將一小疊鈔票放在那個藍眼皮阿姨的內衣裡面。

她確定這不是夢，那是一個小學生無法幻想出的情境。

那天夜裡，爸爸揹著熟睡的她回家，媽媽幫她換上睡衣，她咕咕噥噥的和媽媽說起夜晚的奇遇，她去了童話故事才有的宮殿，有漂亮的公主，穿著白色透明的衣服，還有和姊姊一樣的內衣。

故事都還沒說完，媽媽隨即拋下半夢半醒的她，在客廳和爸爸扭打成難分難解的麻花，他們將家裡所有能砸的東西都砸爛，電視和電視上頭的陶瓷小馬、酒櫃裡高高低低的酒瓶和各種形狀的杯子，餐桌椅全被折斷手腳在地板躺成可憐模樣……

震耳聲響讓善美和姊姊彼此緊緊摟住對方，姊姊在她耳邊輕聲的說：「如果有哆啦A夢的任意門就好了——我們馬上消失在這個家，隨便去哪裡都好。」

隔天她們如常去上學，回家後，像是被炸彈轟炸的空間，支離破碎，爸爸倒是開啟了任意門，不知去向，媽媽抓著電話猛和阿姨哭訴，還說那個男人膽敢再回來，絕對要對他下面倒硫酸讓他爛掉什麼的，還嚷著要她們絕對不許再叫他爸爸。

從那個男人離開家的那天起，她判定他就此失去說話的權利，因為他放棄了一個父親的位置。他隨便把「父親」的識別證丟掉了，遇到大事變成縮頭烏龜、沒有骨頭吃就夾著尾巴逃走的爸爸，憑什麼要女兒聽話。他毫無立場站在她的生命裡。

即使過了幾年他又回來了，即使他也嘗到被拋棄的結果，很長一段時間，他還試圖解釋什麼，她都聽不進去了。

彷彿她右眉尾那枚小小的淡褐色曬斑，她塗了遮瑕膏、BB霜，再撲粉，實際上，在倒過來的世界，那個曬斑的形狀和顏色和這個真實的世界，不可能是相同的東西。

倒過來的世界就是這麼不公平。本來有的，在鏡子裡看起來還存在，她心裡就是知道，那是假的。

§

速食店那個不回家的男人，還讓善美想起爸爸離家後，她曾短暫失去聽力。

連媽媽都不知道她曾經聽不見，生活上有些小小困擾，還好時間很短暫。看過幾次醫生也查不出原因，不久，耳朵莫名其妙又恢復正常。如果不是遇到速食店男人，善美也遺忘當時忽然聽不見某些特定聲音。

精確來說，那時，她喪失在人群中辨別單一聲音的能力，譬如在人來人往的捷運出口，充斥上百人的聲浪，聽不見熟悉朋友的宏亮叫喚，不論對方如何提高聲量，她仍是呆望著虛空，接收不了任何音頻。

直到對方站立面前，拍她肩，才像從異次元歸返，不知所以問對方，「幹嘛嚇我啦——」「妳沒看到就算了，也沒聽到我拚命喊妳呀——聲音都喊啞了。」朋友搖搖頭一副無奈。

善美記得很清楚，是中老年男性，他們低沉的聲音，她總會下意識忽略，聽而不聞。或許，是長年漠視父親的詛咒吧。

剛到補習班打工時，從學校放學至晚餐時間總是鬧哄哄，安親才藝的幾個班的小孩總在一樓櫃喧騰不已，奔進奔出，整個空間像煮沸的一鍋水，嘁嘁咂咂噗嚕噗嚕。每有男性家長來接小孩，她想從中辨識特定的男性嗓音，不論是宇軒爸拔、浩浩叔叔，還是安安阿公，她常搞不清楚，老是記錯人。

彷彿好幾個聲部，錯軌拼接在同一小節，記錯人，小朋友就會搭錯組，完全不速配的家人被擺在一起，誰聽了都不開心。混亂拼錯圖案，像是鵝黃的香蕉非要塗上粉紅色一樣令人錯愕。

善美鬧了不少笑話，現在搭錯線、說錯話的頻率已漸少，偶爾迷糊的那面，小朋友反而非常喜歡。尤其是小一班的宇威和小婕，簡直當她是兒童臺的水果姊姊，整天圍在身邊瞎轉。

她想，無法準確判別聲源，可能是經過機器變形扭曲的聲音，怎麼聽，都欠缺真實。也可能是揮之不去的低沉嗓聲被強制存留，一端發送，一端接收，只得專注領受。

「同樣的話，我只講一次。吳善美，明天不要遲到，這學期說明會很重要，下半年招生都靠這次了。搭捷運、坐小黃都行，別騎妳的爛車。這樣妳懂我的意思嗎？」

到底要怎樣才能懂你意思，那你懂我的意思嗎？善美覺得宅宅主任老愛用手上的黃色卷宗夾遮住大半張臉，講話只看手上資料，完全不看對方，超級沒禮貌。他和女老師說話，兩隻眼睛還輪流跳恰恰，眨個不停，整張臉怎樣都無法推出適當表情，怎麼看都猥褻。

翟主任，善美偷偷叫他宅宅主任，平常陰陽怪氣，遇到招生說明會簡直像年度出清腎上腺素，開會獨秀狂飆一小時，同樣流程一說再說，唯恐哪個環節沒扣緊，整個補教大樓便要崩塌了。

「懂懂懂——主任，我沒問題，你放心啦。」善美說完，馬上在行事曆上將明天的日期用力畫圈，右手肘還順便推了推一旁的姊姊，好像沒問題的人也包括了宛真。

宛真挑了挑眉，瞧了善美一眼，一會兒才回過神說道：「嗯，主任，你放心，明天說明會還有我在，有問題我會處理。」

明明只有幾個人擠在櫃檯後面的小辦公室，還是讓善美的耳朵轟轟炸開，她瞬間覺得將再度失聰。最後只聽到主任結論，招不到足額人數，補習班撐不過關門大吉，大家就回家吃自己吧。

主任說話速度和聲音輕重拍，讓她錯覺似乎聽見某個熟悉的人。她在招生傳單空白處寫了幾句話，給宛真：「為虎作倀，狐假虎威，扮豬吃老虎，吃了熊心豹子膽……」

宛真一看，噗哧笑出來，趕緊摀住嘴，跟著在空白處接龍：「嚇唬不了人，悲哀的只剩一張嘴。」

天天聽聞主任大呼小叫，有時冒出口頭禪：「這樣你懂我的意思嗎？」她才確定是他。那時比較棘手的問題是，在櫃檯接到主任的電話，無法辨認他的聲音，還誤判是銀行業務例行騷擾。幾次開會主任挑明要善美改進，他抱著胸，下巴仰得高高的說：「如果宇威被不是宇威的親友接走，誰能負責？是妳，還是我？還是妳姊姊？」

他坐在漆皮高背旋轉椅的肥胖身體巍巍顫顫，左右搖擺，簡直要壓垮那張椅子。

宛真默不作聲，迅速和善美交換眼神，姊姊意思應該是說，就當他說的都是放屁……她捕捉到姊姊唇邊一抹微笑。

前陣子姊姊提醒說：「別看只是家補習班，也有看不見的鬥爭，小名小利都能鬥，反正我們不求這些，妳就當主任說什麼都是放屁——」

這就是社會現實。她何嘗不懂人前堆笑橫肉夾滿皺紋的班主任，在他眼裡家長最大，人後只會板起胖臉豎眉鼓動厚唇教訓安親才藝老師，她以前在酒吧打工向壞脾氣的酒客垂手遞酒菜，現在得向一堆媽寶、爺奶寶哈腰，兩者竟然沒什麼差異。

小朋友都認得家人嘛，她當然會再三確定組合無誤才放人，為什麼主任非要抓住她這點小事作文章。

主任通常兩三天才進一次補習班，他還有其他連鎖分校要照應，不過，調整老師的工作不過是幾句話時間。善美該面對的現實，便是三天後要被調離櫃檯，小一二安親和作文課歸她負責，櫃檯助理換成一位大傳系畢業的短髮女孩，嘴甜腿長腰又軟，據說是老闆的小表妹。

彷彿配備超強電磁波基地臺，新來的櫃檯助理整日嘟嘴裝可愛、甜笑盈盈，不管是老師或家長都能準確接收短髮女孩的友善訊號。

「嘖嘖……吳善美，妳看看——這才是『必屈』，學著點啊。」吳宛真由衷讚嘆。

「靠——真的很必屈。」她覺得可以將「賤人」本色內化於無形，這也算強大的天分吧。

善美覺得自己絕對做不來，而且她還會選擇性聽不見男人的聲音，聽不見就不用面對。她偶爾聽不見男人的聲音，也聽說主任不太敢直視女人的臉，他以為大家沒發現，只要有女性家長靠近櫃檯，馬上秒閃進辦公室，也不管櫃檯有沒有人接待。她忍不住附耳和宛真說，「我才不相信他不敢看女人，搞不好在家猛看A片。看我們會瞎眼嗎？什麼毛病啊？」

善美不否認每個人多少有點私密的毛病，也可稱為不可告人的祕密，譬如對於某些男人的臉孔，她通常過目不忘。

像是速食店那個不回家的男人，日後在哪裡見到他，她都不會遺忘手提箱和西裝墊肩，還有他講起電話，笑得瞇起眼，每一條臉部肌肉都得到女人撫慰的樣子。

那種表情，也曾出現在她父親的臉上。

§

「老師，妳今天有笑耶。是不是刮刮樂刮中了兩百萬？」

「什麼兩百萬——小鬼，妳亂說什麼。看我笑，很稀奇嗎？」

「很稀奇喔……Sunny老師很少笑啊。我覺得——妳有點……愛，生，氣。」

小婕趴在櫃檯前，屁股底下那張不帶扶手的轉轉椅，一直跟著小婕的身體在長型櫃檯滑來滑去。

「Janny——，妳又玩椅子，我說幾遍了，不能玩櫃檯的椅子，老師的話都沒在聽。」

「噢，好啦。Sunny老師。」

「不要玩了……Jessica該準備上鋼琴課了。」

善美在補習班變成Sunny老師，她一點也不喜歡這個怪名字，但是，Ivy老師，喔，Ivy就是吳宛真，說雙語教學就是給掰、假惺惺，班主任要每個老師最好都有英文名字，取個英文名騙騙家長純美語環境又不會少塊肉。

「Amy老師說，Jessica都沒練琴，她現在才想到，再不去練，要扣她的點數了。」善美走過來，抱著一疊作文簿啪地丟在櫃檯，臉上寫著不耐煩。

聽到Sunny老師提醒，本來占著電腦玩遊戲的Jessica，像是忽然記起什麼，眉頭緊皺，旋即又瞪大了眼，啪搭啪搭拖著室內鞋，衝進教室。才上完作文課的教室，緊接著要淨空，讓鋼琴班的Amy老師上課。靠近小學的這條街有五間補習班，學區附近租金昂貴，老闆交代要把握每段時間，不宜有閒置空間。

「怎麼啦？我猜，宇威作文又寫不完了？」宛真說。

善美沒回答，但鼓著腮幫子重重吐出一口氣。

「一定是安安在睡覺。」

她看了宛真一眼，嘴角往下憋著，彷彿被說中了什麼的委屈，她悶悶的回句：「還有浩又和宇威打架了。」

來補習班打工，是大二暑假，雖說是中文系，以為教小學生作文一塊蛋糕那樣簡單，但兼顧櫃檯工作卻難倒了她。接電話、排班表、各類才藝招生、回覆家長奇形怪狀的詢問……爆量的瑣事雖能加速熟悉流程，但她總是搞錯學生班級、接錯電話送錯學生，這些也不是了不起的大事，卻讓家長不時抱怨投訴。

善美自認不是沒耐心教小孩的老師，而是太容易被啟動暴怒開關，她幾度瀕臨崩潰，甚至遇到棘手狀況，譬如兩三個小男孩扭打在一起怎麼都拉不開，還有說非要考零分給爸媽看鬧彆扭不寫考卷、不聽課老趴著睡覺……她處理半天仍然束手無策，有時居然還會比小朋友先哭出來，如此一來，主任也快發瘋了。

班主任私下和宛真討論過，決定先將善美調去帶小一班，看情況再調整工作。不過，才開始帶這個班第三天，又氣得抓狂，還在開會時宣告，吳善美絕對這個學期教完就掰掰——

「主任，宇威怎麼都講不聽，功課不寫，還嗆我，說要跟他爸爸說，我罵他打他扣他點數，說我是魔鬼……還有小婕上課一直玩橡皮筋，沒收又不是不還，她給我哭整節課，詛咒我說話被口水噎死走路被車子撞死，我是老師欸——說我是魔鬼是巫婆，這些媽寶爸寶爺奶寶他們真的很欠扁欸——」

「Sunny老師，看錄影畫面，互動得很好哇。小朋友本來就很天真，他們隨口亂說，妳隨便聽聽就好。」主任笑著回覆，這次倒是有嘉許善美的意味，但照例拿著檔案夾遮住一半的臉。

小一班本來就有許多無厘頭狀況，小朋友一定覺得棋逢對手，與老師玩樂分外投緣，當時她和宛真抱怨，姊姊還說，簡直是小孩與小孩的對話。

這些與「小人鬥法」的狀況如今已成追憶，宛真調到新開分部上課後，善美本想離職也沒必要，她在補習班轉眼已過三年，大學雖讀得坑坑疤疤也算驚險畢業。她早習慣這裡的節奏，不去酒吧打工，目前尚稱安穩工作。

「好啦，別臭臉，來玩快問快答轉換心情？我先問，最近和前男友還有聯絡嗎？」

宛真有時會在下班前繞過來找善美說說話，通常也是自己心情不佳順便吐苦水，如果這是姊姊的安慰，實在技巧拙劣，又是哪門子轉換心情，明知她不想談起Derek，更不想談起其他的誰誰誰。

她的合法前男友只有高原，這就是公告地雷區，姊姊偏偏就是要踩它。

「聯絡個屁。換我問問，妳如果不堅持嫁給林家豪，是不是會過得比較好呢？」

「欸，問這題很賤……」宛真癟起嘴白她一眼。

「快問，快答——」

「當然想過，沒有選A，A就是永遠懸在那裡幻想啊。如果嫁給阿慎也不賴，但是會不會比較好，很難說……選了就選了，沒有後悔藥吃的。」

「阿慎？阿慎哦，妳的前男友工具人阿慎對吧。他現在在做什麼？你們還有聯絡嗎？」

善美嘴上輕描淡寫，心下一驚，姊姊居然和她一樣，處在和前男友周旋的道路。

「誰知道他在做什麼，只是在路上巧遇，沒多聊。」

「是嗎？和前男友巧遇？妳人生也太偶然和巧合了。」

「臺北很小啊，我也常在路上遇到家長，一點都不偶然，是必然吧。好啦。今天的快問快答到此結束。」

說要轉換善美心情的宛真，沒料到心情被瞬間轉換的是自己，匆匆收拾桌上的物品和麥克風，拎起背包轉身急著離開。

她來不及揪住姊姊衣角，朝著玻璃門大喊：「喂——前男友的事還沒問完，誰說可以隨便結束……」

「吼——妳很盧欸。我要趕快去買菜，等下黃昏市場收攤，明天中午沒便當吃。」

宛真丟下幾句話，玻璃門即刻滑動，她歪著頭看著姊姊小跑步奔過馬路，自言自語：「這哪叫盧……妳倒是跑得飛快，嗯，前男友阿慎，有鬼。」

攤開晚上幾個才藝班的班級卷宗，裡面夾著簽到表、課程計畫表格、學習單……輪到晚班櫃檯，家長電訪改考卷盯兩班安親寫作業，補教業的工作不見得比酒吧輕鬆，小孩盧起來，又不能叫警察，比發酒瘋的酒客還難對付。

她曾想過，留在這不走的原因，或許是和姊姊靠得很近的安全感。

彷彿又回到臺中，睡同一個房間，上下鋪，白天搭公車上學，晚自習結束一起去夜市吃消夜，回憶裡彼此依靠的時候。

或者，那是更早以前，兩人曾是生命共同體，經歷沒有父母關照的那幾年。

那時，宛真是媽媽，她則是爸爸的角色，她們總模仿父母簽名，在彼此的聯絡簿扮演家庭和樂，一人分飾兩角，感覺一切都沒改變。

§

「Ivy，Sunny真的和妳是同一個爸媽？她是怎樣啦？家長投訴她不理人，問什麼都不答，妳要教教她，尤其做電訪，嘴巴要甜一點。」

善美剛來打工時，負責美語招生的Tina曾這樣偷偷跟宛真說。姊姊趁著午間休息，漫不經心提起此事，善美聽完聳聳肩，不在乎的說：「我不喜歡跟家長喇賽……三姑六婆，就是煩哪。」

善美只要不說話，是有種說不出的陰沉。大家擠在小辦公室揪團買網拍或下班聚餐唱K，她也無法偽裝熱絡哈啦，總是藉口有事閃人。

「妳們果然是相同血緣，傲嬌，難以親近……看名字就知道難度了，哈哈。」Amy直言自己的觀察。

宛真倒是欣賞Amy有話直說，故意靠過去，幾乎要逼近她鼻梁，微笑著說：「呵，不然妳以為姊妹應該要怎樣？」

「Amy老師，我媽曾這麼說，我覺得有點道理——會成為家人就是上輩子有仇，姊妹呢，更是萬年仇人，妳小時候不和妳家兄弟姊妹吵架嗎？不然妳以為姊妹應該要怎樣？」善美也加入質詢陣容，並且重複姊姊的話。

Amy一見善美主動靠過來幫腔，反而嚇得跳開一步，拍拍胸口，誇張的說：「哈哈……我也有個妹妹，習慣就好，習慣就好。」

Amy這種彼此稍有火藥味便會自動冒出來，將兩邊斷裂的理智線打個蝴蝶結的溫暖系同事，善美打從心底覺得表面高EQ的人實在虛偽。

有些人就是要求完美，又想要世界和平，體貼別人猜不到你正暴怒ING，還特別標明此處有雷請勿踩，誰能說這人有多低EQ。善美認為自己這種低EQ也比低IQ難得哪。別人愛怎麼嚼舌根，她可不能和姊姊一樣笑笑不抵抗。

畢竟白目和低EQ不能歸為同一類，混淆這兩者的人，通常覺得自己高EQ，隨時神愛世人的姿態，令她覺得噁心。

拿她們名字開玩笑的親朋好友也不少，宛真，善美，據說是父親太喜歡那部經典電影，他希望姊妹倆日後能像片中的能歌善舞的老師才華美貌兼具。

她不討厭父親純粹的投射，至少那時還有點真心。也暗自慶幸他沒將名字取得孿生子一般，補習班很多兄弟姊妹的名字不僅相似，還會被刻意打扮成一個模樣，還得穿同色同款的衣服鞋帽，非要孩子時刻記住，彼此是不可分割的家人。

唯恐外人不知是一家人的辨識系統實在無聊，善美一點也不喜歡這樣，她想要成為自己，不是姊姊或媽媽，那太悲慘。

有人的地方少不了是非，同事好奇詢問善美的感情狀態，宛真通常淡淡回說不清楚，同事總驚訝表示，「妳妹欸——姊姊都沒在關心啊。」

甚至，好事者悄悄問宛真，老是有買晚餐消夜的不同男人到補習班等善美下班，男友汰換未免太過頻繁了。

累積不少疑惑，宛真也會問她：「前天又換誰來接妳下班，Tina看見了，跑來問我……」

「前天？誰啊——我哪記得？」

「妳和Derek分手後，下一個是誰？」宛真知道她什麼都不會說，還是禁不住好奇。

「哎喲——妳別管我的事啦。跟這些八卦婆一起上班，煩死了——妳真有耐心攪和。」

善美毫不掩飾喜惡，一直是有話當說直接說的性格。

「我才懶得管妳咧——我自己的事都煩死了。」

偶爾，宛真還會試圖幫她和同事解釋，說什麼結婚前肯定要精挑細選，投注太多感情，最後仍虛空一場，還不如一開始保持距離。

她覺得姊姊如此解釋爛透了。她一向不喜歡過問他人私事，當姊姊轉述誰誰誰對她的愛情對象很好奇，她只想回「干你屁事」。

格格不入與被排擠在集合之外，是兩個不同層次。小時候寄居蟹一樣住過親戚家，她們總是格外敏感，或許姊姊比她更能偽裝自己，還能對付這些耳語，她絕對無法人前笑臉人後棨小人。

她也曾聽到流言蜚語，同事以為她還在教室，不知人已站在辦公室門口，只差推門而入，便聽見兩三個同事對一些別人不願見光的事窮追不捨。

「有膽就直接來問我，幹嘛不問我？背後戳別人叫她賤貨都髒了我嘴！」

「哎喲，別理那些閒言閒語，沒完沒了啦——我教妳，裝傻會不會，她就沒戲唱了。」

宛真拍拍她，臉上的笑容像是安撫冰淇淋掉到地上沒吃到的小朋友那樣甜蜜。

此時，Amy又鑽進小辦公室拿走一疊美語教材，臨走時笑開臉說：「哇——還是姊妹好。我在外頭，以為妳們在吵架，現在又像什麼事都沒發生過，太棒了。」

善美背著Amy翻白眼，低聲怒斥：「靠，什麼事都沒發生過的人是她吧。」

「哪有什麼天大的事可吵，我們是姊妹啊。」

姊姊說的沒錯，裝傻最好。謠言如風，她相應不理，散播謠言的人便自討沒趣。

她常在裝傻，但是和小朋友在一起，不就是最不需要裝傻的工作嗎？

§

才藝班的小朋友都裝進教室後，淨空的一樓，彷彿小診所收診後空曠空間，像被機關槍轟炸後散落著積木和圖畫書，從櫃檯往大門右側望去，歪斜的塑膠溜滑梯不知怎麼被推離了巧拼地板。

星期三下午，一到三樓教室全部滿堂，正音、資優數學、創意美術、作文、鋼琴、珠心算、安親班……剛剛開會班主任居然還想設立國中部。聚合其他分部一起開招生會議時，她不假思索說出不想主持招生的緣由，宛真爆笑出聲：「吳善美，妳真是天才——很適合在騙小孩的大野狼補習班工作啊。好啦，那天我過來主持，妳就幫忙將小羊兒，一隻隻關在教室，搞定這個就好。」

「耶斯……姊姊對我最好了。」傻氣天真Sunny老師其實也很容易為小事開心。

她在這工作也滿兩年，想到屆時教室調度和招生相關的細節還是不免頭皮發麻，並且想起Derek曾酸溜溜的說，「誰不知道補教業是咬人的狗不叫，哪有什麼教育良心，還不是想賺錢。妳還傻子一樣猛招生，真以為是良心辦學啊。」

即使早已和Derek分手，他的嘴臉卻陰魂不散。連鎖補習班所有開課方針和配套措施，他都有意見，人家開公司不為賺錢設想難道是慈善事業？Derek雖說是故意貶低她的工作，善美仍然覺得他俗氣到底，開口閉口不是這人看起來一副窮酸樣，就是做這工作賺不了幾個錢，還好再也不會聽見這些讓人耳朵瞬間中風的話。

「耳朵一直嗡嗡叫，玩個遊戲，這些小孩不停尖叫，我都快聾了。」整個下午，從開會到現在上完兩堂課，善美都快虛脫了。

「昨天晚上，我婆婆也在耳邊一直吵，她看《女人要有錢》節目，又說她隨便什麼玉鐲可以賣幾十萬，叫我別上班，回家生小孩，生一個她送兩對清朝玉鐲，什麼鬼？有錢了不起——老娘就是不想生啦。」宛真也抱著一堆評量過來櫃檯，氣呼呼的對她說。

「說得好啊——不生最了不起。欸，不對，妳不是應該在分部上課？怎麼有空來這混……」善美歪著頭狐疑的問。

「妳才混啦——，沒看我改不完的作業，還不是主任要我過來一起面試新老師。」

自從主任說要擴班開立國中部，宛真好像也累積許多怨氣無處發洩，她發現姊姊從婆家搬出來住還是不快樂，總是抱怨，還說什麼電視節目「女人我最大」、「女人要有錢」都是騙人的，怎麼不播播「女人真可憐」？

有需求才有供給，如果婚姻不曾約束女人的自由，媒體也不會抓準市場，每次不經意轉到這些頻道，她以為姊姊表面配合林家豪努力「做人」，實際上也不想生小孩吧？吵架的緣由，大多是丈夫一直說老婆也賺不了多少錢，他可以每月支付安家費，最煩還是從清朝穿越到現代的婆婆從中作亂……這些荊棘穿刺下的家，善美以為的地獄，她想姊姊撐不了多久。

「這樣的生活還能怎麼過……女人真可憐哪。」姊姊此時喃喃的說，像是幫她的內心獨白做結論。

善美耳尖，一面批改數學考卷，一面冷冷回說：「其實呢，電視臺有播女人真可憐的劇碼，八點檔，一個比一個可憐，好不容易嫁入豪門，還要忍受丈夫包養小三，真可憐喔——」

「我又不是嫁入豪門，也不是真的不想生小孩，只是還沒準備好做媽媽……」宛真的聲音聽來有點虛弱。

「離一離，算了啦，就不會有人整天疲勞轟炸了。」

「唉……說得簡單。」

「呵呵，那就牙一咬，生個孩子算了。」

「吳善美……又不是是非題，這麼好打算。」

宛真轉過身來，目光像銳利刀片劃過她的臉頰，善美忽地收起笑容，拇指和食指做了將嘴巴拉鍊拉上的手勢，接著又嘟著嘴俏皮的說，「好啦好啦，開玩笑嘛。」

「生孩子不是生完就算數欸。你看補習班的小朋友，就像被暫時丟掉，每天丟掉幾個小時，父母難道都沒有罪惡感？我才不要當那種虧欠孩子的父母。」宛真反覆拗折著補習班印製的圓形紙扇，眼眉緊蹙的狠勁像是要將扇骨一根根拆開。

她想了想，這些小朋友天天被丟在這，乍看是父母權宜之計，小孩也不見得不開心，他們也喜歡有很多玩伴的集散地，姊姊有必要這麼氣憤？

宛真板著臉繼續補充：「而且——安親老師簡直取代一部分父母的功能，盯他們寫完家庭作業、吃飯、小睡、玩遊戲、上廁所、跌倒、生氣、哭泣、撒嬌、擁抱、大笑……」

「這麼一說，好像也有道理。所以，妳的結論是……」

「結論是，我們也算被爸媽丟過幾年，非常能理解被丟掉的狀態，說到孤單寂寞無助冷啊，誰能比我們更專業。我才不要回家生小孩——我婆婆呢，昨天又在演求子傳說，還要我連吃十帖包生男的中藥，煩死了。」

姊姊皺著眉氣鼓鼓的表情，讓善美想到廚房幫忙做餐點的阿姨，老在下午熬煮中藥裝在保溫罐帶回家，還說她媳婦不知好歹居然偷偷倒掉這些補身藥材。

「你說我們被丟掉所以能同理是有點道理，我同意一半。不過，也不算完全丟掉……後來那男人不是又和大陸那妖精離婚回臺灣了。」

「才同意一半？吳善美，妳未老先衰健忘很嚴重欸，我的話很有道理啊。」

「剩下妳生小孩那一半，不予置評。」

「很愛計較耶妳。」

「哼，我告訴妳，妖精是青春肉體，還不是想要錢，一看他事業不行了，就不要他了。他只能乖乖滾回臺灣啊，老天爺是公平的，這就是負心漢的代價——」善美一提到「前老爸」，慣常是咬牙切齒、恨不得粉碎這人的模樣。

「說到那男人，不知他現在怎樣了……」宛真歪著頭問。

「誰理他啊——不想談他。先去影印囉。」

善美前一秒還憤恨難消後一秒即堆滿笑容抱著參考書去印資料，像在閃躲一個未爆彈那樣迅速。

叮鈴叮鈴。玻璃門上的鈴鐺聲此時送進一個男人。

她們立即收起爭執，齊聲問候宇威爸爸。他穿著西裝戴著安全帽有種違和感，只打開安全帽護目鏡的臉，五官看起來很擁擠。說是南部阿公阿嬤來了，要看孫子，臨時要接宇威回家。

宛真禮貌微笑，請他稍候，宇威正在上MPM數學，隨即用對講機聯絡數學老師，讓宇威先離班。

從小一到小三，宇威都是善美班上的孩子，宇威雖是單親，他爸爸卻不論晴雨堅持親自接送。補習班約一百名學生，她曾統計過單親比例，五個便有一個，這些小朋友，某些程度，並非姊姊所說暫時被父母丟棄於此，而是各有棘手問題，需要有個空間來暫時安放孩子。

再怎麼孤單寂寞無助，這些小朋友還是幸運，每天還能期待一次，爸爸或媽媽出現，大家親親熱熱牽著手，回家。這也是她始終沒有換工作的原因吧。

她喜歡凝視他們離去的背影，看起來完整沒有缺口的畫面。

§

善美站在影印機前等著講義吐出來，機器啪啦啪啦辛勤複製著。

她想起念小學時，住在卓蘭外婆家，孤單的上學、放學，偶爾，也曾經期待在校門口，會看見爸爸或媽媽會忽然出現。不過，一次也沒有。倒是有幾次，外婆在第二節課跑來學校，氣喘吁吁送來便當，好像昨天才發生的事。

宇威不知在磨蹭什麼，看了一下電腦監視畫面，好像還在收拾書包。宇威爸爸神情焦躁的靠在玻璃門旁講手機，不停走來走去，不知和電話那頭在確定什麼事情，口吻有點急切。善美轉頭回望，姊姊還趴在櫃檯，若有所思，不知是不是也想著同樣畫面。

她無法具體形容那是什麼畫面，可能是，她們缺乏的不存在的時間。

每次看到宇威爸爸匆匆忙忙騎著摩托車來接小孩下課，來不及脫下安全帽，整張臉被框限在一頂帽子裡，泛著油光，下巴被帽帶勒出三層贅肉。宇威作業沒寫完，還沒走出教室，宇威爸爸才會放心露出有牙齦的笑容，那表情像在和她說：「老師妳看——我早到了，宇威還沒出來。」他臉部肌肉明顯放鬆不少。

宇威爸爸終於講完電話，走到書架旁的摺疊椅坐下，還沒打開雜誌，手機又響起宇威的聲音：「你的電話——有你的電話——又是你的電話。」

善美初次在教室門口聽到時，偷偷用講義掩著嘴，不敢笑出聲來。她從來沒聽過來電答鈴第四句，宇威告訴她，第四句是「你到底，要不要——接電話」。

宇威替爸爸錄的來電鈴聲，每一句都在控訴，控訴爸爸電話好多，爸爸的電話好重要，他永遠在講電話。

「宇威想要每通電話都是他打給爸爸的，他有好多話想和爸爸說吧。」她輕輕嘆了口氣和宛真說，「有一次改到宇威的作文，好不容易，暑假輪到和爸爸住，兩人很少說話，爸爸每天忙著講電話，宇威好想變成爸爸的客戶，就可以一直聊天了。」

「宇威，把拔來囉。快點把書包收一收吧。」「喔。」

每次宇威爸爸問，宇崴今天乖不乖，有沒有發生什麼好玩的事，爸爸很快就到了，都沒遲到喔。這些對話，不論長短，總是讓她確定還在這裡堅持著，就是為了聽見這些聲音。

長久以來，父親的影子一直沾黏在身上，大約是背部肩胛骨的位置。有時影子會冒出來干擾她的生活，提醒她，她曾經有個爸爸。

想起爸媽回到臺中時，那些無所依靠的時光。媽媽本來在逢甲夜市賣麵，但生意不好，姊姊到臺北念大學，也不跟家裡拿學費，媽媽便關掉不賺錢的麵館。不知從哪萌生的意志，兼了兩份工作，白天是家事清潔公司的派遣工，晚班是超市收銀員，媽媽忙著證明不需要男人，照樣支撐一個家。

爸爸始終拉不到保險，保障底薪只夠付房租吧。念國二的善美上完輔導課，她揹著書包每天去小麵館吃晚餐，固定是陽春麵加滷蛋，順便帶份炒飯做為隔天便當，媽媽每星期會和老闆娘結算費用。

後來，爸媽確定離婚，生活似乎也沒什麼變化。留在臺中的她，每天不忘咒罵在臺北逍遙的吳宛真，不要家不要妹妹。她一個人吃飯，一個人寫功課，自然又成為孤獨狀態，她越來越知道怎麼和自己相處。

偶爾忘記姊姊，偶爾也想起姊姊，在另一個城市，是不是也這樣過日子？

直到她到臺北念書，大一學校強迫住校，還不必煩惱日常，大二抽不到候補的宿舍床位，只好和同學到處找房租房，瘋狂打工繳學費支付各種開銷，每天一睜眼，機車加油、搭捷運搭公車、吃飯喝飲料都要花錢。

她才理解，一個人的生活，有多麼難。

孤單還是有潰堤的時候。國三基測那年，媽媽要她每週挪出兩小時，去一個大哥哥家補習，那是媽媽超市同事的兒子，念醫藥大學，特別請他幫忙補救爛得要命的英數。每次補習，阿姨總會熱絡招呼她吃飯吃水果，看到別人一家和樂，她卻越來越感覺寂寞。

彷彿極簡風格的客廳硬要懸掛一個白紙糊的圓胖燈籠，大家的目光總是不時飄向臉色蒼白的她，她覺得整個人膨脹得將要爆炸，只好生份低垂著頭，像做錯什麼事被責罰，怎麼都縮小不了占據別人家的這個身體。

不管去過幾次，最熟悉的還是阿姨遞給她的那雙紅色塑膠拖鞋。她數過拖鞋鏤空的菱形空洞，左腳六十個，右腳五十九個，不對稱，但可以掌握，看著數過的孔洞，莫名感到安心。

§

孤獨和寂寞乍看很相似，一開始善美也分不清楚。

後來她才知道同樣都是顯示一個人，沒有同伴和朋友，孤獨至少讓她還能決定該不該吃飯或睡覺這麼簡單的事；寂寞卻是身邊有一堆人，大家禮貌邀你一起去看電影聽演唱會，假裝是別人的家庭成員去公園野餐，好意不讓你落單。

那種寂寞比起戀愛空窗期更為淒涼。她想起分手不久的高原。

「夏天出生的人，怎麼這麼怕熱呢？」高原總是喜歡揉著她汗濕的瀏海。

先是撥掉沾黏在手背上的黃色砂粒，害怕碰壞砂畫藝術作品那樣小心翼翼，連呼吸都清淺。這讓她想起，有次在沙崙海邊堆沙堡，高原奮力挖了兩個坑，兩人將自己埋進深深的沙裡，躺在沙灘上，有如兩抔墳塚。

那也是夏日，細碎砂粒累積的壓力讓他們撐不了太久，費盡吃奶的力氣掙脫沙坑，手腳、前胸、後背、頭髮，連鼻孔和耳朵都沾滿砂，像是兩隻狼狽的狗，跳躍，猛力搖晃渾身的砂……他徐緩，拈起她睫毛與眉間細砂，像考古文物輕輕拂去，怕碰懷什麼的小心。

他知道夏日誕生的善美，不只怕熱，還怕夏季大雷雨，但喜歡凝視夏日晌午空曠的巷子和陽光灑落的影子。

他們還經常在傍晚的淡水河口漫步，她穿著細肩帶小背心與短褲的輕快，大口吸吮冰沙從頭涼到腳尖的微小震顫，看到熟稔路名和建築，兩人便一起大聲念出來，彷彿成家記事，條列了愛情的甜美和苦澀。

「想和妳一直一直，在一起，我是以這個前提，和妳交往。」高原強調一直這兩字時，露出整齊的牙齒，看起來有點可愛。

在靠近河或海的邊界，夜色四合，他傾吐偶像劇那樣的對白，一開始，善美還覺得好笑，直到他認真說存下錢想買間二手屋，位於永和小小的公寓，他搔搔頭說：「現在還買不起房子，先租，以後存些錢再買，妳不反對吧？」還要她去看看喜不喜歡格局，喜歡，就一起搬過去，不要再和陌生人分租房間。

怎麼會反對。她好喜歡那時他規畫未來的眼神，彷彿全世界只剩下兩個人，所有未來都因為對方的存在產生意義。

她卻只是面無表情繼續走著，像是什麼都沒聽見。

高原足足大善美八歲，兩人在酒吧認識。高原和一群朋友在酒吧醉倒，那天是他替代役退伍的日子，也是她誕生的日子。吧檯同事在打烊前幫善美慶生，迷你樂團輕輕彈奏著生日快樂歌。不知何時高原擺脫爛醉的朋友，搖搖晃晃走進舞池搶過麥克風，唱了兩句法語版的生日歌 Joyeux anniversaire Joyeux anniversaire。

他說：「許個願吧——許個去巴黎的願，我幫你完成啊。」說完，在善美臉頰點了個柔軟的吻。

有點迷醉，虛無，不真實，好像才發生不久的事。

願望，使人上癮。他不斷的說，她不斷的懷疑，她不喜歡沉醉在愛情中的模樣。她真的不喜歡，高原的話語一旦透露渴望，便啟動了倒數計時器，她只能像玩吞食蛇遊戲那樣，慢慢小心別觸碰到障礙物。

先是要換掉手機號碼，接著和他疏遠，也許還要勾著另一個男孩的手出現在學校附近，必要時得和姊姊說好整個故事始末，他也知道姊姊住家，有一次他曾送她抵達那裡。像是走過沙灘，必須回頭一路擦掉足跡，直到整片沙地毫無線索，直到他發現，覆水難收絕情女，兩人才算是畫上句點吧。

貪食蛇開始自體修復，每次吃掉一個食物就感到重新復活。

撕掉他寫的情書和卡片，丟棄他送的書籍飾品，將電腦中的合照全部 delete，刪除手機關於他的訊息，每吃掉一個食物，貪食蛇便身輕如塵埃，可以穿越所有空間。重看兩人喜愛的電影不再哭泣，聽見那首爵士音樂不再發呆，去兩人愛吃的餐廳坐進熟悉座位，不再忍住不點同樣餐點……她忘了，高原已是前男友。

她多希望他能夠忍一忍，這些渴望一說出口，多貪婪。
她不能如此貪婪，她說過的啊——不想結婚，也不需要家。

§

一個人的娛樂，她喜歡去超市。
很多男人愛帶著女人去逛家飾店、大型家具展場。她經常注視著一些貌似夫妻或情侶的組合，往購物車丟進太多欲望，然後，在收銀檯，又一個一個挑出來，這個不要，那個不要……在賣場看著彷彿線上遊戲的人偶，假裝自己很幸福，善美總忍不住幫他們將故事接續下去：「到底，什麼時候，才會發現還不如繼續同居算了呢？」
一道道分類精細的貨架擺滿填補食欲和清潔一個家的各種商品，最後她總是無意識的將一件件並不迫切需要的物品往購物籃裡扔。
「這個好不好？不然，買這個好了。」
一位穿著黃藍相間足球衣的年輕爸爸牽著蓬蓬裙小女孩，彎腰詢問，像王子吻著公主的臉頰。整個花車的巧克力還有甜美的小熊娃娃圍繞著，小女孩的視線卻停在五彩繽紛的開學季文具展，像走進華麗的埃及神殿，仰著頭瞪大眼睛，一派天真神情。
男人伸手拉拉小女孩髮辮，眼神尚且游移在盛滿美酒糧食的薄酒萊專區，小女孩忽然掙脫了爸爸的大手，咚咚咚跑到巧克力櫃，抱來一大盒金莎仰頭望著男人說：「我想要這個。」

小女孩露出羞澀並缺了兩顆門牙的笑，那嬌態無可抗拒，向父親索討零嘴，這是女兒的專屬蠻橫，且一定要達成的甜美任務。於是，他們的推車塞滿了餅乾糖果巧克力果汁香檳紅酒，幾乎是十幾人轟趴的規模。

「我們還要買什麼呢？小公主。」

「還有還有，我的噗丁啦。」

「對呀，還有噗丁噗丁。」年輕的父親邊說邊往小女孩的胳肢窩呵癢，呢喃模糊的聲調。相仿的問句和笑聲，讓她想起已經消失的那個男人。她那時還得叫他，爸爸。

那時一口白牙的男人下班之後，總愛牽著善美的手，一把將她抱上機車汽缸，然後雙手圈著她，說：「小公主，偶們出發，欲去叨位咧？」

國臺語交錯，小時候善美只聽得懂小公主三個字。他靈活轉著龍頭，偶爾也讓她轉幾下，還有逼逼響的玩具，他說不可以亂按，會嚇著別人，那不是玩具，那聲音是告訴路上的車、巷子裡的人，小公主坐的馬車來了。

善美雙手緊握超市的小型菜籃車橫槓前進，望著堆滿糧食並將每個空間皆塞得飽滿的購物車，囤積欲和購買欲，總會讓她，想挽著另一個人的手，回家。

不論吞食多少記憶，莫名的時刻，他回來了。

一個人的孤單，浮現一些熟悉又模糊的景象。

她拽在手裡的寄物櫃鑰匙，此時咚地掉落，黑桃狀的鑰匙，長得很像她曾擁有那支。

還是夏天，她在酒吧打工常排晚班，有時鑰匙根本忘了帶出門，深夜返家也無鎖匠可喚，不想製造拍門聲響也不能打電話叫醒分租房間的同學……只能厚著臉皮吵醒正在打瞌睡的大樓警衛，這棟八層樓的大樓雖老舊，還好有警衛讓她半夜回家仍能進得了大門。好不容易回到二樓分租房間。才發現又忘了鑰匙，真想不顧一切惡狠狠踹開木質房門，想到還得重新更換整副鎖，最後可能被房東警告因此作罷。

慌亂之中，唯一想起的電話號碼，是高原，只能打電話給他，她為自己只能向他求助感到不可思議。這訊號彷彿說明，這擁擠的世界，只有他值得信賴。

不到半小時高原便飛奔來救，他教她以後碰到這種狀況，弄根髮夾掏撥一番，喇叭鎖是最易對付的一種，鐵絲伸進去一勾，像是有個等待著接吻的嘴巴，輕輕啄一下，喀嗟一聲，鎖就開了。

「這種便宜鎖，不用兩分鐘就可以打開，很久不曾幹過這事了。」

他摘下善美髮上的黑髮夾像解開封印領地，他邪惡的念頭，突然讓她莫名安心。這男人，不是那麼傳統，還想使壞，應該不會，急著想要將她放進一個家。

這層樓分隔兩間房，兩個中文系學妹另一房不用擔心，她是怕吵醒同宿的百貨公司櫃姐。解鎖後，他們決定挨擠在小客廳，在沙發上彷彿同寢夫妻躺平，她枕著他的臂，靠著他沉沉入睡。深夜時空兩人的小客廳，她竟浮現小家庭那樣寧靜溫暖的錯覺。

不早不晚，不論誰路過，必然直擊沙發上的甜蜜。後來，早起的學妹輕拍善美蓋著外套的小腿，才發現天色大亮，兩人羞赧而笑，略微收拾，到一樓大門揮手目送他，接著她去趕一堂早八的課。整個早上，沒聽進老師說什麼，一直反覆玩弄髮夾，將U型黑色髮夾掰開又彎折，彷彿他昨晚的手勢，那樣輕巧。

地底上升至地面不到十秒的電梯，她的回憶卻曲折留在去年夏天。

迎面走來穿深色套裝、踩矮跟黑色包鞋的女子，拖拉著步伐是剛下班的ＯＬ，擦身而過，對方進電梯，微駝著背的善美，倒像是被生活欺壓的家庭主婦，拎著鮮奶麵包衛生紙是要奔赴誰的未來。

§

分租的小房間，很小，一個人住剛好。

一床，一桌，一櫥櫃，善美拖出床下的紙箱，準備換季，掏出一襲柔軟的純羊毛線衫，莫名想起住在卓蘭鄉下的媽媽。

媽媽從來沒有光鮮打扮，直到目睹那女人幾次三番挽著爸爸的手，那女人總是穿著剪裁合宜的套裝，在工地案殺青的宴席，在小鎮唯一的婦科診所，在快要廢棄的火車支線車站，別人耳語著他們雙宿雙飛。離婚後，媽媽發狠狂買衣服，夜市一件三九九兩件還要殺到五百的廉價成衣，才發現自己終究輸給爸爸建築公司的小會計。

都一樣的，忽略的情感，彷彿葉脈上滑動的露水，盛不住，終究是墜落的下場。

收起夏季雪紡襯衫，某件特殊材質的輕薄衣裙拂過手背的觸感居然像紙張，啪地翻頁聲響，她想起，小時候不想寫功課，總是將啪啪啪地翻著作業簿。小學生的聯絡簿得寫生活小日記，她最常寫晚上客廳的活動。媽媽消夜會煮她愛吃的紅豆湯圓，爸爸檢查好姊姊和她的功課，開始玩文字接龍，功課、客人、人生、生日、日子、子孫、孫子、子孫、孫子——

每次爸爸都重複說出子孫和孫子，輸的人要被彈耳朵喔。媽媽和姊姊會幫忙抓住賴皮直說這次不算的爸爸，爸爸笑呵呵的讓她爬上胸膛，緊緊抱著她，讓她用小小的指頭彈那軟軟的耳朵。

這些家庭作業，是她唯一能確定，存在過，幸福的事。一個，一個戳印在回憶裡的紀念日，終究都過去了。

現在，她一個人，不需要再做任何家庭作業，每天只要揚棄一些瑣碎的想念，回到分租的小房間。

家，沒有那麼美好。想想而已，她不怕。

不會如此貪婪，她說過的啊。

五

生活毛邊

宛真無法忽略衣領袖口歧出的線頭，難道，他也看不見？

那些線，附在肩頸和耳朵說著悄悄話，再不好好談談，就來不及了。

撫著家豪的T恤下襬，車邊縫線綻開，一小綹線頭滑落下來，她拈起線頭喃喃的說：「小時候，好像幫媽媽剪過線頭啊……」

念小學時，母親在家做過代工，不管是貼貼紙和串珠子，還有修成衣的毛邊剪布標，對方總是要求長期配合、任勞任怨、動作迅速效率高之類。

放學後，換下制服，總是立刻鑽進客廳生產線，比起無聊的功課，她更喜歡幫母親數算每天代工的件數。那個數字，至少能讓這沒有父親的家換來營養午餐費和班費，好像她也有本事餵養自己。

現在，她和家豪都有穩定工作，如果忽略搬來這裡還是婆婆家的翻版，即使還有二十年房貸要清償，生活的毛邊一個一個慢慢剪，總是能快活安居。

結婚三年後，婆婆終於勉強點頭，有條件的支持，說是男人要五子登科才齊全，有房子，下一步孩子也會跟著來。宛真雖說非以傳宗接代做為交換，也聽得懂分明是話中帶話，無論如何，總算順利搬離大學街區的老公寓。

從那個不屬於自己的世界退開，隔著這個距離，至少，讓她莫名安心。

搬來山邊社區這棟大樓，二十二坪的最小單位，雖是同事的二手房，也多虧婆婆挹注一大筆頭期款，才能順利成家。儘管完全是母親疼愛兒子的手筆，婆婆明言與她毫不相干，也不必感激涕零，她仍然感謝長輩的慷慨。他們合計不到五萬的月收入，一輩子買不了房，過戶後，存款乾癟的四位數已沒有餘裕美化這房子。

換了住處，本來和婆婆同一陣線，反對搬家的丈夫，變成另一個男人。準確而言，是連鎖企業派赴上任的分店長，他力行形象辨識系統，在這個家。

從擺放的家具到電器用品，全都是婆婆家慣用的品牌和款式，他幾乎將原來那套規矩整個移植。鑰匙得放在玄關櫃上的小碟子，脫下鞋要將鞋尖朝外，要洗的衣服不能直接丟在浴室，三餐得自己做，吃完飯要立刻將碗筷洗好爐臺抽油煙機全都要擦拭一遍，每晚睡前要用黏紙滾輪將床鋪滾過，每日吃顆綜合維他命、打杯新鮮果汁……差一點點都不行，差一點點，他就渾身不自在。

差一點點，他先是叨念：「這樣不對，妳不覺得少了什麼？動線都不對——」

「有嗎？挺好的啊。」宛真表情有點僵，還是微笑回答。

笑容是最好的緩衝。她很清楚很多事情都不對，當然不對，不對的原因是，這裡缺少了寡居二十幾年陪他長大的母親。

「抽油煙機要用櫻花牌，吸力強大不卡油，我媽都用這牌子不會錯的，舊瓷磚全部要打掉重鋪，最好是羅馬地磚，我媽說那款地磚的硬度密度抗壓力都很夠力，省小錢幹嘛，我媽說整修的錢不能省，家要住一輩子的……」述說改造細節的他，莫名亢奮，認真的神情像在創造宇宙。

她以為愛家的男人沒什麼不好，至少不會和她老爸一樣拋家棄女。

「早該搬出來了，新家大小事全都自己打理，他的肩膀長好了啦。」她喜孜孜在電話裡描述自己的男人，只消沒錄影傳送給妹妹。

「吳宛真，天真沒藥救欸。妳最大的缺點就是——太，樂，觀。」

本來要來新家幫忙的善美，一字字咬著輕重音，不必親眼所見都能猜測，妹妹正挑眉不屑，不屑的是姊姊的婚姻。

宛真的確過於樂觀。一開始還耐住性子不和他翻臉，後來，她買的寢具家豪不習慣，堅持要換成婆婆家標榜埃及棉六百織的床單，她終於忍不住問：「這是我們的家，一直我媽說我媽都是這樣——你呢？我呢？可不可以想想，我們要的是什麼？」

「我？我想要的就是這樣。」他握緊十字起子對照著組合家具說明書鎖螺絲，頭也不抬的回答，看來，他很滿意這山寨版的空間。

「你不要，我要——我想要書房，想要客房，更衣間也可以。」她的天真，便是從這句話開啟。順口溜出要求更衣間，不過是測試。

「房子這麼小，才兩間房，媽媽說一間以後要留著給小朋友，哪有辦法弄書房。更衣間是什麼？少買點衣服不就好了。」他聳聳肩一攤手，一副理所當然。「而且，我媽從來也不用更衣間。」意猶未盡又補了一句。

又來了，又是我媽說。他著魔似校對兩個家的差異。包括女主人。

「欸，最好是每個女人都跟你媽一樣——」她重重嘆了口氣。

「我的意思不是這樣，不要讓我為難啦。媽媽，也是為我們好。」

「先說清楚，我也不是那個意思喔。好像我是惡媳婦，淨是破壞你們母子感情。」

「欸，女人反應都一樣。媽昨天也這麼說，說自己是惡婆婆，兒子媳婦不想跟她住什麼的……拜託妳們——我夾在中間，快死了啦。」

裝修一個家，成天爭吵不休，宛真懶得再反對什麼，可以搬出婆家，縱使婆婆萬般苛責，倒是願意承受，他想怎麼做，她不想多言了。

這是家豪第一次離家吧。

看到他將二手屋從裡到外翻轉成舒適的模樣，自壁紙顏色至空間擺置，還有玄關的傘架和鞋櫃，以及陽臺的幾盆植物，新家越來越像婆婆家的縮小版。宛真有種錯覺，似乎他們從未離開過家豪的成長之地。

她不懂母愛為什麼會有分別，也是有這種將子女保護得像無菌實驗室的媽啊。她想起自己的母親，半生推敲追趕丈夫的外遇，半生祈求女兒能回到臺中一起生活。

如果以後她有孩子，但願自己足夠強壯，不需要讓小孩背負自己的人生。

§

靠近山邊的住家，正在興建中的環狀捷運，正準備和這城市的中心捷運A線銜接，目前完工的B線距離婆家只需五站捷運，待C線與D線大串聯後，家豪上班的副都心附近，或是兩人去影城看場電影，交通時間足足可減少一半。

未來的遠景，他卻無法想像。這兩年，家豪不只一次念叨不喜歡新家周遭，不喜歡山邊這雜亂的邊緣地帶，總是挑著眉和宛真強調，「如果不是為了妳，我才不要搬到這個分不清路名的地方。」

有次他和大學同學約在離住家約兩公里的海鮮餐廳，他說花了三百塊計程車費還找不到聚餐處。剛搬到新家，B線捷運才開挖，他天天挑剔，挑剔紊亂的交通，挑剔馬路上蝗蟲一樣洶湧的機車陣，挑剔山邊巷弄的夜市沒品味的服飾和小吃，甚至特別跑回大學街區夜市去買一千塊魯味回家冷凍，慢慢餵食水土不服的腸胃……

「如果不是為妳……」她仔細思考這句話，乍聽這話是犧牲，「如果」是假設語氣，「不是為了你」，代表他是為了自己吧。

或許名義上，家豪是為了她。不過，大學街與山邊巷弄這兩個家也太相像了。像是同一組演員，在不同空間巡迴表演，表演的戲碼大致相同，只有一些細微變化。

這三年，她的頭髮剪得更短並稍稍發胖，婆婆餵食的中藥食補，穿衣尺寸從S展開到M，工作從北區轉到南區補習班，與妹妹分開兩處上課，妹妹偶爾會嚷著要辭職，最後不知為了什麼又留在這行業。生活好像變化很多，還是有些不變的事，譬如她發現自己喜歡安親課輔的原因是，假裝別人的小孩都是她的，那樣得來毫不費力的事，讓人覺得輕鬆。

家豪的轉變倒是出乎所有人意料。

大學老師介紹的編輯幹不了一年，便嚷著被公司剝削非要轉行，首先，投資同學在市中心開了家無國界料理餐廳，不到半年虧損關門大吉。婆婆不願兒子當個無名小卒，據說賣掉兩間捷運旁的出租套房，讓他開出版社，三個小員工負責印刷編務，出版一些勵志與旅遊相關的書塞滿倉儲。一年之後，書市反應始終不好，撐到第三年又接了一些美化政府的標案，固定銷量勉勉強強維持公司運作。最近聽說簽到星座專家和以瘦身美容聞名的藝人，銷售數字突然開低走高。越來越像出版社老闆的他，換過三副眼鏡，穿起名牌襯衫牛津鞋，拎著義大利設計師的公事包，就是小說上所寫的那副中產階級布爾喬亞的模樣。

有時，宛真恍惚錯覺，丈夫或許不需要一個家，家和妻子是他的裝飾品吧。讓他在外頭與人應酬時，完美他像個事業有成家庭幸福的好男人形象。

如果是從IKEA型錄或是家庭生活雜誌上參考室內擺置，她想要的家，至少還是可以令人接受的翻版，反正大家也常將這種畫面和自家無縫接軌，並且想像從同樣美化的空間得到等量溫馨。

宛真還是想做些什麼來改變這個家的氛圍。首先，她買了一面長型落地鏡，擺在臥室，彷彿從鏡子裡看見的自己，擁有另一個房間。

家豪也習慣出門前照照鏡子，像他這麼愛惜羽毛的男子並不少見，大學同修西洋哲學史的某學弟，上課也常照手機鏡面，撥瀏海或托著下巴發呆，一副世界以他為中心旋轉的傻樣。

她喜歡鏡子，鏡子是忠貞的物品，不說謊，不需餵養，無生命的寵物。獨處時，她常脫光站在鏡前端詳自己，鏡子反射出一不著衣物的女人，好像坦白得連自己都拿自己沒辦法。

她也常站在家豪背後，假裝收拾衣櫃，偷偷看鏡子裡的他，如何連換五件不同顏色襯衫、不同剪裁的長褲，配搭窄版或寬版領帶，猶如童話裡那隻插滿各種鳥類羽毛的烏鴉，然後，轉身來問她：「妳不覺得，那些韓星簡直沒得混，我才是天生衣架子啊。」

她不耐煩的抱著髒衣服走出臥室，根本不想回答。家豪一把將她拉回鏡子前，摟住她說：「急著走幹嘛，妳看看……」

他一米八的身材是還不賴，但自我感覺太過良好讓所有美好條件都成為負分。她想起大學在校刊社一起去採訪，那時，家豪根本不蓄瀏海，修剪整齊的短髮，穿著棒球外套，甩著JanSport後背包，腳上套著破了好幾個洞的Converse高筒球鞋。那時，他還是雅痞文青，傳遞給她是誠懇氣質，總是溫柔聽她說這說那，說上一整夜，他們為了怕手機費爆炸，又抱著家用電話講到天亮。

現在，一天說不到十句，再多一點，肯定吵架，吵的都是他媽說的話。

有時她也認為不該揑著婆婆的話尾咄咄逼他，但是，她再也看不見那個說要永遠聽她說話的男人……他總是立刻出現，在她宿舍樓下，在她脆弱時想要看見他的每個時刻。

結婚那天善美整理著她婚紗下襬，沒頭沒腦丟了幾句話：「媽媽說，妳真的很不切實際。溫柔啊，帥啊，多看幾個男人，就有了。這個，她覺得不好。」也不看看是什麼場合，妹妹的坦率讓她冒冷汗，不知道在新娘休息室上廁所的婆婆聽見了沒，她倒是將幾句話牢記到現在。

「媽說我不切實際，看不準男人，早晚被騙，還說妹妹比我聰明……」她絞著芒果乾袋子，將空氣從袋子推擠出來，不知不覺又吃完整包蜜餞。

只要和家豪有點摩擦，總忍不住想找妹妹抱怨，儘管她不想承認善美高超的預言能力，總是說中某些她害怕發生的事。

開銷透支、家電壞掉、他又徹夜不歸……每隔一陣子，遊戲般的婚姻，像是玩賓果，圈起的號碼一個接一個連線成功。

或許，遊戲隨時會結束，只要再出現一個致命號碼，這個關係將要崩塌。

§

「林家豪看起來不像有外遇，否則他不會對妳需求這些。」

她想起和善美大吐苦水時，妹妹客觀的分析，她不知道她是從何得知外遇男人的慾望比例，這樣的推理卻極具說服力。

她不只一次懷疑，丈夫根本沒回婆婆家過夜，而是到哪個小三家溫存逍遙。

家豪經常夜宿老家，譬如婆婆肩頸不舒服得回去看看，這還算正常藉口。有次說公司迎新送舊喝醉，醒來人在老家乾脆睡那，所以他下意識給計程車司機念的還是老家住址。我們家就是個多餘的存在。還有一次說是親戚們召集開會，討論翻修臺南祖厝的工程，他不回家商議說不過去……有婆婆在，他的意見哪裡算個數。

她甚至可以統計，若是他前一晚回家過夜，隔天回到自家，必定又要在床上以蠻力讓她妥協，像是不知被誰折煞了鳥氣，非在她身上得到補償。

所以，只要他想要她，一方面讓她安心，一方面又讓她痛苦。

她無法推開壓在身上的龐然大石，無法反抗男人天生蠻力，不公平不對等的關係，這不是愉悅的性愛。

她總是充滿猜疑與委屈，不發一語，百般扭曲肢體，彷彿無法降伏的野牛，與他的手腕和胸膛衝撞，他顯然對於不配合的妻子不甚歡快，甚至還對她說，推拒中的女人，不過是角色扮演的日本武士與柔弱藝妓，不論怎麼掙脫都會令他燃起更多的慾望。

抵抗無效。

她發現，當他使勁擺布她，強行撐開進入的剎那，還比較像是這個家的主人。至少，他是如此強勢，二話不說，沒得商量，是個獨當一面的男人。

那些離開家的夜晚，他真回去大學街老家嗎？

感情越吵越薄，有時不過是一時情緒，像是昨天家豪又說要去那邊住兩天，宛真憤憤回他，「前天不是才回去？為什麼你就是待不住？」

「明天要去客戶那開會，我得有個安靜的空間，才能集中精神做簡報。」

「喂，你會不會太過分？什麼空間——是嫌我會吵你嗎？」

「是這樣沒錯。妳真的很吵，吵到我頭痛。」

「頭痛的人是我好不好……」

家豪的回覆讓宛真感到無言，實在受不了他像是沒剪斷臍帶的孩子，「媽寶」二字幾乎要從嘴邊滑出，但她必須控制情緒，即使無力反駁什麼，也不能隨意傷害對方。

她也想過，他和婆婆彼此依靠二十幾年，第三者介入，任誰都難以接受。獨立筒床墊和六百織的床單，全都換成老家同一款式，家豪還是有藉口，非要回去他的空間。善美覺得自己雖說稱不上溫良恭儉，要她一味忍讓，這才不是溫柔體貼。

到底要怎麼改變他離不開婆婆的毛病？又要怎麼和別人說呢？

宛真覺得煩躁，首先閃過腦海的浮木是，立即給善美打電話，不過，妹妹肯定又會嗤之以鼻的說：「妳活該啦。沒事找事，結什麼婚啦妳。」

最後，又放下手機，手指仍忙碌摺疊剛從陽臺收進來的衣服，望著丈夫五彩繽紛的襯衫，她不由嘆了口氣。

若說他有什麼缺點，不過就是太注重外表，太愛他媽，離不開從小長大的那個家。丈夫到底在逃避什麼？她反覆想過，卻得不到想要的答案。

「妳不是最討厭家族聚會，反正人這麼多，我會跟媽說，妳開刀後身體不好要多休息，沒人會怪妳啦。不如好好休息……不然妳又說下班還得去我家應酬很累……」

家豪這些溫柔得像要殺人的說法，有如空氣已滲入致命病菌，一點一點滲透潛意識，彷彿不讓他回家，她才是不知感謝的女人。

剛開始，三天兩頭回老家過夜，還能說出一串體貼言語，她也以為他仍是個知心男人。她想像，未來，他們會有個小孩，每個月要存教育基金、旅遊基金，還買了一輛豐田二手車，說好日後要開著車環島，將以前約會的景點全都複習一遍。

宛真凝視著臥室床頭櫃上的合照，兩人都在微笑，在這個家，看起來沒什麼不對勁。

但是，真的有什麼不對——像是人行道上有一兩塊沒有對齊的地磚，她總管控不住眼尾餘光，偷偷注視著，即使別人沒發現，她也無法視而不見。

§

同睡一床，還互看彼此不順眼，週休二日，是用來定時懲罰感情不好的夫妻吧。

「唉。」她沉沉吐出一口氣。思索未來還沒有發生的事，真是徒勞，還不如找些事情分散這些煩悶。

她暫且將一堆零食掃到抽屜，再從櫃子拿出大型紙袋，裡面是二十幾本評量，開學前，補習班總會收到出版社提供的教材範本，消化這些沒做完的公事，宛真經常這樣打發時間。

翻起紙袋底部，簇新評量的尖銳邊角已將紙袋撐出裂口，或許禁不起再拎拿一次，便要整個鬆脫撒落了。一把扯開破損的底部，嗤嗤聲響劃破寂靜，她拾起碎裂紙袋，使勁搓揉成一個紙球，咚地丟到垃圾桶。

這動作毫無意義，她卻很痛快。這紙袋像是將兩人裝置在封閉空間，目前看似平靜，如果有人迸出一句刺耳的話，滴答滴答，整個客廳將莫名其妙引爆吧。

坐在鞋櫃旁擦鞋的家豪，聽到動靜，倒是暫時停下鞋油刷，投來狐疑注視，隨即又低下頭刷那三雙價格不菲的昂貴皮鞋。

「好像沒什麼事情能阻止他每天擦鞋……」宛真覺得困惑，又不想直接問，問了他也是回說，「襯衫髒了自然要洗」、「肚子餓了自然要吃」的廢話。

具有核心氣墊、舒適動能、防震減壓、包覆力強大的鞋子，他有意無意說過幾次，男人買幾雙好鞋和女人買衣服一樣非常道德。兩人最近經常處於無話可說的狀態，不過，他倒是很會將自己購物狂的行為合理辯解。

宛真並不干預他熱愛治裝的癖好，他大可不必將購物欲望扯上女人……支配自己的收入買任何喜歡的東西，一點也不犯法。只是，他的欲望比女人還強大，還多虧有他媽源源不絕的彈藥庫，豢養他一身高級品味。

也是婚後，她才發現以前家豪穿著破舊牛仔褲和外套，那個品牌和價位實在一點也不寒酸，寒酸的是她的眼光。

她還注意到，他特別鍾愛其一咖啡色牛津雕花鞋款，即便不穿也每日擦拭。此時，他將牛津鞋的楦頭夾在兩膝，小板凳高度，從她的視線望去，他雙手捧取的突出物彷彿巨大陽具，他來回搓揉著，珍惜懷抱著是多麼髒汙的東西啊。

踩在腳底的鞋子，沾個亮光油鞋刷抹幾下也就潔淨，他卻非得每天拆掉鞋繩，裡裡外外整頓原本就簇新的皮鞋。

「明天穿出去，還不是會髒，浪費時間……」她盯著他，隨口念了兩句。

難道……他每天穿著光潔明亮的牛津鞋，前往另一個不知名的女人住處，在對方鞋櫃，男鞋旁依偎著有防水臺的桃紅高跟鞋，兩雙鞋的主人一見面便難分難捨，迫不及待在客廳散落一地衣物，忘情纏綿……宛真很佩服自己的想像，推演著看不見的情節，一如閱讀推理小說，必會注意作者沿途拋出的線索。

這個家只有客廳還算寬敞，隔著餐桌和沙發的距離，他顯然沒發現她眼中流轉著怒光。以前家豪經常穿著運動背心和刷白牛仔褲，衣褲磨破也不換，球鞋穿到鞋底破了幾個洞還捨不得丟。現在，他卻愛穿剪裁合身的訂製襯衫和牛津鞋，每週上三次健身房，三十五歲的男人，身材保養得宜，的確無可挑剔。兩人相差四歲，宛真站在他身邊不顯年輕，反而疲態盡出，像是姊姊。

上回他們去某高級飯店喝喜酒，在美國念書的表哥驚訝拉著他說：「哇——姊弟戀修成正果，真不簡單啊。」

這事讓家豪取笑她好一陣子，彷彿經由他人挑剔，獲得ＩＳＯ認證的勳章，他總不時提醒她，放縱口欲的結果，就是變成姊姊。

「誰知道，是不是真的有個姊姊？不然——表弟會這麼說。」隱約有點線索，她便攀著想揭密。

「對——沒錯，姊姊妹妹我都行啊，妳老公很強吧。」他又開始打太極。

他是怎麼，漸漸變成另一個人呢？

大學時的家豪，稚氣，少言，甚至有些木訥。宛真初進校刊社，在社團討論專題、排版、採訪細節。那時，談論的不只是校刊，不停交換過往曖昧不明的剎那，徹夜聊ＭＳＮ，在彼此講義書寫祕密文字，往返的字句像一串噠噠作響的密碼。他們的確曾經如此小心對應，初生的愛情。尤其刊物送印前幾天，社辦像隱密包廂，緊挨著校稿看打樣，那是比喜歡更多的感覺，慢慢的，就離不開彼此了。

她不懂，什麼時候，他變成這樣一個口舌逞強的男人。

§

「你們在一起多久了？」冷不防，他冒出這句話。

「什麼在一起？」

宛真停下忙碌手指，抬起頭望他，他深吸口氣說：「如果不是有另一個人，為什麼要提離婚？」他仍在擦皮鞋，彷彿鞋子和擦鞋布是唯一的武器，不能放棄的矛與盾。

「你不覺得這樣猜測很可笑嗎？哼。」她不禁輕聲冷笑，心想，真有另一個人其實也不壞。

按照節奏整理不同年級的評量和解答，分類，裝訂，客廳除了吱吱啾啾摩擦皮革的音效，便是訂書機喀啦喀啦將紙張咬合起來的清脆聲響。

搬到山邊社區後，婆婆這麼規定，若非加班，每晚得回去吃晚餐，吃過飯家豪有時在沙發睡著，婆婆便說就留在這睡何必叫醒他。聽這話頭，婆婆倒是不在乎她要睡哪……她也不想執意叫起丈夫，乾脆自己搭捷運回家。

親友總是讚揚家豪孝順，數十年來能將媽媽的需求擺第一，這樣的兒子打著燈籠也無處找。這麼一說，宛真若有種種反逆，反而成了牽制丈夫、遠離婆婆的白目媳婦。

三番兩次為了家豪留宿而爭吵，她也累了，有次隨口說：「既然，你還是離不開你媽，你媽也看我不順眼，不如離婚好了。」

話溜出口容易，行動並非那麼乾脆。之後，家豪好像稍微減少留宿次數，看她的眼神卻開始透著幾分古怪，吵嘴也不再痛快淋漓，總是留了幾句意在言外的揣測。揣測，他不知道的事。

倘若，真有個男人，難道，是那天，她和阿慎講電話。

阿慎和她，是有點曖昧，雖是往日情事，阿慎卻在他腦海發酵成為她破處的前男友……

為了阿慎衍生的想像與爭吵，都讓她為之氣結。

家豪甚至認為連電話聯絡都不必要，她隨便給前男友手機號碼，才讓對方有機可趁。阿慎那天不過是打來問另一位同學的住址。原本真的沒什麼，心中的天秤也因為丈夫無理蠻橫慢慢傾斜。

如果真是阿慎，那就好了。巧遇那天卻什麼都沒說，像是客氣的銀行業務與家庭主婦，陌生感無盡蔓延，過往一切，果真如煙，她只想速速結束逃走。腳步還沒踏出，阿慎這才彷彿琢磨出想念，訥訥問句：「這幾年過得好嗎？」

這句話很輕，卻令她想哭，吐出什麼話都不對，也很難欺騙阿慎過得再好不過要他別擔心。她只能說，很好啊。阿慎倒是乾啞的笑了，說自己問什麼傻問題呢。

她立即接著話尾回應：「呵呵，沒想到這幾年，你變傻了。好啦，我得回家做晚飯，有空再聊吧。」

巧遇前男友這種戲劇化的畫面，家豪說什麼都認定有鬼，那麼，構成外遇的元素不只是存在一通電話，而是丈夫非要編派她是為了某個男人吵著要離婚，即使他全然不明白離婚這兩個字，不是只有外遇這件事。

宛真閒淡的詢問丈夫：「難道，現在，你就同意離婚了？」

「妳到底懂不懂，離婚，不能隨便說……會弄假——成真。」他言語比她更冷，感覺不出真正的想法。

一陣沉默。各自忙碌手上無意義的事，好像做著不相干的動作，便空不出另一隻手揮向對方。室內隱隱盤旋低氣壓，她覺得渾身不舒服，再也沒有比心更冷的溫度了。

「沒有另外一個人啦。」宛真咬著下唇，平靜的說。

她不知道，嘔氣提離婚兩三個月後，重提舊事是何居心。颱風掠過，狂風驟雨已遠離，他卻非得再說一次，在暴風圈，那風那雨推著旋轉，不得不埋頭抵抗的過程。

「離婚可以，我不會給妳半毛錢喔。」

他又冒出令人氣結的話，強勢又無謂的口吻，更坐實她這幾年的直覺，結了婚的男人沒有一個會輕易改變，不是大男人，就是沙豬。

「哼——臺灣首富的兒子都沒你這口氣。」

「嘀嘀咕咕，在說什麼？」這個瞬間，他倒是模模糊糊聽見她的氣憤了。

男人喜歡發號施令，為何女人就該是附屬？為什麼看人臉色的非得是女人？

「沒什麼，我說啊——誰要你的錢。」

「是嗎——」

他首先想到，是金錢，那麼，方便她排除一些東西。

她確定，沒有愛，似乎許多事情都變得簡單了。

沒有愛……這三個字令人虛弱。她看著食指指甲旁的倒刺，隨手撕掉那溢出指甲縫邊緣的死皮，卻撕開一道狹長的傷口，滲出血。

很痛，是小傷口，她彷彿被剝奪所有遮蔽，覺得很羞恥，這是她選的男人啊。

不知該恣意痛哭，還是冷靜當作沒這回事，如果，沒有束縛，回歸到原始狀態，她似乎應該歡呼。

該繼續爭吵嗎？客廳變成角力場，他會不會砸壞那好不容易分期付款買下的液晶電視，廚房、衛浴也不得不考慮遠離，刀械火源和浴缸鹽酸最能演變成凶案場景。宛真的想像總記得跳過這些地方。陽臺更是想都別想，吵到鄰居報案或揚言跳樓尋死，這些，都不是她的故事該有的情節。

不過想在這二十二坪的家，重新開始生活，為什麼如此困難？

她將一疊厚厚的評量，摺過來捲過去，捶打鍛鍊成一支往遠處拋擲的長槍，只要丟出所有憤怒，一定會擊碎他高傲的眼光，她要那睥睨的眼永遠闔上——她緊緊握著手上的長槍，卻像被施了定身咒，無法動彈。

「搞清楚好不好——你的財產，一毛不要。該我的就是我的，你該不會覺得，我笨到沒有一點法律常識？」她的嘴還算活著，逕自吐出銳利的刺。

他說不會給她一毛錢，愚蠢至極，每月薪資繳完房貸再扣除水電瓦斯家用的必要支出，根本所剩無幾。他幾雙好鞋都是信用卡分六期零利率買下，二手車貸款，房屋稅所得稅、年節長輩紅包……不看帳單也不看家用帳本，他靠的是有他媽的老本可啃，有種，就盡量揮霍好了。

夏日雷雨急切快促的指摘，敲擊在每個角落，她不知自己如何能嫻熟細數流水帳。

家豪有點錯愕，靜默聽完，低著頭丟下幾句：「女人就是囉嗦——念念念……念不停。」

他草草將高級皮鞋收進鞋盒，啪地拉上鞋櫃木門，隨即轉身取走掛在椅背上的外套，帶上大門，一屋冷清，留給她。

若說還有點殘存的默契，大概就是一人情緒將要崩盤，另一人自然識趣滾開。

「哼，假日啊……還是不願意待在家。」她推開講義，無力的趴在桌上，已經不需要這些道具了。

頭有點暈，渾身軟綿綿，她想起昨天特地去百貨公司買來的六吋黑森林蛋糕。

甜，奶油，巧克力，這時需要將身體全部填滿。最好吃成癡肥的歐膩，有人因為妻子爆肥做愛時被壓垮而訴請離婚成功嗎？

一匙一匙挖開蛋糕，一層巧克力戚風、一層布丁、一層鮮奶油，獨自慶祝結婚六週年等於牢獄六年。

她不快樂。她做不來裝飾結婚蛋糕的草莓或櫻桃，甚至連蛋糕上的奶油都不是，不久之前，賀卡上的祝福詞語「結婚快樂，百年好合」，隨時可改寫成，「勞燕分飛，分手快樂」都沒問題吧。想到這，她心裡刺痛了一秒。

這個痛，很短，還比不上指溝發炎的痛，還有胃脹氣悶悶的痛。

黑森林已經坍方塌陷成不規則山谷，她躺在床上吃蛋糕，是慶祝這婚姻將要壽終正寢最好的方式。

一大半蛋糕傾覆在床上，宛真抓起丈夫在意的六百織床單抹抹嘴。

§

她第一次心一橫、包包一拎便離開家。

簡訊、郵件、臉書訊息……連一張紙條也未曾留下。早上還去補習班，上完一天課。照例騎著摩托車去超市買菜回家做飯，甚至還趕上超市晚間特促的冷凍海鱺魚，每片不到一百，買了三片。騎車回家的路上，停了四次紅燈，想好清炒空心菜、蝦仁燴豆腐、蔥花蛋，煎片海鱺，剩下兩片放進冷凍庫，以後要紅燒或清蒸都行。

「神經呀——幹嘛管這魚以後要怎樣……」將衝出口的狂吼，又硬生生吞下，她都看不起自己了。

戴著安全帽和口罩，瘋癲呆傻也不怕人看，有空設想兩片魚的下場，還不如多想想自己的結局。她輕聲哼了一聲，聲音直接傳到耳朵裡，頓時，聽不到有人按喇叭催促綠燈亮。

兩人大吵一架後，她決意拎起登山背包，不帶鑰匙離開家，摩托車丟在捷運旁，再換乘高鐵，直奔臺南。

整整三天，住在火車站旁的小旅館，騎著旅館的單車在附近亂晃。早上珍奶配碗粿，中午清粥小菜喝臺啤，晚上逛夜市吃大塊牛排臭豆腐蚵仔煎，最後買袋鹹酥雞回旅館看

HBO。又哭又笑不刷牙不洗澡直接睡倒在地板。直到第三天中午，櫃檯打電話提醒退房。

她揉著沒戴上隱形眼鏡模糊的眼睛，慢吞吞收拾散落物品，才發現背包裡那袋煤炭還沒打開，準備好的幾捲膠帶也滾到桌子底下了。

櫃檯電話又打來催，鈴聲迴盪在狹小房間，她哇地一聲撲倒在床上，將臉埋在被子嗚嗚的哭出來：「我忘記要去死了。」

回到臺北，誰也不知她在臺南發生什麼事。

家豪仍賴在老家，他說一直沒接到她電話耳根真清淨，還以為她和妹妹去旅行，最後還數落說出門三天也該說一下……宛真爆氣掛他電話。

那一刻，她終於認清現實，這個歪斜的家和她，對丈夫而言只是可有可無的存在。

從臺南回來，如果說有什麼改變，那是她發覺一直以來累積的孤獨，那些數不清的死亡練習，是為了讓自己更加習慣置身於這個世界之外。

「現在，讓我再去死一遍，就得心應手了。」她滔滔不絕講完臺南放浪記，感覺很疲累，像是那三天又重新經歷了一回。

「幹嘛這樣？搞什麼悲情啊？」善美瞪大眼，前一刻無所謂的表情瞬間消失。

「沒什麼啊，可以說出來，就代表沒什麼。我失蹤三天，他看起來過得不錯呀。是有打兩通電話來，我沒接，後來聽了留言，居然是問他的高級襯衫為何沒燙、汽車燃料稅為何沒繳——這意思是，我不過是洗衣煮飯幫他繳費的管家，這些事花錢請個人都能做嘛。」

乎妻子離家出走。

三天無意義的放逐，最後與累積的怒氣一起爆發。歸根究柢，這個男人從頭至尾都不在

「我一定要將離婚協議書砸到他臉上，他才會發現，一切都來不及嗎？」

宛真憤憤說著行動背後，真正反抗的目的很簡單，她要的不過是最基本的尊重。受不了他只會要求她，受不了他在婆婆面前像溫馴的貓，她不想變成激進的女權運動者，但只要這時代還在追求男女平等基本上就永遠不會平等……

善美聽完這些抱怨後，面無表情，翻了個白眼，聳聳肩說：「拜託——真的好悲情，想做什麼就去做，想玩就玩，想吃就吃，幹嘛經過他同意啊。妳以為自己在演鄉土劇嗎？真不知妳當初幹嘛要結婚……」

宛真也經常問自己，當初為何堅決要結婚，真是蠢透了。

她和他，在這個家，像位處不同緯度的板塊，一開始溫度不適，接著是時差相異，最後終於聽不懂彼此的語言。不懂彼此，就像她早晚搬動機車，彷彿挪移時間，卻怎麼都對不準，想要逃離的瞬間。在搬動機車時，她想，動彈不得的或許是自己。

「吳宛真，我誠心建議妳，自殺解決不了任何問題，懷疑他有小三趕緊找徵信社去抓，要不然就讓他戴綠帽，一次解決。」善美一派輕鬆做最後結論。

「好啦——在補習班不好說……我再想想……」有些事她沒說出口，也不知怎麼跟善美說。

上次和家豪冷戰半個月，斷斷續續講了一下午，善美一會兒進教室上課，一會兒又有家長來問才藝收費，宇威偷帶玩具來安親班玩、小婕在樓梯跌倒、浩浩媽媽又要加班晚接回……，心情本來就一團漿糊，所有煩人的事全都黏在一起。

夫妻爭吵的畫面卡接在一件件公事縫隙，像逐漸失去溫度的熱咖啡，越講越酸澀，單元劇變成連續劇，敘述者意興闌珊說著，聆聽者隨便兩句結論，既然一起生活這麼痛苦，離婚不就得了。

「事情有那麼簡單多好……我想，先跟我婆婆說吧。」

「說什麼說——不如也和媽媽說好了。妳的腦子真是馬蜂窩——事情越搞越複雜，媽寶的媽，巴不得你將兒子還她吧。我不懂，幹嘛浪費時間在不喜歡的人身上？」

宛真稍微停頓下來，側邊削薄層次的短髮不停滑落下來，她撥了幾次，塞到耳後，深呼吸了一下，接著簡短說道：「我有我的打算，我很清楚。」

她咬著牙說完，心裡卻陡地被兩句逞強話語砸出一個大洞，真的清楚自己所想嗎？她只知道，洞的周圍已緩慢龜裂，接著，她可立足的空間不知何時將全面瓦解。

§

傍晚吹掠而至的風，夾雜車輛廢氣和汗臭，讓人好煩躁，近乎要嘔吐的氛圍悶在安全帽的面罩裡。

回到家，巷子照例沒有停車位，她東挪西移的搬動兩三輛機車，擠出一點點位置，但車子龍頭還是卡到左邊重型機車的汽缸，把手摩擦著氣缸發出尖銳刺耳的嘰嘰聲。她終於放棄搬動這相撲等級的壯漢，乾脆倒著停車，將車尾直接卡進去，果真順利多了。每天在這搬動這堆沉重的鐵塊，偶爾還會被別人的機車腳架碰傷腳踝或磕碰了小腿骨，上次留下的一小片瘀傷，還在嘲笑她的無能為力。

機車是行走的腳，划水的蹼，又不能隨便扔掉這輛爛車。想到這，她覺得自己很容易倚賴某個人某種物品，還有御守、幸運石項鍊、星座運勢……捨棄不了的倚賴，甚至讓她覺得自己是個殘疾者。

喪失自主行動的能力，只想靠著別人搭把手，靠著某個毫無可信度的儀式，補上她惶惶不可終日的安全感。

想起前幾天，即便離家遠走最後一刻，還將便當做好，將蘋果洗切片好一口等分，泡過鹽水，將幾個保鮮盒整齊放進冰箱——她怎能不憎恨自己的愚蠢呢。

下午又和善美抱怨這些有什麼用，妹妹日後的人生不會和她一樣，不論以後怎麼樣，經歷這些事，她唯一的成長是終於接受這人生本來就是寂寞的。

又是一個人在家的夜晚。

這靠近私立學校的社區，同時被兩個大型社區包圍，偶爾會從鄰近大樓聽到夫妻吵嘴，小孩罵罵號，或是警衛大喝開錯巷道的車輛夾雜尖銳哨聲……搬出婆家後，兩人爭吵有增無滅，充塞家中每個角落，或許他們製造的聲響也曾是擾人亂源。

「整個家安安靜靜，只有電梯那邊的煙霧警報器秀逗亂響……」手上的小說看倦了眼，不自覺望著窗外的夜，自言自語。

想起小時候看過幾次父母爭吵扭打，純粹吵架可以忍住不動手的夫妻少之又少。什麼事都能吵，桌上東西沒收好，杯盤沒有馬上洗起來，洗臉檯幾根飄落的長髮，外出鞋沒收進鞋櫃，待換季的衣服還堆在床邊，想吵什麼永遠不怕沒題材。

從吵個不停，接下來大打出手，鬧離婚，爭產爭小孩……老掉牙的戲劇步驟大致這樣。他們共有的財產是這間二手屋和豐田二手車，沒有孩子，但爭吵的開端卻經常是怎麼擁有一個孩子。

這個時間，生不出孩子，戰鬥指數立即消失上萬點，也沒有任何寶物加值戰力。

她身體的房間已被毀壞。偶爾，她會想起籌備結婚時，生命忽然消失的預兆，可惜那時她毫無警覺。

搬到山邊社區這年，三十歲，開刀兩次，將三顆近六公分的子宮肌瘤拿掉後，日日吞食中藥湯水調養兩年，接著每一年做人工受孕，不知花多少錢打多少排卵針，還是懷不了孩子。五次人工受孕的醫藥費都是婆婆全權處理，生不出孩子，像是被嚴格的品管人員所挑出的瑕疵品，只剩下繁衍功能，她打從心底恐懼。

「喔……別碰我，不想……。」

「我覺得妳有病，哪個女人不做愛，有病要去看醫生——」

「我就不愛，你尊重一下自由意識好嗎？你才有病——三天兩頭做，該看醫生的是你——」

不久之前，這房間的對話，還尖銳得讓宛真疼痛，摩擦的盡是所剩不多的情感，最後總是不歡而散，家豪穿好衣服關上房門，走出家，不知又去哪了。

不到五分鐘，簡訊傳來，老樣子，說是回大學街老家，彼此冷靜，他不想吵架。

她有些同情家豪，甚至認為就滿足他吧。還住在婆婆家時，他們的愛情還無比強大，她有時會將做愛的時空平行移植到讀過的小說裡，在某個空曠的海邊，天很藍海很藍，她一個人坐在沙灘上任由海浪打上腳踝，太陽一下子便曬乾了水漬，有些刺有些黏膩，才提醒她該回到原來出發的地方。

彷彿鯨魚在大海華麗的擺尾翻身，嗔怒和尖叫，是海天共鳴的呢喃。通常，她的思緒從奔騰的天空或大海回到房間，才發現他有時才進去她的身體，就癱軟了。「啊——我不知道，為什麼會這樣……」

那個時候，家豪總是羞赧道歉。然後，抱著她，緊緊的，像是從來沒有得到過撫慰的小孩，那樣軟弱的棲息在她胸前，沉沉的睡。

許多微小的事物，一點點，乍看之下毫無重量的，還比不上熱烈的肉體交歡，但那些短暫時空卻經常清晰地停留在宛真腦海，久久不散。

剛結婚那年，只要週休例假，總是開著二手車跑遍北臺灣，淡水、三峽、大溪都留下快樂時光。她還記得曾在鶯歌陶瓷小鎮消磨了一整天，老街坡地旁有兩行筆直的鐵軌，與鐵軌相鄰的步道形成美麗構圖，漫步其中彷彿置身畫布。那一天，東北季風乍降，冷風呼呼作響，他忽地停下腳步為宛真略為風寒的身體擔憂，急著為她攏上外套並絆好紐扣。

不管放逐多久，回程終點必然是家，當老車在國道賣力奔馳，只有他和她，他們的旅程。宛真望著前方看不到盡頭的車道，竟覺得幸福。

那個時候，她能真實感受到依偎在身上的男人，安靜得像是小說裡沒有寫出的段落，但是故事脈絡隱隱透露著不安的感覺。

「啊——」只要她獨自在家，不小心被記憶纏繞，就好想大吼大叫。

不過，怕被鄰居檢舉妨礙住家安寧，她只好用枕頭悶住口鼻，當所有憤怒都滲入棉絮之後，總算釋放了一點點。

她訝異自己還是輕的。像枕頭一樣有足夠面積承接一顆腦袋的重量，壓下，彈起，每一次都會恢復原狀，什麼事都沒發生一樣。

§

準備結婚那年，已經懷孕十週，孩子在宛真去拍婚紗的那天流產。

彷彿不祥預言，這訊息在警告她，不配擁有一個家，不配擁有孩子，不配做母親。

婆婆萬萬不許只是同居不婚，一定得結婚好好生下孩子，若是堅持不婚，她現在肯定和妹妹一樣逍遙，不必被家所制約吧。結婚瑣事多如牛毛，從訂喜宴場地、試菜、拍婚紗、準備伴手禮、擬訂宴客名單拉拉雜雜令人心煩意亂，忙了兩個月，她想像的生活還沒開始已然變調。

那一日，她永遠牢牢記得。像是自由落體從雲端跌至地獄，早晨身體還包覆著柔美白紗在海邊拍外景，沙灘追逐奔跑、轉圈親吻、製造腳印、排列貝殼LOVE，做盡所有白爛偶像劇爛哏，下午已躺在醫院張開大腿讓醫生掏翻她成為媽媽的所有可能。

她如何想像小孩模樣，彷彿走進小偷搬空的房子，連一張超音波照片都不曾留下。躺在冰涼手術臺，像是睡去又死去，麻醉藥效退卻，醒來發現臉和後背是濕黏的。傷口很痛，不是哭泣所能表現的感受，那是，第一次距離母親這身分這麼近，隨即又被莫名力量推遠的那種痛。

經過幾小時，總算能冷靜下來，忽然感到慶幸，自己根本沒準備好，做妻子、媳婦、母親，這孩子夠聰明，選擇離開，也算是一件好事。

一整天，他像驚惶失措的螞蟻，東奔西走，她只是哭，不給他第二種表情。

他在病床邊注視著她，囁嚅著說，「我知道……這件事很痛……是不是，不要告訴媽媽……」

悲傷的她，混亂的思緒尚且無法處理這荒謬要求，他希望隱瞞的對象是她未來的婆婆。

她不知道他的母親有什麼重要。她的身體空了，她無法成為一位母親，她確信，此時全世界只有自己了解這樣的哀傷。

「我不想看到你——」她用盡剩餘的力氣嘶吼。

他默默從病房離開，那個晚上，她密集發了幾通簡訊，只有一個目的：取消婚約。

家：真，好好休息，別亂想……

真：孩子沒了，還結個屁婚

家：結完婚再打算好嗎

真：我現在就受不了

家：妳有多難過，我比妳更甚千萬倍！不……妳無法想像

真：結完婚再跟你媽說，她就不會受不了？

家：我現在馬上過去找妳，別走……

家：別說狠話，我馬上到！

「別和媽說，別說狠話」，他已經開始限縮她的自由，還沒嫁給他，已感受到自己將成為讓家豪為難的那根軟刺。

喜貼發了兩百多張，大多是電子卡片讓親友同學勾選參加或不參加、攜伴或不攜伴。從

籌備結婚開始，她了解這不只是兩個人的事，想要後悔不認帳，她丟臉無所謂，賠上的是男方整個家族的面子。

「妳不是說，多麼想要有自己的家，都還沒開始，就要放棄了嗎？妳忘記了嗎？妳有多麼的想啊……我們以後一定還會有孩子——」家豪趕回醫院坐在床沿，握著她的手，一遍又一遍、翻來覆去的說。

「如果真的不結了，妳的選擇我會尊重……但是，不論怎樣，以後我們家，有爸爸、有媽媽，也會有孩子，這是妳想要的家，不是嗎？」

宛真是有過童話想像，過去那些破碎、不堪、不能在他人面前提起的家，一定可以改換成另一個面貌，她要將孩子安穩的包覆其中，再也不必害怕任何突如其來的風雨，吹襲毀壞她的僅有。

僅有的，不是她所想像有個愛她的男人，有個家，不是缺什麼補什麼，她的身體再度空蕩蕩。

他們的床，她緩緩撫過這襲六百織的床單，屬於他的那一邊，平整疊著被，枕頭沒有凹陷的痕跡。

他堅持要換成老家一樣的床單，現在，不需要了吧。宛真繼續往下想著，或許他躺在哪個女人懷裡，渾身赤裸裹著另一床一千織的床單，他們，飛濺歡愉的汁液，像盛滿海鮮即將翻覆的舟船，最好奮力搖著雙槳，整夜整夜和海一樣的天色糾纏，直到分不清日與月，直到遺忘回家的路徑。

她嘆了一口氣，她不能再欺騙自己。

六 愛情的反面

「毫無所悉那樣的喜歡妳，他只管現在專注圍繞妳，遺忘過去的傷害痛苦，恨不得將對方吞進嘴裡咀嚼吐出咒罵，那些分手後的日日夜夜，只有妳一個人記得，妳不希望他說出任何以往的回憶，只能折磨妳一個人的時間，最好，他全都忘了。但，他若無其事的愛妳，光是這樣，又輸給他了。」

她在日記寫下，她以為不可能發生的事。善美清晰記得那一天，那是和高原分開三年後初次復合。

同樣那一天，她和高原從城堡外型的汽車旅館離開，離開之際發生了不可置信的事。這件事她暫時不能告訴姊姊，只好也一併寫在日記裡。

他們在旅館出入口瞥見一輛熟悉的白色轎車。兩車交錯空檔，隔著高原，她認出那輛車似乎是姊姊家那部豐田，右側車腹也有一條長長刮痕，她覺得納悶。

待高原交回房卡，再回頭確認，駕駛居然是：「林家豪——」她輕呼了一聲。

嘰——白色轎車轉著方向盤的男人急踩煞車，狐疑的四處張望，他靠近副駕駛座和綁著馬尾的女子咬耳朵，她模糊的看見那女子搖搖手，他們不知在說些什麼。

隔著一座警衛車亭，只見男人換好房卡和車庫遙控器，接著側身摟了一下鄰座女子，車子便轉進右邊車道，路牌指向「亞馬遜」。

「怎麼了？遇見熟人？」高原問。

「剛剛那輛白色的車，是我姊夫。」

「啊——旁邊坐的……應該不是，你姊吧？」高原小心揀選字詞。

她輕輕點了頭，心裡瞬時轉著幾個想法，她坐在車裡忐忑難安，彷彿螞蟻在身上爬搔，該怎麼和姊姊說？她不想解釋為何會和高原出現在摩鐵？也不想說明自己的房間不用，非得去霸王別姬或石中劍風格的房間才會開心的癖好。

在城堡造型的Motel看見不該看見的人，好心情完全消滅，她不懂，這城市的男女，不論已婚未婚，為何都在汽車旅館尋求慰藉，不想回家？

「爛男人——天下的男人都一樣爛透了——」

她旋開剛剛從摩鐵帶走的礦泉水，猛灌了幾口，一下子，水嗆住口鼻，咳嗽不停。

高原伸手過來輕撫她的背，另一隻手仍穩穩抓著方向盤，車子徐徐前進，不久便開進了四線道馬路，自然融入下班車流。

「這根本是芭樂劇才有的情節——雖然我不看好我姊的婚姻，但我真的不想衰事發生在她身上。」

本想立刻傳Line給吳宛真，高原也略為知曉她姊姊這幾年的狀況，勸說是不是該求證或等待個時機。

她想起，姊姊崩潰那晚，回到山邊社區，發現姊夫居然三天沒回家，也不在乎姊姊去向。她沒回到小套房，在姊姊家陪了一夜。時間像是沒有轉動發條，童年的卓蘭的逢甲夜市的，就像以前同睡一張床，說徹夜的話。

「怎麼辦？我不想變成爸媽那樣的人，我想要自己的家，但我保護不了，這個家又要毀了……」姊姊將頭蒙在被子裡說話，霧濛濛的，聲音好像從水裡傳來。

「毀了又怎樣，看看我，誰都毀不了。」

宛真拉下被子，大笑出聲，故作輕鬆說，好啊，若是離婚，就和小美相依為命吧——去他媽的媽寶，沒什麼了不起……姊姊撂狠話時眼睛泛著紅絲，她們喝光兩瓶紅酒，整晚在床上滾來滾去，大唱〈姊妹〉、〈開門見山〉、〈我要快樂〉、〈最愛的人傷我最深〉、〈解脫〉……

最後怎麼睡著她不記得，只記得整晚重複說著：「沒事——有我在，他再也沒辦法欺負妳。」

這樣承諾不是婚約，沒有法律規範，是家人才能說出口的本能反應。

§

電影院出口陸續走出男男女女，混雜著劇情和商議去哪吃飯的聲波，談到電影結尾，善美恨恨說著女主角百般容忍劈腿男，簡直和吳宛真的呆蠢沒兩樣。

一提到宛真，高原想起那天目擊的情景，小心詢問後續發展，善美便忿忿地說起那天晚上陪姊姊過了一夜的事。

「哈，妳真的說『有我在，他再也沒辦法欺負妳』……這是男人的臺詞啊。」

「說什麼話還分男女？你是日本人還是阿拉伯人？」

高原邊聽邊揉著她的肩，像是山谷回聲反覆地說：「好吧，別氣別氣，沒事了沒事了——沒人可以欺負妳了。」

「喂，幹嘛學人家說話——」她咬住下唇，皺眉說，「早知道，不跟你去看電影逛夜市，去陪我姊。」

「妳們平常又不喜歡黏在一起，這時候，讓姊姊獨處一下也很好。」

「我真的受夠我姊，小媳婦樣巴著他家，就是太相信她丈夫啦。說什麼出差啊回家陪媽媽，她都信，結果都在外面搞七捻三……男人的話能信，狗屎都能吃了……」善美氣呼呼的扠著腰，彷彿委屈受罪的不是姊姊，倒是她。

「嘿嘿，我不能同意妳的論點。世界上有各式各樣的男人，人不一定只分好壞，像妳姊夫，若不是他媽媽特別寵他，也不至於變成這樣。」高原忽然客觀分析起來。

「好啦，勉強同意。像我們這種不正常家庭，尤其我姊，挑男人的眼光超級有問題，但是，誰都阻止不了她，她一心一意只想有個家。我想，她甚至不知道自己是不是真的愛過林家豪？那天，她哭著這麼說，真的好慘……」

善美用力欷欷吸了一下果汁，剛剛在手搖飲料店外帶的紅蘿蔔鳳梨汁，她注視著果汁，忽然覺得很像一杯愛情。

她從來不相信婚姻有什麼保障。愛情就是愛情，不可能過渡到婚姻狀態，還能保持原來的形狀。

切成條形塊狀的蔬果，穿過榨汁機，再也無法還原前一刻的完整，也回不去果實握在手心的重量。被切割絞碎徐徐吐出的纖維，每一縷維管束隨意被扔在一邊，沒有水分乾癟的果皮殘渣，彷彿被林家豪丟在家的宛真，皮膚乾燥，兩眼無神，瞬間老去了十歲。

想到這，不知道姊姊一個人在家做什麼？

姊姊要她別擔心，還佯裝陽光的拍拍她說：「連假就開心出去玩吧——我經常一個人啊。這個我很拿手。」宛真的口吻，不知怎麼讓她覺得有點哀傷。

高原將車子停在一公里外的停車場，走到夜市兩人早就飢腸轆轆。這裡早已淪為觀光客的遊樂場，排個臭豆腐、大腸包小腸、蚵仔煎，站在那裡等老闆揮汗現做，還要防範白目硬擠進來插隊，還邊要奚落，「這好吃嗎？多少錢？啥口味有什麼稀奇——」

不稀奇可以不要吃啊……聽到這話令人光火，又挑又嫌還要來逛夜市？嫌六十塊蚵仔煎很貴，拚命殺價，是要殺掉蚵仔還是蛋呢？有個大嬸居然將整盒炭烤魷魚絲逕自拿走，以為是給人試吃的，老闆根本來不及阻止……最後他們逃也似殺出擠滿觀光客的夜市。

高原邊跑邊笑岔了氣說：「沒想到回臺北，也像在上海多倫路，必須相信魯迅的名言『世界上本來沒有路，走的人多了也便成了路』。」

「為什麼會想到魯迅的話？這是夜市啊。」善美平順了呼吸，不解發問。

「市場原本沒有夜，一到晚上，走的人多便成了夜市啊。」

「瞎說——」她吐出果汁裡的小冰塊，握在手裡，往他身上扔，「我也會說，嘴裡原本沒有冰，渾話說得太多便成了冰。」

「哇——妳好噁心，口水成冰，才是瞎說吧。哈哈……」

一路說說笑笑，高原隨口說起上海，通常不是刻意，卻也讓她發現些許變化，例如腔調開始帶點兒化音，吃個簡餐會說上海物價比臺北還貴，在宿舍都是去超市買菜自己煮，問他怕不怕黑心商品，高原倒是笑呵呵說，這點，兩岸不相上下，競爭得厲害哪。

再問他，上班餘下時間還去了哪些地方？高原幾句話便露出喜色：「上海的大樓蓋得很牛，轉來轉去不就是田子坊和黃浦江，我不喜歡留在市區，有兩天假，一定坐動車往蘇杭水鄉晃悠，像是周庄和西湖雖然是很火的景點，怎麼說也比留在宿舍發呆要好，什麼時候來找我，帶妳去玩……」

「呵，又是牛，又是晃悠，簡直快變成內地大叔。」她刻意省略去上海找他的部分。

「哈哈——有這麼明顯嗎？可見剛才在夜市融入阿六仔採購團完全無縫接軌。」

除了用語和口音明顯被同化，至少可以確定，分手之後，這是初次看到高原開懷的笑，他們現在又自然的勾著手，走在這城市。

從夜市離開，往捷運方向慢慢走去，在他們前面，有個肩膀左高右低的中年男子，引起善美注意。那男人側過臉和友人聊天時，大笑露出牙齦，目中無人的模樣，很熟悉。

她發覺這人有幾分神似幾年前分手的 Derek。當時為了她在公司附近租了小套房，在那罪惡的房間，他極盡可能想像所有做愛方式，在私密領域，他抹滅已婚身分，她假裝自己是護士是高中生是妓女，他們享受這個遊戲。

沒有責任，沒有期待。沒有未來。

很久不曾想起那段肉體敗壞精神恍惚的時光。

遺忘，或許是好事。或許，高原是她唯一在意的人。她就是無法和他前往任何會毀壞夢想的地方。

高原花蓮的家，即便是他獨居的小公寓，或是到卓蘭去看看母親和外婆，這些地方都不可以，即使是她租來的小套房，她絕不想看到他出現其中。

進入這些私我空間，就像讓對方看見了自己不想被看見的部分。或者，那就是家人的感覺。

不只是移動家具空出的慘白影子，煮咖啡時飛濺的斑點，還有爬上高處換燈管俯瞰房間的擁擠，她不能想像其中有高原。那些原本不準備讓對方一起承擔的事，還有脆弱和不堪，像潮濕的壁紙一點一點掀起，露出千瘡百孔的牆面。

大學畢業之前，她和高原分手，他沙啞的聲音，彷彿還飛散在淡水河邊，他說：「我不在乎，所有發生過的事情都不在乎，為什麼加進了我，妳的未來就會變質？妳不能這樣片面，決定，我們以後的生活。」

目前，善美仍然極小心不讓彼此的話題與結婚相關，那是線上遊戲中消耗戰力的魔獸，出現一個便急急消滅，才能順利往目標推進。

§

在補習班幫學生做完期末考總複習，下課已近九點，她和宛真在附近的拉麵店補上遲來的晚餐。結完帳走出店面，居然看見姊姊靠在騎樓旁抽菸，她頓時怔在原地，看來外套裡的菸被姊姊掏走了。

「稀奇欸？很少看妳抽菸……」

她從宛真手裡接過外套，也跟著點上一根涼菸，慢慢的抽，彷彿剛剛唏哩呼嚕吃下的拉麵是應付胃的存在，菸才是滿足心靈的美味。

剛吃完熱呼呼的拉麵，還是有重新為人的感受，雖然餓過頭的胃，分泌的胃酸已侵蝕她所有求生意志，現在還是微微悶痛。

只要還能吃，就能活下去吧。她此時終於明白姊姊為什麼吃個不停，那是人唯一最接近動物的本能。

宛真定定盯著馬路上來往的車流，車燈綻放著將黑暗劈開的光束，光條忽掃過她蒼白的臉，像車玻璃雨刷將朦朧的表情瞬間刷亮。感覺姊姊不是在看車，而是專注想著某件事。仔細一想，那是姊姊小時候不小心打破她心愛的陶瓷米老鼠撲滿，閃爍又畏懼的表情。

「喂——該不會做了什麼壞事吧？」她冷不防從姊姊腰間抓了一把。

宛真挑著眉吐出一口煙說：「噢——別弄我啦。」姊姊雙手交抱在胸前，像是有話想說卻說不出口的彆扭。

「前天，林家豪有回家嗎？這幾天，他還正常嗎？」她忍不住想問。含著這有刺的祕密，覺得胸口都要炸了。

「昨天有回家啊，我還以為變乖了呢。前天是星期三，我們一起去醫院，因為星期二去照音波，醫生說卵子濾泡還不錯，星期三安排做受孕，後來他說公司要開會什麼，要先走，又傳Line說要去南部出差……他很忙啊。怎麼了？」宛真斜倚著騎樓柱子，一副疲累。

「不知該不該說……但是，妳應該知道吧。」

「廢話好多啊妳，快說。」

「前幾天，在河岸汽車旅館看到他的車……」善美話才吐出口，隨即轉身將菸丟在地上，一腳踩熄。

宛真側著頭，眉頭深鎖注視她許久，彷彿刻意掩飾情緒，最後深吸了一口氣才問：「汽車旅館？妳去那幹嘛？」

「欸——去哪裡難道是借廁所嗎？有沒有搞錯——妳該問問林家豪為什麼會出現在那吧。」善美搖搖頭嘆氣，像是為姊姊失去邏輯的問句，下了結論。

「吳善美，妳頭腦也太簡單。男人哪會承認偷吃，要抓姦在床懂不懂——電視都這麼演，沒看過嗎？」

得到經驗老到的徵信社抓猴大隊成員流利回應，善美一點也不開心。姊姊異常冷靜，讓人分不清喜怒哀樂，怎麼聽都不對勁，她忍不住追問：「妳怎麼一點也不驚訝？」

「驚訝？就生不出林家的小孩啊——他已經很久不碰我了，也常常不回家過夜，都說睡在青田街，一定有鬼啊，偷吃，我也不意外。」

「妳真的有病欸，生不出小孩又怎樣？正常人，不會想留在那個婚姻。」

「哼，妳又有多正常啦。沒結過婚的人，不要來跟我比正常。」

「喂——我不結婚干妳屁事。我在幫妳欸，有沒有搞錯？居然開始幹譙我？」

將不婚者歸為不正常的話就這樣撲面而來，這標籤還是姊姊親口貼在她臉上，儘管明白那是偽裝在咒罵背後的慌亂。

善美氣沖沖看著姊姊，久久不發一語。

安靜的空氣連呼吸都讓人覺得窘迫，宛真立即覺察自己失言，輕輕推了一下善美的肩，討好地說：「好啦，我道歉。」話一說完，便將食指和中指併攏在嘴角，努了努嘴，想要根菸，彷彿菸才是這場外遇的句號。

善美白了她一眼：「幼稚鬼，要菸幹嘛？妳又不太會抽。」

「誰說我不會，大學都抽過頭啦——噗呼……抽菸多好，可以忘記一些事……」宛真鼓著腮幫子，噴起想像中的煙霧。

姊姊又開始逃避，怒氣湧上善美胸口，該說不該說都說了。她將菸盒揉皺，隨手扔在機車置物箱，唰地拉上外套拉鍊，戴好安全帽跨上機車準備發動，但此時，這些動作簡直拖累她的心。

終究不能懸著心離去，回頭再說兩句：「不管怎樣，還是要弄清楚吧？林家豪也太囂張了——」她拿出另一頂安全帽問宛真，要不要搭順風車？

「不用啦——沒那麼脆弱。我要去黃昏市場買點便當菜。」宛真搖搖手苦笑說。

善美不知該不該心疼宛真的傻，明明被男人欺負，卻要裝得無所謂，好像這個劇本發展都在預料中。

此時，她眼皮沉重得像灌了鉛，整個背脊僵硬痠痛，再也無力做誰的浮木，何況姊姊看起來不需要。姊姊的家事還是得自己面對。這幾天弄學生考前複習測驗，忙得和鬼一樣，她倒是需要睡個好覺，也想和高原視訊，回家吧，不論做什麼都比擔心林家豪的鳥事實在。

§

這兩年，高原的建築公司外派去上海，善美在補習班當安親老師，其間偶爾寫Mail傳Line，內容大概是兩地差異，從溫度、物價或者是人，無所不言。她有時會試圖詢問他假日如何打發時間，是不是有興趣相投的女同事？

高原只回了個卡通人物撥動閃亮長髮的貼圖，倒是常提起在上海吃不到道地臺灣小吃，好思念。最近他休長假回臺北，兩人沒事似相約見面，逛士林夜市，再衝鼎泰豐吃小籠包、蛋炒飯，趕午夜場電影，最後KTV夜唱，彷彿過去平常的每次約會。

之後高原開始預告飛機班次，總在一週前便傳訊說回來後去礁溪泡溫泉或花東住民宿、看海賞鯨豚吧。就好像他在臺北只剩下她一個朋友，他回來的目的只為了見她。

萬般計畫趕不上臨時變化，最後他們大多留在臺北。善美無法配合他經常請假，最常嬉遊的路線，早上騎U-bike在市區瞎逛，像是水岸路線，從士林福林公園→雙溪河濱自行車道→基隆河右岸自行車道→百齡河濱運動公園→三腳渡碼頭→圓山→大直橋→美堤河濱公園→大直美麗華。邊騎邊鬧邊吃喝玩邊拍照，看三腳渡碼頭附近的老師傅製作龍舟，河濱公園野餐遠眺一〇一，在大直橋上用自拍神器狂拍，下橋後去捷運美麗華還車再搭摩天輪……

連續騎了三四個小時，過度排汗的排汗衣早就喪失功能，早上騎U-bike，下午就進摩鐵梳洗補眠，因此上回才會在知名的城堡摩鐵撞見林家豪。

「妳聽過：『撕裂有時，縫補有時；靜默有時，言語有時』嗎？」那天驚嚇過後，高原問她。

「沒聽過。」

高原微笑說：「這是《聖經》上的話。」

「我沒特別信仰哪個宗教。『撕裂有時，縫補有時』？這個『有時』指的是機率吧？誰又知道願意接受的時間，什麼時候最適當？」善美若有所思望著車窗外呼嘯而過的機車。

「其實，換個角度想，如果這時離婚，姊姊剛好可以重新開始，她不是一直覺得自己被困在那個關係裡……」

「她巴不得盡快解脫，放心吧——她沒有想像中那麼軟弱，離婚又不是世界末日，她只是沒有做好心理準備。」

高原隔天又要飛去上海，她不想搭他的車回家，拎著一大袋騎車裝備，疲累的她仍然堅持他送到捷運站就好。她練習離開的微笑，他也接收到這樣的笑容。高原說很快就回臺灣，晚上再視訊喔。

從淡水起站，乘客仍然一個挨著一個，城市邊緣的出海口，不但是觀光熱門景點，這條河流也是想要短暫放逐或放空的人們傾倒煩憂的好去處。

她瞥見有位花白短髮的婆婆，還有帶著兩個小小孩的媽媽都放著空蕩蕩座位不坐。博愛座像個地雷。即便騎車騎了六小時，腳踝有點痛，也不會有人同情她的脆弱，倚在玻璃隔板旁支撐自己，她忽然莫名心酸。

車過幾站，是大轉運站，有位老爺爺突然從人群中被推擠出來，他只好訕訕坐下深藍座位，並不時隔空吆喝同伴快來一起坐，只見剛剛花白短髮老婆婆撇過臉充耳不聞。有種巨大的壓力膨脹著整個車廂，大家都覺得呼吸困難。

老爺爺和老婆婆在座位上嘀嘀咕咕，她豎起耳朵，老婆婆正碎念：「自己想坐自己坐，別拖我一起……」只見老爺爺摸摸老婆婆的膝蓋說：「別逞強，到臺北車站還要半小時哪。」

望著他們守護著彼此，善美心想，年老的時候，也會有個人在身邊提醒要珍重自己嗎？

她又要為誰珍重呢？

她靠在玻璃隔板上滑手機，點開了高原的臉書，他已上傳今天騎車的幾張照片，河岸公園單車，還有一起吃著土耳其霜淇淋有半截掉在地上的那張。快樂和哀愁經常發生在一日之間，或者是幾天之後，彷彿躁鬱的雙極性週期。

高原回來，她的心情總會急速加壓至沸點，不論做什麼都好，只管盡情的笑啊吃啊，什麼都不做靠著彼此發呆也開心啊。

高原離開，她陷入低潮，像時間軸始終被固定在傍晚的河岸，一波波，河水遠離陸地，親近又返回。水望不見岸，她乾渴直至無法呼吸。

§

這週輪晚班，下午善美去小學操場跑完五圈、再奮力游泳半小時，頂著半乾的頭髮照例去速食店改作文。高原在上海，她也必須習慣一個人生活。

有沒有高原，其中的差別是什麼？比較不寂寞？還是去餐廳吃飯不必因為一個人用餐而顯得占位？

寂寞或是異樣眼光，她都不在乎，比起好好活著，太多因素可以促使一個心智脆弱的人放棄現狀。

她在乎的是保有自我的節奏，不必像姊姊那樣被一個關係綁住。

桌上攤著作文簿，這篇作文錯字連篇，她支著下巴、心不在焉圈點著。隔壁桌四位國中女生正在做小組報告的樣子，有人皺眉苦思報告結語，有人卻完全置身事外滑手機，好像只是來湊數打麻將的蹩腳牌友。

此時，有個穿著洋基球衣的男孩從旁走過，她們不約而同停下剛才焦灼的事，輕聲交換意見，刻意壓低音量連坐在對面的善美伸長耳朵也聽不清楚，只見幾個國中女生不知為何捏著幾根薯條彼此丟擲，被薯條丟中的人笑得趴在桌上揉眼睛，然後不甘心的也抓起幾根，花灑一樣向其他三人噴射……

那些細長的金黃薯條彷彿沒有說出的話語，油膩，令人不耐，善美本想離開，但覺得幾個女孩直白坦率，還是拉長耳朵留在原位。

隱隱聽見穿著米妮T恤的女孩說：「告訴妳們噢，我知道為什麼男生整天都在約球場鬥牛？如果不這樣，他們每一秒都想做——」女孩獨特的見解立即引起一陣驚呼，接下來米妮T恤女孩捏著嗓子繼續說：「男生想做，用什麼理由拒絕都沒用，就像海綿寶寶一定要吃到美味蟹堡……」

又是尖聲怪叫一番，然後頻頻推擠靠在牆邊的短髮女孩，好像那女孩的男友就是學校田徑隊球員，青春的費洛蒙，讓本來已經很嘈雜的速食店，顯得更燥熱。

「哼，毛都沒長齊的小雞，懂什麼是男人？」她忍不住撇過頭，眼神放空的追隨窗外來往的行人，舔著手中的蛋捲冰淇淋，不自覺想起國中生活，那時自己在做什麼呢？

善美還記得一些清晰的事。

國二下學期，上數學課時月經來了。住在卓蘭外婆家，弄丟了一輛捷安特腳踏車，那是舅舅買給她去學校的交通工具；她想考北北基的高中聯招，她想念臺北的姊姊；基測考得很糟，留在臺中念私立學校，和媽媽住在逢甲夜市旁租給學生的公寓；她失去爸爸。

她們在臺中換過三次住處，一年一簽的租約，永遠不符合需要，重新尋覓住處時，幾番奔波，每次面對陌生人疑惑的目光，或者直接無禮詢問：「妹妹，妳爸爸不用看看房子嗎？他會來簽約吧？」

「她沒有爸爸。」媽媽冷漠回答。

「我爸死了。」她接著說。

她們彷彿配合完美的相聲演員，不需演練標準答案。有的房東會同情因此降個五百，有的則慷慨表示水電全免，讓人覺得人間處處有溫情。

當然也有那種色瞇瞇的中年房東杯杯，想占媽媽便宜，三不五時藉口維修房間水電管線，抓住機會便摸她的頭、捏她屁股噁心巴拉說：「妹妹，我當妳爸拔好不好？杯杯有很多房子喔，要住透天厝，還是電梯大樓，都沒問題啦。」

每一次，她都很想掐著對方的喉嚨，讓他再也吐不出腥臭言語，他根本不配擁有爸爸這兩個字，這兩個字讓她覺得噁心。她不知道，當時媽媽是不是和那噁心巴拉的小鬍子房東在交往……事隔多年，她也不想知道。

那時，她和媽媽一起經歷了姊姊不曾參與的生活。

媽媽在夜市頂了一間沒什麼客人上門的餐館，生意差到挑豆芽可以一根根掐去褐色根鬚，雪白像粗棉線排列在不鏽鋼湯盤上校閱，人客寥落的小吃店，食物賣不完只好盡往家裡藏。冰箱好像餿水桶，冷凍庫塞滿了賣不完過期的滷牛腱滷大腸滷雞胗雞翅膀，賣不完的食物，至少還能讓她嚐出一點點，媽媽為了這個家付出的努力。

善美曾想過，多年以來，她和姊姊挑剔逃避鄙視這樣的破敗不堪的家，只是想要當初不告而別的父母，給她們一句道歉的話。

或是，類似「原諒我，當初我們也是不得已，不知為何那麼膽小，就這樣離開了你們……」

這些話，當然一句也不曾出現過。

得不到答案的姊妹，只好不斷離開，不斷的恨。經過十幾年，媽媽再度回到卓蘭，她們卻是過客，母與女總是客氣交談，無法像以前那樣親密倚靠了。

她永遠忘不了爸爸還一起住在逢甲時仍然愛賭，媽媽帶著剛上高中的她，跑了好幾個地方找爸爸，火車站旁的旅館、偽裝成理容院的賭場……最後在他常去的釣蝦場發現開了兩桌麻將在賭，他窩在充滿煙霧和檳榔氣味的房間，像個猥瑣流氓。他的視線與媽媽重疊時，還有個不知名的女人坐在他腿上，媽媽二話不說乾脆的掀掉桌子、一腳踢開長腳檯燈，麻將籌碼菸灰缸和玻璃杯酒瓶劈里啪啦滾落一地，頓時尖叫聲四起——媽媽還不忘順手抓了一張鐵製摺疊椅往老爸臉上扔過去……

一個家在媽媽掄起鐵椅砸向爸爸的瞬間碎裂，小吃店很快拉下鐵門，爸爸那天晚上過後再也不曾回家。媽媽痛哭失聲的抓著她說：「妳想妳爸會回家嗎？別傻了啦——妳爸不知和哪個賤女人在一起。他永遠不會回來了——」明明做錯事的人是爸爸，媽媽凌厲的眼神和掐住她手臂的指甲，像是失去獵物的野獸。

陸續衝出房間的人將瘦小的她推擠到門外，她只好先躲在門後，房內吵鬧咒罵的聲音迅速填充耳膜。嗡嗡嗡嗡，她彷彿聽不見任何聲音。她害怕那空間亂拋的麻將和玻璃，不知該衝進去還是繼續躲起來，她想幫媽媽，但又怕看見爸爸懦弱、任憑媽媽毀壞的樣子。

房間扔擲物品的聲響漸漸平息，她怯怯地跨入戰場，媽媽低低啜泣，房間的空氣讓人暈眩，她忘了在那裡停留多久，只見媽媽終於跌坐在地，虛弱的說：「我們完了……這個家完了——」

善美以為，那個時候，再也無家可回了。

失去家的感受，讓她還想起更遙遠的小學時代。每次放暑假，最是期待媽媽帶她去阿姨家，天真的她還不清楚，去阿姨家等於爸爸又去了某個妖精那裡不回家。

阿姨家在超市旁邊，超市有一臺霜淇淋機器，她最喜歡巧克力和牛奶轉著螺旋的那種。在阿姨家那幾天，每天下午她們會去吃甜甜的霜淇淋。她歡喜小口小口舔著裝在餅乾杯裡的巧克力霜淇淋，不經意發現媽媽一直以手背抹淚，還拉起衣領擦鼻涕，阿姨會隨口跟著罵幾句。她們在說爸爸，大約是爸爸外面有女人，又沒將薪水拿回家。「他可以嫌棄我，為什麼連自己的女兒也不要……」提到小孩，媽媽總是越講越傷心，以致忘了冰淇淋已慢慢融化成奶昔。

善美常常想起沿著餅乾杯融化的冰淇淋，像媽媽抑止不了的眼淚，爬滿臉，鹹鹹的淚珠滑進甜甜的冰淇淋杯，那是什麼滋味。她記得自己專注的想著這個味覺，不想聽見太多爸爸的事。那樣的爸爸好陌生。

甚至想將媽媽的餅乾杯拿過來偷偷嚐一口，不過，每次都來不及，最後媽媽總像甩開噁心的鼻涕，隨手往圾桶一扔，毫不留戀的說：「小美，走吧，我們回家，靠男人沒用——我算是覺悟了。」

她不知道媽媽是不是真的覺悟。最後一次去阿姨家，她念小五，姊姊剛考完高中聯考的暑假，她們住了兩個月，那次沒有媽媽，因為媽媽已跟隨爸爸離家不知去向。

那個暑假，他們大多黏在沙發上看電影臺，腦袋放空一遍遍看著周星馳的片子。她和表弟天天打Wii，在螢幕前亂跳亂揮手把，幾片遊戲片超級馬利歐和任天堂早已玩到爛熟。宛真不想加入，只是死氣沉沉盯著螢幕，彷彿和沙發合而為一的抱枕，一早將自己丟在那，可樂洋芋片鱈魚香絲擺在觸手可及的茶几，姊姊只是不停的吃。

吃，總是可以讓人閉嘴，忘了嘴巴還能吐出更多想說的話。吃對善美的誘惑不大，她比較喜歡Wii，媽媽絕不買這種奢侈品，所以她喜歡來阿姨家。

有時阿姨要去超市買東西，問說要一起去嗎？有霜淇淋吃喔。表弟快速舉手表示要去，宛真說隨便，她緩慢搖搖頭，阿姨驚訝的看著她，提高了聲調說：「欸，善美，是霜淇淋喔。」阿姨好像忘了這引誘無效，即使她有點想吃霜淇淋。

「我不能吃太多冰，我的氣管不好……」失去媽媽，好像所有好吃的東西都失去了該有的滋味。

爸爸媽媽相繼離開，前往她不知道的地方，關於霜淇淋的約定，也一併被丟棄。只是霜淇淋而已。善美以為自己不在乎。整個夏天的霜淇淋，旋轉著白色和咖啡色的夢。住在阿姨家，常做這樣的夢。左手阿姨牽著，右手勾著媽媽手肘，叮咚，進超市，買好霜淇淋，坐在收銀檯旁的長桌圓椅，轉轉轉，舔舔舔，媽媽和阿姨小小聲說話，說的都是爸爸外面的女人，那狐狸精怎麼不要臉勾引男人這類的事。

善美以為自己不會記得這些細節，夢境卻一次次讓她複習不變的情境，夢裡的霜淇淋永遠停留融化的瞬間，這是善美的祕密，她不曾和姊姊提起。

整個夏天拋擲在不屬於自己的地方，姊姊那時已暗自決定：「我也要離開臺中，讓爸媽找不到我。」

姊姊不知何時將這兩句話寫在她暑假作業封面角落。導師找善美去問話，翻開作業封面一角，鉛筆細細的痕跡，彷彿結疤後淡淡的傷痕躺在那，的確是宛真的字。

老師關心的問：「家裡發生什麼事嗎？為什麼會這樣寫呢？」

她信口就是一個謊。說姊姊幫她檢查作業時大概順手抄了小說的句子，是惡作劇吧。複習考模擬考包圍著國三生，老師見她總是乖巧認真準備基測，也就逐漸忘了追問這件事。

升上高中這三年，今天過得和昨天差不多，昨天和明天也不會有什麼變化。

早晨和廚房裡準備作料的媽媽打個照面，便去學校趕赴早自習，晚上回到空蕩蕩的家，媽媽還在夜市營生，月底經常捏著幾張鈔票數算復數算，臉上只有愁苦的表情。如果沒有她，媽媽答應小鬍子房東的約會，後半生或許有一番風景，或許，結果還是不如人意，畢竟賭錯一次的媽媽欠缺豪賭習性。

姊姊的離開彷彿直接切掉臍帶關係，她呢，她想抵達一個沒有家人的地方，媽媽和她都能各自擁有另一個人生。

她經常默念宛真夾藏在暑假作業那兩句話，暗自決定，有一天也要離開這裡。

§

不只一次，善美這麼想，要比自私，沒人比得過吳宛真。

一言不發將志願卡全部填了北部大學，大學四年只回家兩次，一是探訪外婆腎臟發炎住院，一是回家宣布要結婚。貧病喜怒，生死關頭，姊姊才會想起，還有一個媽一個妹一個外婆，那男人活該不算數。

從小姊姊功課特別好，也沒見她怎麼發憤苦讀，月考模考名次都在前頭。在卓蘭念小一時，教過宛真的老師剛好也是導師，善美注音符號都讀了一學期還是離離落落湊不齊，數學連最簡單個位數加減也會弄錯，課本不帶功課不寫，讓老師傷透腦筋，老師不經意嘆了口氣說，怎麼姊姊天資聰穎，妹妹天生卻少根筋。

「妳是說那個皺紋很多的王老師，說妳天生少根筋？真假，那個皺紋鬼講話一向很誇張，她才少八百根筋，她打人超痛的……」宛真挑眉瞪眼，手上捏著餐紙使勁搓著，一臉想穿越時空揉死老師的表情。

善美暗暗忌妒姊姊功課好，教過姊姊的小學導師，不只一次跟她說，同一個媽媽的肚子，怎麼差這麼多？

大人惡質言語，自以為不輕不重，善美聽到此話，隱然多出一個心眼，姊姊聰明她愚笨，兩人一點也不像……她知道爸爸不回家是有另一個家，難道她真的，不是這個家的孩子？

疑惑在善美心裡纏繞成一個繭。自然老師要她們養蠶，觀察許久蠶鑽不出繭，取來超級小刀，慢慢劃破，軟綿綿糊糊的好噁心，她立刻丟進馬桶沖掉。她想，心裡養著繭，不知會變成什麼怪物。

後來爸媽相繼離開卓蘭，她們住在外婆家，念高中的宛真，有天放學回家趴在書桌一直哭，她想拿面紙給姊姊擦，姊姊忽然抱住她說：「小美，男生都是壞蛋……我們以後不要結婚，一輩子都住在一起，我保護妳。」

那時她念小五，班上有一兩個會欺負她的男生，經常鼻涕一抹亂甩到女生裙子，還把蚱蜢和蚯蚓輪流丟到抽屜，看大家尖叫著跳來跳去……男生簡直是魔鬼——她不能想像和那麼噁心的人結婚。

「好……我們都不結婚，男生最討厭——」

那一瞬，善美覺得被姊姊緊緊擁抱的自己，肯定是這個家的孩子沒錯。姊姊的懷抱好溫暖，甚至有種被媽媽擁抱的錯覺。

後來，宛真考上北部大學，說結婚就結婚，背棄她們小時候說好，不結婚的約定。宛真就這樣，混亂善美的情感，有時，她希望姊姊不回家，乾脆消失算了。就像爸爸媽媽那樣不告而別，他們才是一家人吧。

有時，她也這麼想，家裡只有她一個小孩多好，不必兩個人一起受苦。

「妳其實不像妹妹，倒像姊姊，一直想要保護她。」高原這麼說。

晚上視訊時，善美忍不住將宛真的事說了又說……

他雙手環抱胸膛斜靠在高背椅上，後面是一大片夜景，黃浦江遊船、東方明珠塔、歐式和新古典主義建築大樓……燈火夜色流光瀲灩，他還沒離開辦公室，說是一個跨國合作案的合約還沒擬定，可能得熬夜通宵。

「如果不主動要求妳來上海，妳是不是永遠不可能飛過來？度個假，或是陪我？」

「男人主動要求……說要求是好聽，另一個意思，就是，想主導，想控制吧。」

「什麼控制……妳想來就來，不想來我就回去，我很尊重妳啊。」

「是啊，我懂你的尊重。我喜歡這樣。」善美對電腦螢幕上的高原，露出微笑，她聽到自己平靜的接續說：「愛情不需要主從關係，那樣相處，太累了，對吧。」

高原舉起手，食指與中指印在自己的唇，遙遠又逼近的，點了一下螢幕。

收到他的回答，善美想起了Derek。

剛開始和Derek交往時，他不管說什麼總會讓她很緊張有壓力，甚至在他下班回到小套房前，善美會特意收拾客廳和整理自己，她想在Derek的面前，一切都是美的，最好的。想要他摸摸她的髮，點點她的鼻子，說他喜歡乖孩子。

Derek從來不在情人的位置，而是父親。

她慢慢發覺自己的慾望並不一般，她同時感到害怕和困惑，不就是個孩子渴求戀慕父親，這可以稱之為愛情嗎？

之後，善美有意識的想遠離所有對自己表達情意的男人。但是，高原和Derek不一樣，這又讓她困擾。

她不只一次告訴高原，別人愛她，很簡單，愛人對她而言，很艱難。

七 迷宮行走

宛真不知道自己為什麼會坐在這裡。

這的確是個好地方，不屬於任何人，又同時讓任何人暫時遺忘一切的感覺，他才喜歡坐在那裡抽菸吧。

她沒想過家豪會待在公司附近的公園，看人遛狗，連續兩個下午大約都是兩點左右，每次停留一個小時。她不是刻意跟蹤，或許是第六感，繞過來轉轉卻發現了他。

丈夫總坐在公園右側的涼亭抽菸。臺南出差、印刷廠趕出書、婆婆家的熱水器壞掉。這些都是不想回家的藉口，也是不可能同時出現在公司的證明。

她有預感，好像有什麼事情將要發生。

「他什麼時候開始抽這麼多菸呢？甚至，沒在他衣服聞到菸味？」

宛真戴著口罩手上握著一本小說坐在樹下，看起來既不特殊也不醒目，趁著小朋友學校還沒放學，下午三點沒課，來到家豪公司附近的公園。

他坐在兒童遊樂區對面的涼亭，朝著人行道張望，她和他相隔幾百公尺。公園腹地頗大，右側還有涼亭和籃球場，小葉欖仁樹林那頭是兒童遊樂區，有幾隻搖搖馬，還有攀爬架和一座五彩繽紛的大型溜滑梯。

藏身在一堆蠕動如毛蟲的小朋友之間，她看起來像個心不在焉的年輕媽媽。

溜滑梯旁邊的運動區域，單人與雙人太空漫步機一字排開，幾位凌空滑步的歐巴桑看起來身段柔軟，手腳並用、嘴巴也不清閒討論著蔬果菜色……不知怎麼，這些女人越是精神奕奕，躲在粗壯樹幹後頭的她，覺得身體越是開始湧現濃厚的無力感。

他駝著背動也不動的姿勢不變，看似盯著公園外圍跑步的人。她無法分辨丈夫的目標是誰，並為這想法感到無聊，怎麼可能如此湊巧，就在這裡捕捉到懷疑的對象。

不過，宛真的視線總是被某個活潑的馬尾女孩吸引。

下午兩三點馬尾女孩出現，固定牽著黃金獵犬或拉布拉多這類大型犬繞著公園跑，說不出是狗拉著人在跑，還是人跟隨著狗撒開步伐。總之，女孩先是沿著外圍人行道，一圈又一圈，不疾不徐跑著，女孩與狗迎著初夏微風，看起來很和諧。

綁著馬尾、肩膀有點寬的女孩，細細的手腕纏著牽繩拉著狗一起奔跑，今天她牽著一隻腰很瘦的杜賓，昨天好像是拉布拉多……女孩看起來有點面熟，巴掌臉、鼻子很高、眼睛細長，下唇稍厚，宛真覺得很熟悉的一張臉，但是腦海沒有任何線索，也想不起來究竟在哪裡看過女孩。有兩次，女孩蹲在離她不遠的健康步道綁鞋帶，她發現馬尾女孩貼身的鵝黃網球衫和蘋果綠褲裙，上身線條非常優美、小腿肌肉也很結實。

難道，丈夫認識馬尾女孩？看起來沒有任何互動，宛真從此方遙望，看不清他們是否有微妙接觸，譬如手勢或交換眼神。

只見女孩沿著公園外圍像松鼠拖著長尾巴，輕快俏皮，一圈又一圈地跑。啊，松鼠奔跑就是可愛，若是抖動渾身贅肉的阿桑吃力的跑，實在汙染視覺，太不賞心悅目了。

她嘆了口氣，暫時將視線移至眼前的體能攀爬架，幾個小男生上上下下，忙碌得像籠子裡的天竺鼠，喳喳呼呼吵鬧不休。穿著背心裙的小女孩也想爬上去，但個子矮小、奮力舉起小腿還搆不到第一層鐵架，踩在保護軟墊的另一隻腳也支撐不了身體重量，眼看就要失去平衡——小女孩咚地往後倒去。

「哎喲，小心哪。」她驚呼，虎地站起身，向前快跑兩步，還來不及奔上前，小女孩一下子又站起來，彷彿不倒翁玩具瞬間自己站好。

發出驚呼的同時，小女孩偷偷望向她的方位，眨眨眼睛，似乎不解她為何緊張。小女孩噘起嘴別過頭，踩著發出啾啾聲的涼鞋，奔到榕樹下的水泥座椅和一位年輕女子討水喝。只見那貌似媽媽的女子一副淡定，抽出面紙為小女生擦汗，再按下水壺開關，水壺吸管彈出打到小女孩鼻頭，小女孩格格笑出聲，隨即滿足的吸著。

喝水的表情，她不由想到安親班小朋友吃零食的模樣，快要放學了，也該回去上班。明明不是很喜歡孩子，教學多年，早內化隨時注意孩童安全的本能，時間已經慢慢將她變成好商量的人吧。

她遙望彼方，他正深深的吸進一口菸，她感覺自己同時也吸進一些什麼。

菸這種東西，她也清楚，大學時和同學討過幾次吸著玩，沒有上癮問題。後來，心情煩悶有一下沒一下抽了一陣子，戒掉對她也不難。吸進一口菸時，在鼻腔裡轉，先吐出煙，然後深吸一口，直到感覺尼古丁充斥整個肺葉，再慢慢吐出來。當時幾個男同學饒有興致教她，像是抽了這支菸，便成為同盟的興奮感，她清晰記得菸的滋味。

在婆婆家或是家裡都不見家豪抽菸，是當兵跟著人抽，菸癮不大可抽可不抽？退伍不抽現在為何又抽呢？婆婆厭惡男人抽菸，在家他沒那個膽，或許，他不回家，寧可坐在公園，對著遛狗的人或跑步的人，吞吐煙霧。

吐出的氣息，藏有什麼她所不知道的祕密嗎？還是，純粹只想一個人抽菸？

腦海飛快轉過幾種可能，所有想法都不夠純粹。也不好直接打電話和婆婆確認丈夫行蹤，她不確定這些揣測，下午三點不上班，也不在臺南出差或印刷廠，他在公園想些什麼呢？

§

鋪床單是哀傷的。

每鋪一次，宛真不免要欺騙自己。不論花色材質，床單之下的彈簧床一點都不獨立，它們勾搭了床單之上的暴躁和疼痛，才能不致寂寞入睡。

每次被丈夫拋擲在床上，她，看不清，愛是什麼？性又是什麼？

彷彿是家庭遊戲，還是想像的遊戲。

這些畫面反覆出現時，儘管像是被誇張或刻意錯置器官的抽象畫，她也說不上不喜歡。

開始厭惡女性的身體。她的身體也是罪惡淵藪。

讀過的小說不乏激情描述，關於角色扮演與性愛糾纏之類，但虛構的情節並非可信賴的唯一標準，這件事她實在無法聽取妹妹或是朋友建議。如何能描述夫妻相處的私密細節，再強調，難以忍受丈夫的粗暴，怎麼說都非常奇怪，彷彿被虐也習慣了。

宛真很想告訴丈夫和婆婆，別再試了，如果非得要有小孩，她不介意離婚，明明誰也不再愛誰了，兩人像是為了婆婆和不存在的孩子在苦撐。

偶爾，她懷念剛搬到新家那時，家豪像是日本電視冠軍的大胃王，儘管是拙劣粗糙的進食，毫無美感可言，同樣一道料理，他隨時可以興奮處於飢餓狀態。

她的身體現在裝進一個篩漏，毫無慾望，放進什麼都引不起高潮。人工受孕早已讓他們倒盡胃口。

丈夫甚至不願意在受孕期之外碰她，幾年來，反覆將受精卵植入子宮，反覆期待，反覆失望。他們的婚姻只剩下這件事。做小孩，經由機率揀選，本身就是假。假造的血脈，和結婚差不多，將不屬於自己的細胞放進身體，產出一個像自己的樣子，還是假。

她不喜歡黏膩虛偽的血緣關係。偏偏這是自己選擇的婚姻。她不是賢妻良母的料，始終無法融入丈夫家族，有沒有血緣，還是存在一道看不見的線吧。

林家據說清朝時出過舉人秀才，家譜還寫上官居翰林尚書等級，以往每週固定三天回去吃晚飯，婆婆不經意詳述家族尊貴血統，像超市貨品的產地保證卡條列著過往歷史，閃爍鋒芒。老人家喜歡懷舊，沒有特別貶低誰的意味，純粹是身為後代拿出來曬曬祖先的榮耀。

宛真不免揣想，她們家族從外婆那代至今的單親狀態，若有不可違逆的命運，是不是遭受詛咒？

「或許，妳從未愛過他，妳愛上的是家的幻覺。」

她莫名想起白天阿慎說的話。

後來又斷斷續續和阿慎有過不長不短的對話，有時一通電話，有時簡訊，也加了LINE。阿慎早先在某私人醫院擔任諮商師，難怪那次會在大學街區巧遇，附近是有家醫院，她曾為了不孕而去享譽盛名的婦科求診，或許他們曾在大廳或公車站牌擦身而過也說不定。

幾個月後，他們已經可以坦然面對面吃一餐飯，聊往事聊這幾年彼此的工作，聊沒有開花結果的愛情究竟是哪裡出了問題。

「你很好，我瞎了眼吧。年輕的時候，似乎很容易放棄，我沒什麼堅持的毅力。」宛真攪動著漂浮咖啡的吸管，將冰淇淋壓到杯底，咚一下又浮起。

「妳小看自己了，我倒覺得妳很堅持這個婚姻。」

「堅持？另一個說法是逞強，愚蠢的那種。」

「堅持很有趣，有些人覺得堅持就是努力，有人卻認為執迷不悟，妳是哪一種不重要，重要的是，努力過了就可以安心放手，沒有人會責怪堅持過的人。」

彷彿中間斷裂的時間都不算數，每一次，阿慎的話都溫柔的磨掉她心底突出的刺。她的輪廓會恢復成一個人的樣子，一個可以教導小朋友面對這世界的挑戰不害怕的老師。

看起來還關心她的阿慎，最後，在店家的紙杯墊寫著「不要太過堅持了，需要幫忙，我永遠有空」，偷偷夾在借給她的心理療癒書裡。

比起錯的人，這個看似對的人，她也沒資格給他任何答案了。

一通電話，一頓飯，簡單的安慰，現在換成別人來給，宛真有點懂得家豪為什麼老是不願回家，也有個人，可以這樣給他慰藉吧。

深夜，又下雨了。

像是有人極有耐心朝著玻璃窗，噠啦噠啦，一把一把潑灑豆子。聽著雨聲，孤單的感覺似乎消減不少。浮現這想法，她不由甩甩頭，還怕什麼孤單。

按掉床頭櫃的桌燈，一個人的黑暗，不多也不少，她是該好好想想往後怎麼過，倚賴另一個人活著，最後就是扭曲自己的生活。

就像公園裡的丈夫，或許已經找到想過的生活，他不能再回到被婆婆控制的那個人生，最簡單的做法，只能堅持不回這個家，不過就是要逼她自動離開吧。

這念頭閃過，她忽地在黑暗中清醒起來。

「啊，我錯了。原來，堅持的，不是他……」

§

那棵樹，那個座椅，是空的。

第三天，趁著下午休息時間，騎著機車衝去公園，她有點緊張，怕家豪今天不會來。

涼亭下幾個外籍看護聚在一起聊天，聲音高亢，隔著蜿蜒小路和幾棵碩大榕樹，聽不清在說什麼，看起來神情愉悅。看護的牙齒非常潔白，在陽光下白得閃亮。幾架輪椅上的老人，不約而同歪斜著身體，分不清性別，戴毛線帽或呢帽，全身裹得嚴實，腿上覆著厚重毛毯。

視線回到涼亭，家豪提著公事包出現。她決定撥電話給他。

鈴聲響起，他的來電鈴聲換成西城男孩的My Love。她隱約看著他打開提包摸索，又闔上提包扣鈕，然後從長褲口袋摸出手機。

「喂——你在哪？」

「印刷廠啊。」

「印刷廠？怎麼沒聽到機器的聲音？」她語氣盡量平靜。

「工廠很吵，外面才能講電話啊。我在等書腰印好，書腰的掛名臨時改了，要重印。」

「喔。今天會回家嗎？」

「不會。老家熱水器壞了，要去找媽媽要的老牌款式，請師傅去裝。在那邊睡，不回去了。」

「你不覺得自己很過分嗎？三天沒回家——你該不會忘了下禮拜要回卓蘭？好不容易有幾天連假，高鐵票都買好了。」

「真的忘了……我已經答應媽媽要陪她。好吧，我跟媽說，要陪妳回娘家。」

對話同時，她瞧見家豪不再坐著抽菸，他起身，將菸蒂彈得老遠，不耐煩的踢著水泥座椅，夾著公事包走到公園外的人行道。

「誰要你陪，你媽最重要啦——你都不要回家好了。」

正思索該衝去丈夫面前戳破謊言，雙腳卻不同意她的行動，此時，手機裡傳來他濃重的呼吸聲，似乎還夾纏著哭泣？

「吳宛真……妳知道自己多可怕嗎？不答應搬出來，整天吵，要死要活，還說要離婚。為了買房子，賭氣不跟我媽拿錢，好，我要不要上班，要不要看客戶臉色，我可以不要這麼辛苦……」

是錯覺還是真實，真的有啜泣聲，她離開大榕樹，往前幾步皺著眉緊盯著彼方。

家豪斷斷續續說著：「我的一切尊嚴都被這房子吃了！回到哪個家，都不是我要的，妳到底還要怎樣逼我……」

他們佇立約莫一條斑馬線的兩端，她看他朝著天空揮舞右手，握著拳頭。

「哼，尊嚴……你愛去哪就去哪……隨便你——」宛真冷靜的按上通話停止鍵。

不知怎麼，家豪痛快宣洩後，像是將過去僵持的時間，一段段梳理開來，她頓時感到輕鬆。心想，按照原訂計畫回卓蘭，再把下載好的離婚協議書印出來，然後無所留戀扭頭就走……這微妙的時間點，上回遇見的馬尾女孩輕快地跑過宛真身旁。

馬尾女孩身上有橘子香氣，手上纏著杜賓狗的牽繩，繞著公園外圍跑步，此時不知是第幾圈了。只見女孩跑著跑著，往內縮小面積，換成步行方式，最後變成狗兒拖著她繞著步道，不規則行進著。

馬尾女孩經過她身邊時，那臉型和下巴微仰的角度，看起來還是很熟悉。她仍然想不起來像誰，或許她太累了，看著一張臉開始胡思亂想。如今這張臉像誰和她毫無關係了。

公園周遭忽然出現導護媽媽準備站崗的身影，宛真一驚，取出手機看時間，居然快要四點鐘，不自覺在這坐這麼久。

如果每天可以暫時抛開一切，無所事事坐在公園一兩個小時，看看人和狗追逐跑跳，痛快抽上三四支菸，不必在乎別人，也不必被誰在乎，她也很想在人生中偷一塊這樣的自在。

§

宛真必須承認自己懶，不喜歡有變化。

譬如造型，十年來永遠是俐落短髮，無論誰建議她換個有女人味的造型，她仍然不予採納；還有，只用同一品牌的保養品，粉餅修容上點唇蜜便能上班，穿同款的直筒深藍牛仔褲和白襯衫。大多在超市或大賣場補充食物與日用品，吃同一家麵包店的吐司和乳酪蛋糕。

譬如工作，十年來在同一補教集團，她沒想過換跑道，因為懶。熟悉的流程，熟悉的事，也稱不上厭惡，小朋友功課進步招生人數步步高升，甚至給她成就感。大概就壞在這女人的成就感，讓丈夫離她越來越遠。

家豪一連換過三家出版社，後來乾脆投資印刷廠，婆婆也幫腔說工作是員工的事，老闆只要負責讓公司賺錢付得出薪水，當了老闆才配說成就感。言外之意，不過是舊事重提，要她回家做人勝過管教別人的小孩。

還記得興沖沖傳Line給家豪那天晚上，宛真工作生涯第七年，換過三家補習班，她終於成為新開設的美語分校班主任，獨當一面，像是等待了一個世紀那麼漫長。她想立刻和他分享喜悅，偏偏櫃檯有許多突發狀況需要處理，回家來不及做晚餐，只好搜刮冰箱剩餘食材，炒盤青菜，做了蒸鱈魚，還有肉醬義大利麵。

不過就是手腳慢，再等一下，還有個玉米濃湯，水滾了打個蛋花很快就開動，忙著布菜整理桌面，她想該不是缺了餐墊，所以丈夫瞬間暴怒了？

家豪一進門，深鎖眉頭，連公事包都沒放下，筆直走到餐桌、端起盤子，不加思索俐落反扣，像是拋擲飛盤那樣準確的丟中餐桌靶心，盛放義大利麵的大圓盤在宛真面前碎裂，她驚駭的溢出淚來——

他什麼話都沒說，大手一揮，那瞬間，全然不需思考為何是這盤食物，或這真的是食物嗎？然後像是美劇犯罪現場異常冷靜的鑑識人員，他小心繞過碎片，走進臥室，不一會兒，傳來洗澡水聲，嘩啦啦——

他終於掀開這層人皮，她所不識的一面，暴力的氣味攀附在她的髮、上衣牛仔褲、桌面、瓷磚、破碎的陶盤，他刻意要讓她了解，如果不將他放在眼裡，他也可以將她像盤子這樣反扣拋擲？

她不知為何腦海已經浮現這般畫面，渾身哆嗦緊緊摟著抱枕，深深摟著，好像蓬鬆的抱枕是柔軟的孩子，她必須將小孩塞回身體，只能這樣摟著……

「啊——還好沒有孩子，還好，還好——」

她彷彿忽然溺水的人，一陣抽搐之後猛地抓到救生員拋出的游泳圈，不由將頭深埋在抱枕面上，眼淚迅速被棉質枕心吸收。失去呼吸的狀態，像是要她提早習慣，沒有空氣和水仍能存活的世界。

麵條和肉醬將餐桌渲染成米羅的畫，星星和小鳥，還有女人的意境，宛真無法及時對這幅畫做出什麼反應。

這盤子是去峇里島度蜜月時買的，她用T恤和薄外套層層包裹在背包裡，一路珍惜著，摔碎了——再也回不去那個時空了。

此時家豪洗好澡走到客廳，低吼了幾句。她聽不清，關上耳朵、關上眼睛、關上所有接收訊息的感官，她拒絕辨識話語的內容……還是有幾句惡狠指責鑽進耳，說她沒心沒肺，餵豬吃的菜都比這盤麵要好之類，之類……

叮咚！這答案完全正確啊。她無法反駁他所說，對於這個家，這個妻子，或者，還有一些是他在外累積許久的不滿。

她不發一語，靜靜聽，無比乖巧待在原地，有點想睡，在這時候，睡著……是夢境嗎？聲音，嗡嗡鳴叫，她不想看他扭曲的臉，盯著地板四散斷裂的麵條，隨意彎曲的線條，神似女人身形，柔軟細緻，彷彿一觸，便可掐得出甜膩的味道。

低著頭，不說話的樣子，看起來像懺悔，她當然知道自己不是。

她收住眼淚，驚訝他還能如以往每個夜晚，吃飯、洗澡、看稿、睡覺……如果還有餘力思考，還能思考的是，為什麼這男人只顧及妻子該有何等賢淑，而不管自己的粗暴行為可能傷害她，以及他們危脆的關係。

「沒想到，沒想到，都是一樣的。」她聽見自己又乾又啞的聲音在喉嚨轉著。

想起許久不見的父親，想起小時候，父母在客廳扭打的身影，她和妹妹躲在浴室裡，不敢吭聲。

「啊，原來如此……媽媽那時可以反抗，因為我們不在旁邊，她不怕，不怕傷害。」她繼續輕聲說話，完全不回擊的狀態，反而讓家豪怔愣於原地。

「喂——妳怎麼了？念什麼啊？」

「她不怕，我也不怕——你……別以為，我不敢報警，我也不怕喔。」她一字一句慢慢說，希望他聽清楚。

她不知他何時停止咒罵，回過神來，像是從一個夢，忽然驚醒。家裡只剩下她和滿地麵條與肉醬鋪成的米羅畫。

家豪已離家，那晚上，接下來好幾個晚上，他都沒有回來。

後來，傳了簡訊說，他需要冷靜一下，這幾天在婆婆家留宿。

砸碎碗盤發生後，宛真再次想要離開這個家。

丈夫不再對她做的菜有任何期待，這個算式的變項從食物換成她，也成立。

工作忙，老是錯過回老家吃飯時間，婆婆乾脆叫她自己隨便吃省得還要留菜熱菜，麻煩。這意思精確來說是，不管在哪個廚房，她都不重要。慢慢的，她抗拒進廚房，並不是真的排斥做菜這件事。

§

這幾年，她的確厭惡料理三餐。時間一到，廚房蒸騰的熱氣，分不清烹調和發火的氣味，不流動的空氣充塞其間。抽油煙機像是不斷吞雲吐霧的老菸槍，做個三杯雞或炸鯛魚排都不難，熱油一冒泡，食材下鍋，油煙瞬時充塞狹小空間，她彷彿看見了，童年時立於流理臺前的母親，不停回頭盯視叨念，要宛真靠過來觀看料理步驟，洗切拌燉烘煮烤。

原來，母親以為那才是女人為自己活著的方式。

從五歲起，還沒念幼稚園，母親總會規定她站在廚房看她做菜。從如何挑揀菜芽、拍蒜瓣、切塊刨絲，不同菜餚要使用的調味料、鍋具、火候……每個步驟鉅細靡遺的教她。

每次看著母親做菜，宛真都好想哭，期間母親以各種詛咒言語做為佐料，邊罵那個負心的男人邊流淚，砧板上的肉片菜梗全在活潑跳躍，她的心也猛然跟著上下震盪。那不是玩辦家家酒，廚房裡嗤嗤油水和轟然火焰，所有繚繞的煙霧都令她嗆鼻。

她越是哭，年輕的母親越發氣憤說，「妳哭什麼？免佇遮哭枵，妳爸不回來，我們也要吃飯哪。」母親一急，經常國臺語交錯如子彈連發，但宛真不太懂得準確的意思，只知道自己哭哭啼啼總是惹母親生氣。

她曾經很喜歡做家事。母親說每天都要把透天厝三層樓的樓梯一格格擦抹乾淨，桌椅和玻璃櫥櫃要擦得亮晶晶。她做好家事，母親工作回來就不會忙到半夜，打掃、淘米洗菜煎荷包蛋，她會做的只有這些，母親總是不高興，經常責罵她，她個子矮小，煮好菜後不會清洗流理臺，也拿不動炒菜鍋，整個廚房不是翻覆鍋子就是打翻油罐，散落一地菜葉蛋殼。

後來，父母陸續離家，她才發現學會做菜不只是餵養和延續生命。原來，母親那麼早就計畫好，讓她有能力獨自生活。

每次做菜讓她覺得哀傷，家豪不可能理解的哀傷。他卻通常解讀為偷懶。

彷彿時空錯置，沒人回家吃飯，她仍然天天開火烹煮。再也不需要顧及家豪，她忽然重拾做菜樂趣，甚至想起遙遠童年，母親教她做菜，現在她可以快速做好兩個便當，母親卻不可能再摸摸她的頭說她是個乖孩子了。

§

車窗景片一幕幕交換著回憶，墜入往事情景，密閉空間給人逃無可逃的窒息感，宛真只能任由意識帶領抵達刻意忽略的黑暗角落。

雨猖狂的落，窗內封鎖著潮濕氣味，讓她覺得鼻子難受。車窗倒映朦朧臉孔，以手指將就梳理頭髮，練習微笑，母親見宛真孤單返鄉，倒是不在意，但外婆可能會有點失望。

吃完便利商店的三明治和咖啡，高鐵雜誌沒翻幾頁，連瞌睡都來不及，焦慮都來不及成形，已抵達烏日站。

買好火車票，再搭區間車抵達臺中火車站，換乘豐原客運還要一小時才能到卓蘭，比起以前沒有高鐵，已省去一半時間。卓蘭雖被劃入臺中，實際上靠近苗栗，每回返鄉，總會想起當年離家，拖著兩袋行李，肩背沉重登山包，搭客運到東勢又換車到豐原火車站，自強號又站站停靠約莫三小時才到臺北。

緩慢老舊的客運車，讓心底沉澱的回憶搖晃起來，彷彿窗外不歇墜落的雨絲，將回鄉的路打上一層模糊的光。

剛結婚那兩年，買了二手車，他還會開三四小時車回卓蘭，這幾年，他總有許多藉口推遲，年初二和外婆生日她只好和善美相約返鄉。她早該放棄那個眼裡只有他媽的男人。

母親偶爾打電話來，天氣日常輪番說完，常問，他對妳好嗎？結婚好嗎？問得懇切，好像母親從未結過婚一樣。她忘了怎麼回答，倒是記得善美回家，母親也問，姊姊婚後還好嗎？

妹妹懶得粉飾太平，總直截了當說：「哪裡會好，不知道吳宛真在想什麼……人家根本沒把她放在眼裡，她還傻呼呼的守著那個家。」

每次回家都忐忑，像是裸著身體的嬰兒，家鄉始終待在原地，等待她重新出生一次。

搭客運至卓蘭下車，雨已停。沿著中正路直走，甩開大馬路彎進鄉間後，三四層樓建築開始減少，經過稻田還有楊桃園，獨自走了半小時，這條路沒什麼改變，田邊有灌溉溝渠，楊桃樹還是長得不夠高，結果時，一攀枝便能摘下幾枚。

孤單身影在鄉間無比醒目，本想悄悄路經自家葡萄園，只見外婆從彼方葡萄架奔出大呼：「阿真哪，我掠做認毋著人，恁行路和老母少女款若親像……」

「阿嬤，補習班剛好有放連假，我也很久沒回家啦。天暗哪，你啥物時陣欲倒去？」

「是啊，天色已經無早，果子收收……我欲轉去矣。」

「咱等一下轉去的時陣，恁跟媽媽說我行路和老母少女款若親像喔。」宛真一陣子沒回卓蘭，臺語講得離離落落。

沿著葡萄園後的小路，她挽著外婆走回兩層樓老房，外婆下意識開始數落母親過去懵懂的事，接著從表姊過年要嫁娶不意外又說到她。

「阿豪又沒陪你回來，真正不是款……人講姻緣是天注定，若是無緣，閣較按怎強求嘛無路用啊。結婚了後攏會予家庭束縛。忍一下，就過去啊。」外婆繞了一大圈話家常，最終還是擔憂外孫女。

「阿嬤，我知影啦。」乖順答覆，不是認同也不是敷衍，只能這樣讓老人家安心，宛真覺得很無力。

這一帶農家都種植巨峰葡萄，一年兩收，回到老家這兩天，她清晨四點即起，幫忙外婆和媽媽整理夏收最後一批葡萄。

三個女人整理這些顆粒弱小賣相差的葡萄尾，每串仔細檢查再修剪壞掉的果粒，分串放進盤子秤重，再一串串放進三角紙袋裝進紙箱，整日連續性動作，足以讓人雙手痠痛直不起腰來。

白天忙農事，臨到夜晚，梳洗後躺床上，母女倆才有空說說話。

「前兩天感冒，吃藥都吃到藥不見了，再去看一次醫生拿藥，回家發現藥根本擺在飯桌……妳說，我是不是什麼失智症？」

母親拉著蚊帳固定好掛鉤，隨手遞給她冷氣遙控器，要她覺著熱就開，夜裡好睡。她想，昨晚翻來覆去的人，可不是她。

「別胡思亂想，失智症不會單單忘記吃藥，還會忘記回家的路，忘記菜要怎麼煮，忘了妳女兒是誰。我有時才吃過排卵藥，過不了五分鐘，也會忘了到底有沒有吃？難不成，我也失智嗎？」她故做不在意回覆，順便調整枕頭高度。

「唉，還在做小孩？妳婆婆還是逼得很緊嗎？現在生小孩真辛苦，不像以前糊裡糊塗母雞生蛋一樣……沒關係啦——三十二歲還可以努力一下。」

她輕輕點點頭，不知母親是否看見。通鋪房只留那盞小夜燈，卡通造型的小熊維尼夜燈，還是母親去豐原工作買回來給善美的禮物。

婚後，她開始每月給母親五千塊孝親費，雖不多，從不到四萬的收入扣除房貸學貸家居必要支出，已是極限。情感也是。或許，可以用金錢取代的從來不是愛。

丈夫才不在乎每月帳本總是負數，他說他媽說計較小錢沒出息，股息每年結算下來都比他們年薪多。搬出來，還得被婆婆奚落，不會比較輕鬆。

「這兩天忙採收，妳也沒好好休息，累不累？」母親停頓了一下又說，「啊，明天記得帶一箱給小美，我裝好擺在客廳，別忘了。」

「葡萄用宅急便寄吧。外婆還有一大袋什麼中藥和醃醬菜要我帶，拎不動那麼多啦。」

「寄宅急便也好，多寄兩箱，給妳婆婆。時間過得好快，好像才回來，妳又要回臺北了。」

「嗯，又要離開，現在有點捨不得，我好像沒有真正的離開過這裡……」

「妳才知道喔。這和小時候巴望離開鄉下，感覺不同啊。」媽媽的眼神迷濛，那熟悉的神情是要開始講古了。

回到童年老家，許多回憶，伴隨空氣裡的甜膩果香開始蔓延。

宛真想起在卓蘭念托兒所，身形苗條瘦削的母親常緊緊擁抱著不到七歲的她，在大通鋪滾來滾去，弄得她咯咯咯咯笑個不休。一會兒，兩人咻咻地大喘著氣，稍微平靜呼吸，母親會慢慢說起在臺北的往事。她還小，記不得太多細節，記憶裡外婆家好多葡萄架，風一吹，香甜的水果氣味四處飄散。

「嗯……這些說過了啦。我要睡了。明天下午補習班還要上課欸。」

「有嗎？我哪有說過？說過就再聽一次啊。」

母親又哭又笑摟著她的記憶是存在的，其他內容有時是過年回到卓蘭閒聊，也有母親到臺北在兩人獨處的房間，一次次不厭其煩補充。

不知是母親怕自己遺忘，還是怕女兒不願聆聽關於一個女人因為嚮往獨立生活，最終失去自由的故事。

§

母親十六歲從卓蘭蹺家，跑到臺中潭子加工區電子工廠當作業員，一躲就是一整年，後來又和工廠同事到了臺北百齡橋下的成衣廠，外婆安排的鎮上小有地產的田僑或小學教書的先生，母親全都不要。

母親說不想一直留在盛產水果的山邊小鎮，她厭倦了空氣中腐敗的果肉氣味，路上隨便一踩就是熟爛果實——

這些景象都說明這個小鎮滿坑滿谷的梨樹、楊桃林、柑橘園，還有外婆家裡的葡萄園，像是迷宮，垂掛在枝椏的果實，無法提供她更甜美的想像。

不論水果或是人，命運是成熟之後，裝箱，待價而沽，讓人掌握，或是掌握別人。

母親講到這裡，喉頭聲音總是一緊，彷彿急於將不小心哽住的葡萄籽吐出，也像是吐出一樁樁酸澀往事。

這些冒險，宛真聽起來猶如奇幻故事。母親當初一定不想成為唯一留守在家裡的人。誰願意自己的人生像那一箱箱水果，唯有等待裝填進箱這個選項，推銷不出去的時候，外婆很著急，賤價、半賣半送，也要將熟香四溢的葡萄推銷出去。

「不會吧？妳才十六歲耶——外婆在想什麼啊？」她忍不住打斷沉浸在回憶中的母親，這種八股連續劇情節，想不到主角是自己的媽。

那個年代的女人好像只為結婚生子而存在，外婆經常拜託左鄰右舍尋覓好對象，但這個小鎮只有離不開家鄉父老的呆頭鵝，還有躲在門口扶桑花籬笆偷看女生的憨頭仔。一輩子守寡的外婆，急如星火想要水果種籽灑在卓蘭土地，阿姨和舅舅都搬到外地住了，外婆私心想要留住一個女兒在身邊也好。

她通常乖順靜靜聆聽，母親徹夜講述怎麼離家出走，如同策畫一樁天衣無縫的密室逃脫事件。

先是躲過習慣凌晨四點起床煮稀飯的外婆，閃進舅舅房間，走過呼呼大睡的小舅，從他的窗跳到後院，鑽過塌了一角的扶桑花圍籬，直奔客運站坐早班車到火車站……十六歲的女孩輾轉到了潭子加工區在電子工廠當作業員，開始輪三班的女工生活。六個同事住在擁擠宿舍，小夜班中午起床，每天只吃兩餐，午餐一杯克寧牛奶，晚餐有工廠食堂餵養三菜一湯，大夜班便換成晚餐一杯牛奶，早餐有食堂的熱粥小菜豆漿饅頭，只要睡去，其中必有一餐可以因為遺忘飢餓而省去。

簡省度日，為的是存下錢買服裝雜誌，母親有個美麗夢想，她想成為服裝設計師，從頭到腳都是另外一個人，回家時，外婆認不出沒路用的賠錢貨，她不想再是任人擺布的村姑。半年的電子業生產線女工，磨破了十指，每插一個零件的痛感都提醒母親，要快點趕到距離夢想最近的地方。

她聽人說臺北三重埔有很多成衣工廠，她決定和同寢室的手帕交遠赴臺北，在另一條生產線展開更接近夢想的人生。母親在成衣生產線負責的是車縫的步驟，大約是將前片與後片踩著縫紉機車連起來便是一件衣服的雛形，一個個缺袖少花邊的身型堆積在她的車檯上，累積一大落後再數算件數抽根碎布條綁在一起，然後還是前片後片拼湊著別人的衣服。

噠噠噠喀嚓喀嚓喀嚓，縫紉機踩了三個月，母親決定放棄成衣廠的工作。

「有一天，我的夢醒了。只念完小學，英文字母都看不懂，誰會提拔我去設計部門哪。」母親觀察到製衣的流程有打版、鬆布、裁剪、車縫、修剪線頭、整燙、包裝等，聽同事說車縫半年可以輪調到整燙或包裝部門，要在短短兩三年學會設計和裁剪衣服是萬萬不可能。

隨著在工廠認識的手帕交，母親換到三重埔傳統的家庭洋裁店從學徒開始學做衣服，又認識了在店裡學習的小幸阿姨。幾個少女每天窩在小小店面把嶄新的花布拉來拉去，不到半年，母親已經學會了簡單的打版和裁剪。偶爾，小幸阿姨會邀請母親去家裡吃點家常菜。她在臺北的生活，除了家庭洋裁店就是小幸阿姨家，就在那裡認識來自南部小農村的父親。

小幸阿姨的哥哥正在學做木工，父親是在師傅那裡學藝的同伴，他白天學手藝，晚上在小幸阿姨家搭伙。而母親的夢想和冒險在遇見父親那一刻，寫下句號。

每次講到這裡，總是抹不完的淚水與怨懟，「如果不是有了妳，我為什麼要嫁他，他什麼都沒有，窮到一個麵包要分兩餐吃……」

母親懷了孩子，只好草草收拾夢想，甚至不敢告訴在卓蘭的外婆，「穿著自己做的大花圓裙，帶著印章跟妳爸在臺北法院公證，好像也變成另一個人了。」

母親離開臺北，懷著另一個夢，跟著父親搭火車從臺北晃回嘉義鄉下。從白天坐到天黑，終於在晚餐時分抵達了從未去過的地方。

「好荒涼，田乾乾的，像從來沒長過東西一樣，還好，妳爺爺家門口也種了一棵好高的龍眼樹。那時是夏天，龍眼在樹上像在跟我招手，妳爸一下子就爬上去摘了兩串給我吃。」

「好好笑喔，妳家就種水果的，到頭來，還被水果迷惑……」宛真聽到這，忍不住插話，「然後呢？爺爺沒有痛打爸爸一頓嗎？」

「哪裡捨得打……他是家裡的么子，而且我懷孕了。爺爺好像很高興。」母親說著說著，思緒好像飄回了遙遠的鄉間。

那個夜晚，爺爺家大埕門口栽種的龍眼樹，以熟悉的水果香氣讓媽媽迅速填充了安全感，這種甜膩的氣味和她家鄉的葡萄園多麼相似，母親瞇上眼睛說：「聞到水果的味道，我比較不會失眠。」

有好幾年，她和妹妹住在外婆家，他們不知道哪裡去了。當時她年紀小還是有些印象，母親應該私下和外婆有所聯繫，但外婆非常討厭父親，甚至覺得母親在少女時代曾經想要變成服裝設計師的夢想，就是毀在父親手上。

「妳有想過嗎？如果不是遇到那男人，會不會過著另一個人生呢？」

「想也沒用，就是遇到了，遇到了才有妳和妹妹啊。」母親倒是乾脆結論，隨後幽幽嘆了口氣。

彷彿母女此生緣會，往上游溯源，仍得感謝千瘡百孔的遭遇。宛真尚未誕生時，父親當兵三年，母親孤伶伶在父親家鄉對抗整個家族。她是外來者，沒有耕種能力、白耗糧食的寄居者，只有一房一床，四面牆甚至沒有一個喜字，完全沒有新婚氣氛。

「那個時候，也沒什麼要求，只求給我一隻雞，雞可以生蛋，吃了有營養，肚子裡的妳才不會餓死。」

母親卑微的願望終於實現。在宛真誕生的夏日午後，奶奶抓來一隻雞，像是祝福這麼說道：「囡仔生落來，恁這房就成家了。一隻雞乎你起家。」

好不容易得到祝福，母親歡喜的看了又看，母雞尾羽有幾支赭紅。

有天傍晚，餵了稀飯給雞吃，母親如常去洗衣種菜，再去菜園拔番薯葉準備煮來餵豬，這是嫂嫂分配的工作。走過稻草堆，卻發現稻草束上赭紅尾羽和雞血沾黏在一起，那隻脖子已被扭斷的雞悶死在稻草堆裡。

「那是警告，有人見不得我好，不願意阿公特別疼愛我們這一房。」

新嫁艱苦，親族為難，娓娓說來仍會眼眶浮淚，不會種田養豬，手無縛雞之力的弱質少婦，拖著牙牙學語的女兒，孤寂又拮据挨過三年。漸漸的，母親也忘了，曾經存在的夢想。

「白忙一場，繞了一大圈，還是回到鄉下。」母親挺著肚子，不會耕作田地，迫於沒有收入，最後還是帶著小孩回娘家，和外婆到果菜市場一起賣水果。

「媽媽，其實也是被孤伶伶留在家的人啊。」宛真心裡一震。

後來，不知母親又說了些什麼，她聽見外婆起床上廁所的聲音，遠方傳來蛙鳴狗吠，迷迷糊糊睡去，回憶也跟著沉沉睡著了。

八

刪除不了的……

春天快要結束，天氣開始轉熱，媽媽打電話來，說有個人死了，說的是那個離家已不知多少年的男人。

善美和宛真剛好相約去書商那挑選教材，她不知道為什麼直接通知她，這等大事應該找姊姊才是。或許，媽媽認為這不是大事，而是一件憑空冒出又不得不處理的麻煩事。

「要不要去，也不用有壓力。去，是妳們有情。畢竟是爸爸……雖然很早就丟下妳們，不去也不會怎樣……我是絕對不想再見到他，死也不想——」

媽媽話外之意，像轉述一個沒交情卻收到白帖子普通朋友的葬禮，不熟，基於同住過幾年，基於人情世故，要不要弔唁，乾脆丟給她們決定。

哼，媽媽還認為存在情份嗎？善美也很想回說，死也不想再見到他。人都死了，這時倒是沒什麼是非黑白，暫且擱下電話，轉頭看看宛真，大致說了那男人的葬禮。

「要去嗎？」直接將選擇權交給姊姊，就是她最有情份的做法。

「去呀——為什麼不去？我多有愛心啊，連同事的寵物告別式我都去了呢。」宛真故意酸溜溜尖聲回答。

媽媽電話裡的聲音，不正常也不失常，她倒是察覺不出情緒有多大變化。

聽說是吃完尾牙，半夜喝了酒還開車，不知怎麼自己撞上電線杆，砂石車從後面追撞，車頭整個被電線杆切成兩半，他塞在駕駛座，夾在安全氣囊和後面撞上的車頭之間。警察用油壓剪和吊車，勉強將沒了呼吸心跳的他拖出來，聽說頸椎和大腿骨都斷了，一張臉滿是血還卡著碎玻璃。

媽媽轉述男人的死相，聲調倒是抑揚頓挫，充滿興奮的違和感。直系親屬逝世有一週喪假，那男人留下的唯一遺澤，也是她可以拿香謝他的理由。

告別式當天，她們趕到嘉義殯儀館，靈堂外有個不知什麼姑婆或嬸婆攔住去路，要姊妹倆爬進靈堂，她們不想理會，只想直接走進去，上香、叩拜，走人。

最後還是什麼姑婆或嬸婆高唱哭調：「不肖女來給你拈香——你要保庇啊……保庇女兒嫁好尪喔——」

善美覺得好荒謬，生而在世都不聯絡了，死後誰又要他庇蔭？

十幾年不曾見到那男人，血緣在他死後忽然又產生意義。完成這場儀式，再也不會有人在她們面前提起關於父親的任何事。她才想起，或許媽媽現在才算是與那個男人毫無瓜葛。

告別式那天，也見到父親的未亡人。那女人故作堅強又故作柔弱，她偷偷打量著，果然狐狸精都有強大氣場。

禮儀公司布置的靈堂以百合和菊花點綴，看起來頗為素雅，那男人的照片高掛其上，照片中的他蒼老很多。她記得他兩頰有許多曬斑，可能都修掉了，兩道八字深深的法令紋，還戴上金邊眼鏡，看起來竟有幾分書卷氣。

冗長的跪拜儀式，反覆起身、跪倒、磕頭，她在白蓋頭孝服裡沉默到底，最後似乎失控流出了淚，眼睛有點濕。

跪，起，跪，起，一起身，望著照片中的他越來越扭曲，還衝著她笑，一夜沒睡，喪禮場合繚繞著讓人暈眩的氛圍，頓時，她竟如無法直立的柳樹，歪歪斜斜頻頻往宛真身邊靠去。一場誦經法事結束，休息時，她們尋思離去時機，姊姊坐在一旁咬著唇、微微發抖，看起來像在壓抑氣憤，她們簡直冷靜得體的出席這場葬禮。

至於，那跌坐在地、趴在棺前的未亡人，倒是幾近暈厥、哭天搶地讓親戚們直說請孝女白琴來哭靈也不過如此。別人怎麼看，她不管，她和姊姊都明白，未亡人如此賣力哭泣，只想在她們面前贏個遺族氣勢吧。

那女人看起來是修練成魔的妖精，細細柔柔哭成調子，聽說一日三餐一扭臀便趴在棺木上啜泣不止。這場合還不忘上睫毛膏抹口紅，或許現在老了一點，論姿色沒姿色，甚至沒有媽媽的好身材，光會使吸魂大法搶走人家的男人，讓一個家支離破碎。

「這些人真可笑，我們掉幾滴淚都比她哭什麼香蕉芭樂要真情吧。」

後來她在客運上和宛真這麼說。她戴著墨鏡還是能感受南部炙熱陽光，一大把一大把，潑墨般透過玻璃和窗簾將身體曬得暖烘烘，姊姊卻動也不動歪靠在車窗邊。

「姊，睡著了?」

可能是一夜沒睡，此時善美覺得眼周刺痛，有些眼淚也許是真的，真的流過，也就不欠他了。

乾脆地哭一場，將這一生所有關於父親的眼淚，聯絡簿沒家長簽名、打工被老闆A錢、考大學、失業、找工作……他不曾參與的全都一點一滴帶走吧。善美不知道姊姊是不是也這麼想。

「一直忘了問妳，妳不是和上海那個高原復合了？現在打算怎樣？」宛真忽然出聲問道。

「要怎樣？就這樣啊。」善美食指纏著長髮繞圈圈，毫不在意的回答，想想姊姊也算了解高原，便又補充：「反正，他知道我不想結婚，現在這樣，也很好。」

宛真拿下墨鏡說：「對呀，結了又要離，麻煩。」

「我們家的女人，好像注定結了又離，我最省事。」

「感覺妳很得意。」

「有嗎？我只是不喜歡走一般女人該走的路。」

「什麼路？」

「結婚啊，離婚啊，生小孩啊。不做這些事，我還是女人，這個事實不變。」

「是這麼說沒錯。」

「不過，我也不後悔結這個婚。」

「哇嗚……吳宛真，現在雲淡風輕，一切盡付笑談中欸。說得好像立刻要離婚一樣，佩服佩服。」

「也不全是這樣啦。那男人的死，讓我思考了一下，妳有想過老媽的感受嗎？」

「她不是恨死他了，巴不得將他碎屍萬段吧。」

「怎麼恨一個人，就怎麼愛一個人哪。沒有愛，哪裡來的恨。」

「噢，好有哲理啊。該不是偷偷K了不少兩性專家的書吧。」

姊妹對話，就是這樣，想什麼，說什麼，也不在乎聽的人難不難受，說的人明知，這話說出口肯定讓妳痛，可還有誰會有話直說。

真心為妳好的話最難受。每一句，都朝向妳最脆弱最薄的罩門刺進去，再倒鉤拉出妳以為藏得很好的內裡。

從嘉義搭客運到臺中還要一個半小時，宛真用外套蒙著頭遮光，裝睡結束這話題的訊號很明顯。有兩位歐巴桑朗聲聊天，說孩子在科學園區工作多麼優秀將才可惜忙到沒空結婚是不是該去相親之類。

後座小孩忽然踢起椅背，她闔上眼想假寐也不安穩，看著窗外，樹木圍籬速限標誌，高速公路往後退去的風景這一秒和下一秒都差不多。隔壁阿桑的話題已經超展開到冷凍精子代理孕母，她忍不住從鼻子哼氣冷笑，最好親情像草原廣闊。

家人都說是真心為你好，她真心覺得為自己著想最好，自己都過不好，還管得上家人好不好。

§

父親的死，很突然，一下子，大約是一天就結束了。

善美心裡有些錯愕，也有一點點罪惡，覺得是自己經常咒罵他，現在他死了，失去一個可以咒罵的目標，未來彷彿空了一大半。

她不再是十三歲，不是當年父親離開的懵懂年歲，談過幾次戀愛，對於已經發生的事件，也不是毫無貢獻，至少肉體的親密關係，讓她得到屬於自己的解答。譬如，儘管媽媽不時辱罵那個不長進的男人，但內心深處還是為他保留著一個位置。

這件事回想起來仍然無比清晰。當時父母成天爭吵扭打，爸爸早就搬出去住，媽媽也絕望的認為他們再也不可能有愛了。

有天早上，她照例從飯桌拿走壓在玻璃杯下的一百塊，那是她的早餐和午餐費，正在壓飲水機的開水到水壺時，忽然看到離開幾個月的爸爸從房間走出來。他眼睛很腫，沙啞的聲音像是和誰聊了一晚沒睡，每個音節都顯得很疲憊。

「小美，要上學囉，走路要小心，這邊車子很多喔。」他叮嚀注意交通，以為自己從來沒離開過，刻意熟絡的樣子實在很討人厭。

她很困擾，該以爸爸的身分還是陌生人的程度來回覆？

「嗯。」停頓很久，她決定簡單表示，既不親熟也不失禮。

他知道女兒已經念國一了嗎？他知道她在學校可是國文小老師，最近合唱團比賽還得了優勝？他知道女兒也想離開臺中、離開這壞毀的家嗎？

他什麼都不知道。

他，昨晚睡在媽媽房間。表示還愛著媽媽？還想要這個家？善美怔怔望著他反穿的長褲，縫線都露在外頭，褲子充滿皺痕，是匆促套上走出房門吧。

那男人的喪禮結束後，善美偶爾會想起已經遺忘的事。

父親的特質，就是愛女人，以及女人。

想要的時候，男人說妳是大地之母，是他生命中那個對的人，妳低頭吸吮，他噴發，妳是坐騎，他是權杖。他不需要妳，妳最好自動滾開遠離地球表面。她耗費十餘年青春，終於理解曾經孺慕的男人，以及那位曾是父親的男人，不過是將女人當成安撫奶嘴之類的替代。

相對於男人簡單的慾望，善美感到羨慕，女人想要的，得到與得不到，藏匿與暴露，遠遠不及男人所想像。

§

躺在汽車旅館床上，偶爾，善美會有家的錯覺，相仿的居家配置，最大功能就是提供想像。

不知多少人躺過的床，髒，泛著消毒水氣味的白色床單和枕套，明確掩蓋髒的事件。

他們可不是偷情，是偷渡。偷渡一個家，有小客廳有小餐桌，有張床，有衛浴。

這種虛偽的家有什麼好？大概兩小時結束，隨手一拋，像揉皺幾張衛生紙丟進馬桶沖掉，還能自動分解，環保愛地球那樣的好喔。

高原曾提議去她分租的小套房，或是他在市區大樓獨居的一室，也非常自在。她就是不想，那些地方是最後防線，去一次，再一次，每次都會讓堅持陷落一點，接下去同居，日久必然變成乾脆結婚吧。這種關係必然日久生厭。

高原聽完，還是揉揉她的肩，輕聲說，傻瓜。

「傻瓜，記得妳以前酒吧有個客人叫徐什麼……妳還會想起他嗎？」這天高原到補習班接善美下班，約好去唱KTV。

「徐大大啊——常常想他啊。聽說他在北京工作，兩邊飛來飛去。」她不在意回答，偷偷觀察他的反應。

高原握著方向盤，她無所事事盯著前車屁股，上面貼著新手駕駛請多包涵的貼紙。

「你們有聯絡？」

「怎麼可能——沒電話沒住址的，聯絡個鬼。」

塞在路上，悶在車裡，不說點什麼，時間很膠著。隔天放假，人車擁擠，馬路無一處空白，她想起週五夜也是徐大大出現的時刻。

「那——妳還想他做什麼？」

「想他是不是還喜歡聽那首歌，想他是不是還是喝威士忌啊。」

「商量一下，以後可不可以不要再想呢？」

「嗯，這和徐大大無關，是Edelweiss啦。」她就知道談起敏感話題，連空氣都稀薄了。

善美在酒吧認識徐大大，固定在週五晚間九點出現，總是點威士忌，在Mini Band演奏最後一首歌之前遞上點歌單，等待屬於他的Edelweiss。

徐大大年約五十，有點地中海禿，身材微胖但沒有小腹，也不像湯姆．克魯斯五十五歲還有迷死人的電眼那典型。她記得，徐大大第一次喝醉，在吧檯結帳不小心將她放在櫃檯的手機打落水槽，水槽剛好放著一盆浸泡冰水的小黃瓜片，那是下酒菜的食材之一。手機迅速沉入黃瓜與冰塊底層，酒保已快手撈起，仍無法逃脫進水的命運，面板隨即結起霧氣。

善美快步奔去櫃檯，粉紅色澤的真皮手機套滴著水躺在那，說不出的奇怪噁心。手機套本來閃爍著折射的光，在燈光下看彷彿真皮表面藏著細格組織的圖樣，觸摸它，便會想起自己經過多少勞動才換來融入主流社會的配備。

大家都有蘋果，沒有這款，她就是感覺低人一等。

徐大大忙不迭道歉，說是明天立刻送一支iPhone過來，請她不要擔心。

她什麼都沒說，說沒關係或那太好了，都矯情。她只是冷著臉將滴著水的手機在黑色圍裙上反覆摩挲，像呵護珍愛的玩偶，摸摸手揉揉腳，還是開不了機。

隔天晚上，他果然親自送上全新蘋果手機和名牌咖啡色手機套。她原來的手機不過是蘋果最便宜機型，昂貴的歉意，隱然讓人不舒服。她稍微斟酌，退回新手機，她想還在保固期送修後或許能用，收下手機套剛好是窮人的一點骨氣。

手機原封不動退回，徐大大驚訝的強調，傻孩子泡水的手機修不好啦何必拒絕呢。睥睨的眼光，迅速將他們切割成兩個不同的世界。她轉身躲進吧檯，打開水喉，嘩啦啦，沖洗著潔淨的水槽。

「妳要笨喔，幹嘛不要……哀鳳最新款欸，妳不要可以送我啊。」負責調酒的Joe靠過來瞅她一眼，眼神吊得高高的。

「你才笨啦？伺候別人已經夠低了，收了，我們連呼吸都要看人臉色了。」

「對對對，我實在笨，小小年紀看不出啊，妳這招叫欲擒故縱對吧。說，為什麼喜歡老男人？」調酒的Joe若有所指地問。

「誰說我喜歡老男人？他才不是我的菜，哼。」她邊擦著高腳杯邊將抹布丟過去給Joe。

那件事後，徐大大有意無意總會藉機攀談，許多轉著情色想法的男客，她也清楚，不過是逢場作戲。但是，她不能否認自己也曾期待徐大大出現在酒吧。

期待著星期五，期待著徐大大在晚間九點左右推開酒吧的厚重木門，經過櫃檯朝她點頭微笑，她照例揚了揚酒杯，徐大大修長的手指舉到唇邊做出彈指動作，她隨即拿出他的寄酒和威士忌杯，這才是星期五的序幕。

同事們都打趣說這分明是暗戀，她知道自己不是，她甚至不知道徐大大太多背景，只知道他愛聽Edelweiss，來酒吧一定要點這首歌。

Edelweiss, Edelweiss

Every morning you greet me
Small and white
Clean and bright
You look so happy to meet me
Blossom of snow
May you bloom and grow
Bloom and grow forever

甜美的慵懶的唱完這首歌。她不知道為何要模仿歌手的唱腔，只是覺得很有趣吧。

「所以，即使在KTV，妳也要點Edelweiss？」高原靠在半圓型的沙發上，自在的抱著胸看著善美唱完。或許是，唱完她的回憶。

歌聲暫歇，間奏空檔還要補述回憶，她拿著麥克風繼續說：「你相信，事件一定是有因果關係的嗎？徐大大是個好客人，但我不是愛情那種喜歡，我喜歡Edelweiss，那是參加合唱團常唱的歌，那時候，我不會念英文，我爸還每個單字按著電子辭典，和我一起練習發音。我喜歡的是這首歌存在的時光吧。」

「原來如此……為什麼不早說？」

「不需要解釋嘛。況且，真的和徐大大沒有任何關係。」

話一說完，她隨手卡掉副歌。KTV的電腦頁面，點滿五十首歌，每首歌唱幾句便卡歌，或是完全不唱只讓無聲的伴唱畫面做為背景，她和高原開始閒聊，彼此不見面時發生的事。

KTV是洞穴一樣的場所。華麗的金色鑲鏡馬賽克燈球兀自旋轉，天花板四周還有七彩探照燈，只有兩個人的空間填滿迷幻光線。沉浸在不同歌手的音樂情境，巨大的數位電視播放著別人的情歌別人的愛，看起來和他們無關，一唱起這些情歌，心事卻被每一首歌說中，最後，情歌越唱越辛酸，酒越喝越苦……

高原又是明天一早的班機飛上海。

他們喝了兩手啤酒，分不清是睡還是醉，最後高原抱著她唱一首歌，是梁靜茹的歌，「幸福好不容易，怎麼妳卻不敢了呢？」與其是唱，他其實是說話，附在她耳邊，一字一句叩問。

善美無法自持開始顫抖，包廂的冷氣異常的冷，冷到空氣中的菸味都乾燥的飄浮著，她像吸不到空氣窘迫的大口喘氣。

她臉上濕濕的，她從來不敢要的幸福，是高原。

「我們不可以，什麼都可以，就是不可以……」她趴在包廂的巨大方桌，喝著加點的梅酒，玩杯裡的青梅，每罐梅酒只有一顆青梅，高原總是留給她啃。

「該不會醉了？要回家嗎？」

「不可以啊──你聽不懂嗎？就，是，不，可，以──」

高原在背後靠著她，像懷抱冬天的暖爐，搓搓她的手揉揉她的背，確定沒有一處冰涼，KTV如同置身雪地，腳趾從鞋子裡緩緩麻木、僵硬，彷彿混合記憶夾層的溫度。

「我的腳不見了──它斷了，斷了哪──你不要抱我，不要抱──」她開始無意識叫嚷。

善美很厭惡男人從背後靠近她，遑論是抱，但是高原可以，只有高原。

擁抱是她最後測試，談戀愛時，不帶情色，只有請求，她總會和對方要求這簡單的動作：「你可以從後面抱著我嗎？」每一次得到安全擁抱，她覺得自己距離害怕的事，又遙遠了一些。

第一個讓她覺得安全的男人是爸爸，讓她害怕的也是同一個人。

爸爸為什麼要在她熟睡時這樣抱著她，她才十二歲，經過那個暑假，她就要念中學。在逢甲夜市旁租來的小房間，她和姊姊以及媽媽都睡在一張雙人床上，那天姊姊的高中去露營，她在半夜醒來，離家一段時日的爸爸忽然回來了。他不由分說摸上床，緊緊摟著她，在她背後，她幾乎無法呼吸。

善美靜靜看著他的手，結實的二頭肌，還有手腕的卡西歐電子表，他特有的汗臭味，環繞著她，非常不舒服。她略微扭動，身體像被沙灘炙熱而大量的沙埋住，動彈不得時還發現臀部那裡頂著突出硬物。她不知道那是什麼，只覺得痛苦。

渾渾噩噩，模糊光線下，一切都融化。她偷偷拉扯擺在身旁的芭比娃娃那覆在身上的捲曲長髮，纏完食指纏無名指纏在每隻指頭，她讓自己更加僵硬麻木。接著，身後傳來媽媽囁嚅不成話語的聲音。

她無法分辨媽媽在說什麼。同時，爸爸鬆開她，翻身。

善美迅速拖著爛泥般的身體往牆面瑟縮，如果可以，她希望鑽進灰色水泥的牆裡，被封存在那面牆。她嗅到自己的長髮有爸爸的酒氣，她好想嘔吐。

她轉頭看他，怕他又靠近，當她看見他的身體和臉側轉向媽媽那方，他的右手還放在媽媽胸部上，他好髒。她以後也不會再對他有任何期待了。

還好，這一次，夢很快就醒了。就在纏繞芭比娃娃長髮，媽媽發出聲音的時候。

在KTV，當她枕著高原的手臂，從夢境離開，他也睡著了。

夢魘的父親，在現實中早已離開她們，卻不厭其煩重返夢境來提醒她，屬於血緣的情感是如何低賤，低賤到他想要就得給他嗎？

她大學談過幾次戀愛，很短，來不及了解對方也搞不清是怎麼分手的短，大約是她找個藉口說愛上別人，還有對方愛上認識的朋友那種無可奈何的事，她都忘了。

失戀是如何的痛，不重要，反正下一個會將上一個留下的記憶全都取代，行動硬碟早已從GB的單位變成TB，像是將硬碟裡的記憶全都Format，再儲存新的，她永遠不恐懼痛，也不怕記憶太多，再多的記憶，都可以全面上傳到雲端，千年萬年不爛。

她凝視著睡著的高原，他是個病毒，植入她身體的木馬程式，一開機運轉，必須投降，必須等待，等他在她腦海跑完全部檔案，一個一個打不開的檔案，讓她情感潰散理智當機。即使他們說好了只愛不婚，說好了有性無愛，說好了什麼……都沒用，檔案會自動掃描，挑出她最愛的，她刪除不了。

重複的夢境，提早醒來的時間，在高原懷裡，她發現自己距離害怕的事，又遙遠了一些。

刪除不了的那些，或許，最靠近愛。

九 女人的位置

購物做為女人的欲望，實在是便利且最不傷人的一種。

宛真現在的敗物指數和善美差不多，需要不需要，實用不實用，毋須考慮，心情好或心情不好才是唯一指標。

不管買什麼，要的是毫無目的揮霍的快感，糾纏不休的工作狀態、人際關係、夫妻困境……把東西放進購物車的剎那，暫時都消失了。

該買的，不該買的，一古腦全丟進購物車，每丟一個，就有個煩惱的泡泡，啵地蒸發掉。

有對小夫妻推著購物車，孩子坐在裡頭，還有幾個看不出什麼職業的上班族，抓著型錄認真研究3C產品或小家電，像她這樣推著大型購物車採購看起來像是賢良主婦也不少。

剛剛在熟食區，不小心碰到某歐巴桑渾圓肥臀被賞了白眼，還有和另一輛裝烤肉器具與食材的購物車差點撞上，貌似大學生的男孩還嘻嘻哈哈說：「機車咧，在大賣場也會被追撞！」輪子似乎久未上油，直線前進還算好，逢到彎道或迴轉就要運用全身力氣和巨大籃車保持拉鋸狀態。

結完帳，送這龐然大物順著輸送梯而下，購物車四輪定位好總算安靜熄火，沒想到抵達輸送履帶末端瞬間，籃車又自顧自往前滑行，那支標榜超吸水的粉紅色橡膠拖把像怪手懸臂，本來安分的被壓制在兩袋衛生紙之下，居然勾搭到電梯扶手將幾樣輕巧物品橫掃於地。

這車子邪門到有自我意識不成，怎麼老是控制不住？

收拾好散落於地的蔬果，被一手啤酒夾扁的整袋牛角麵包，不沾鍋菜瓜布不織布抹布無所不擦的魔布……；一步撿一步看一步塞，才發現自己將洗滌用品全掃進車裡，洗衣精冷洗精手洗精柔軟精，難得開車來賣場，她是想將髒汙的家一次洗淨嗎？

這一瞬，她倒是後悔自己下手不經思考，像是潔癖狂或是販賣清潔用品的小型零售商，把一輛購物車活生生壅塞成像家裡關不上門的爆滿衣櫥。

終於將物品塞回原處，像贅肉溢出緊身牛仔褲的一輛車，顫巍巍的又要上路了。接下來，只要將車子順利推到停車場，東西丟進後車廂，就可以和失控的購物車告別吧。

巨大如獸的購物車轟轟前進，視線被高聳的雜物遮蔽了一半，真不知前方會撞見什麼……沿途人車應該會主動避開吧。

來過數十次的賣場，對車輛通道配置瞭若指掌，仍得小心行走，若是刮花兩旁的休旅車和昂貴房車，那就糟了。燈光昏暗的停車場，她憑藉記憶搜尋一個小時前的停車方位，奇怪？遙控器尋車鍵默不作聲，怎麼也找不到那輛Toyota老爺車？

難道是走錯樓層？她垂頭喪氣回到A入口，繃緊神經頻頻左右張望。

A入口和B出口，中間隔著一座洗手間，還有排放整齊的大賣場藍色網架推車。晚間九點的購物人潮逐漸散去，每次在地下室找不著車，宛真便覺得空間焦慮症快要發作，尤其路過身邊的人，鬼影似飄來飄去，她更煩躁了。

就在神情恍惚之際，她瞥見身材高䠷的大波長髮女子勾著一位高大男子，從B入口走過另一側通道。她一眼就認出是他，林家豪。

他穿著剛從百貨公司取回的白色亞麻西裝外套，為了西裝下襬長度不對，還特地回櫃兩次換貨，家豪非常要求長度要超過拉鍊位置，一直在穿衣鏡前比畫。當時，她不禁錯覺他是為了哪個女人要求細節，錙銖必較布料長短呢。

早上出門，他正搭配著這件藍色牛仔褲，還不停問：「妳確定西裝下襬有遮住整個屁股，我看好像還短了五公分？」

「到底是誰會拿尺去量啊？神經病——」宛真想起那時不在意回話，彷彿真的有個人，會拿尺丈量他。

他和大波長髮女子並肩而行，不一會兒，那女子攏了攏長髮，迅速在腦後紮成一叢馬尾，飽滿活潑的甩動優美弧線，她見狀不由伸手掩住驚呼的嘴：「公園那個……」

然後，馬尾女像是被抽出脊椎的懸絲娃娃，歪著頭顱靠在家豪肩膀，左手勾著他手臂，一半身軀都黏貼在男人身上。家豪另一隻手提著兩個賣場的藍白購物袋，像是感情很好的夫妻，歪歪扭扭走向車道另一邊的白色Benz-C250。

距離他們，不到一百公尺，在這兩三百坪的停車場她忽然感覺渺小，莫名滲出一身汗……不自覺繃緊神經左右張望，明明是受害者，她卻想著若被加害人目擊一息尚存，豈不再補一槍，她頓時萌生恐懼。

「媽的——真是有病……還能想起推理小說哏。」

宛真將推車藏在A入口柱子邊，她不知自己為什麼要躲起來？該躲起來的是他們不是嗎？

丈夫從來不曾陪著採買日常所需，總說工作忙要她自己打理。小三開的車還真高級，賓士至少得上百萬哪。這大波女到底是什麼背景？他們要去哪？林家豪到底何時開始偷吃？「原來媽寶有妖精當司機……難怪這陣子不開自己的車，我還以為……車子讓給我開來購物怎麼變得體貼了。啊——也許Benz是林家豪買的，倒是很有膽將錢花在女人身上。」任何細節都可疑，她不自覺念念有詞。

像找不到基地臺訊號的電視螢幕，讀不出完整畫面，只覺渾身軟綿，什麼都不能做，也不知接下來該怎麼辦？

有位滿頭棕色小捲髮歐巴桑經過，狐疑的多看兩眼，她胸口莫名堵著一口氣，都這般地獄光景，還要接收怪異注視。大約五分鐘後，才想起自家爛車還沒找到，丈夫和大波長髮女子早已開著名車揚長而去，她推著一車日用品，穿著鬆垮T恤和運動長褲活像狼狽的大媽。

不管怎麼樣，得先離開這裡，地底的空氣讓她呼吸困難，事情順序想清楚後，她從帆布托特包裡撈出手機，打給吳善美。

她只能打給她，這件事只能告訴妹妹。完全不想和別人求救，媽媽絕對不行，婆婆更是免談。她不能讓人知道自己被丈夫背叛，越是這個時候，她越是莫名驕傲。

「Fuck——我剛剛應該推著購物車將這兩個人當保齡球瓶一路撞到底，撞凹那女人的賓士，連人帶車撞個Strike，該得分的人是我，見不得人的是小三——Drop dead.——」

「停——現在說這些幹嘛？妳還能開車吧？」

「我……居然立刻躲起來欸——Fuck——我都瞧不起自己了……沒事，我可以開車。」

「好了，別說了。先回家，我馬上過去找妳。」

§

善美一掛上電話，從市區一連闖了好幾個紅燈奔到山邊社區。姊姊家的客廳像是打翻一千片拼圖，散落著抱枕和大賣場的幾包購物袋，還有幾顆洋蔥蘋果滾落在地板。

宛真趴在客廳茶几，奮力塗寫著什麼，一道一道，長短交錯，有幾個字還劃破了廣告DM模特兒的臉孔和身軀。像是高中時代用紅藍原子筆在書包或揹帶亂寫的大字，宛真反覆塗寫的是恨字。

善美一開始也不知該說什麼，只是靠在客廳櫥櫃邊上直勾勾盯著，過了一會兒，她抬起頭對妹妹說，來幹嘛呢？看笑話嗎？

「才不是這樣……我是擔心妳。」善美囁嚅著。

妹妹看起來似乎很真誠，不再取笑她識人不明才會活該受罪，她告訴自己要冷靜，不哭也不罵是有點不正常，但也不想讓妹妹看見她如此狼狽。

「我只是恨——恨自己居然躲起來，應該大大方方站在他們面前，看看林家豪還有什麼話好說。」她將筆扔到一旁，手一揮掃開桌上那堆亂七八糟的東西。

「還好啦，妳恨的是不敢面對真相的自己，而不是他。」

善美像是聽見她心底的聲音，直接戳中最脆弱的薄膜。宛真什麼武裝都沒用了。

時間無聲，她與她，彷彿沉落這空間的塵埃，渺小，輕。

「我只是，我只是……想要有個家——過自己的生活，為什麼，這麼難——」她想到這幾年的波折，再也禁不住悲傷，眼淚失控往下墜，她的手緊緊圈住妹妹瘦骨嶙峋的肩膀。

「姊……」善美不知該先拍拍姊姊不斷顫抖的背？還是遞上面紙盒？

從未見過宛真如此無助，善美只能繼續輕拍她，像哄騙安親班的宇威或小婕，故作輕鬆說，「雜碎就別理他了，我們去逛街去夜店，喝個大醉，別理那爛人，為爛人傷心，不值得——」

不值得，她不知道這幾年婚姻還有什麼值不值得？她不禁搖晃著妹妹，歇斯底里喊叫，「妳知道什麼……他每天都在說謊，搞不好他媽那也有個版本，幾次打電話問他媽家豪去哪？她說我是神經病、瘋女人，黏著老公不放也不准他回老家……結果……是在那妖精家裡。想到這，我才覺得堅持到現在真不值……」

她越說越急，覺得自己的委屈善美不懂，怎麼可能懂，她好氣，什麼難題到了妹妹那裡都是輕描淡寫。

「姊——妳冷靜，沒有男人又怎樣？女人獨自過活不見得辛苦，物種若要滅亡，男人肯定先女人而去，他們可耐不住生小孩的痛，感冒牙痛甚至有個小傷口都會哀爸叫母。」

這話宛真經常聽外婆說，忽然從善美嘴裡迸出來，她頓時止住淚，嘴角牽扯出一抹苦笑。

客廳瀰漫著潮濕的空氣，遠方隱約傳來救護車的聲音，不知過了多久，她仍然安靜不語，善美只想著陪伴是目前最適合的安慰。

「好啦，妳也別耗在這，回家吧。如果，妳也昏頭栽進家庭，是不是，現在不停跟朋友抱怨要離婚的就是妳了。還好，妳聰明妳優秀，跟我不一樣。」

宛真說完後，動也不動地凝視著陽臺，看來剛才的悲傷又加了一倍重量。痛苦和悲傷，兩種心情不過是冠亞軍之差，差一點也沒關係，最差的狀況不過如此，可以發洩都是好事，善美第一次被罵還這麼平靜。

「妳現在說我什麼我都沒關係啦。不知是誰鬼遮眼，非嫁給林家豪，唉……你們這樣，誰也不快樂，真的不值得再浪費青春……」善美心想別再刺激姊姊，卻每句話往她最脆弱的地方穿刺。

「浪費？他大概也覺得人生被我浪費了，恨不得甩掉我——」

宛真想，是她獨占的愛，將他推向另一個女人？或者也是婆婆獨占的愛，將他推向另一個女人？

「好吧，我承認自己很不會安慰人。」善美雙手一攤，拿起外套鑰匙準備離開。

不婚的妹妹，一向反對她早早結婚，就為了彌補年少破敗的空間，善美曾說，失去的，缺乏的，想重建那消失的家，也不需要靠男人才能擁有。

有種痛苦，即便親如手足仍無法體會，那傷口反覆撕開又結痂，層層疊疊累積的痛。每一次談論，她都覺得徒勞。

他們之間慢慢駐紮著大量白蟻，一點一點蛀空壞毀了。善美能理解嗎？她也曾經愛過他的，她想要屬於自己的家。

她以為，這次或許可以得到，得到一個和母親迥然不同的人生。

她也知道當初太任性，但，愛情來了——如何能夠精明計算，一旦有渴望，愛上了，有了孩子，不就結啊。愛昏頭，就像中邪或被下了降頭，非如此不可。

結婚以來，總小心翼翼避免成為母親那樣被丈夫背叛的女人。兩個失去丈夫的女人，外婆和母親，每天種葡萄收穫裝箱，煮食三餐，在空盪盪的兩層樓老厝度日。未來，或許還要加上她，想到那畫面，多淒涼啊。

此時，她終於能感受當時離家的母親，懷抱著何等絕望離開。她和母親同樣選錯了男人。

「妳心裡早有數，被妳遇見，只是剛好而已。快點離一離，別再對這男人懷抱希望了。」妹妹像透視她腦海所想。

她該怎麼對善美說，離婚，簡單不過，網路列印出協議書，簽一簽蓋蓋章，妹妹還能順便列席當公證人。

她又該怎麼說，自己真正需要離開的並不是丈夫，她痛恨的是，離不開一個家的想像，即使已經家不成家。

§

清晰的瀕臨死亡的感覺，讓她覺得自己好像死過了。

一閉上眼，不斷重播的畫面，死神的袖子，不只掠過，而是將她全身上上下下每個毛細孔挑動撩撥了一遍。

想這些也沒用，徹底沒用。宛真嘆了口氣，她還好端端活著，清醒的想起那些死不了的時間。

「唉……差一點點，好可惜啊。」誰能決定可惜不可惜，這和誰偏偏碰上好運或歹運同樣不公平。

唯一的共識是，大家都會將命運之手推給萬能主宰，上帝、阿拉、釋迦牟尼佛，儘管平日沒半丁點交情，她記得在烏來山路上也大喊這些神佛。自己打臉，不必羞恥。她想起兩人大學時幾次分手，不知怎麼七轉八繞又走在一起，好像身上有導航定位系統，A點至B點被設定固定路線，不論如何岔出或轉換，只是圖個短暫新鮮，最後還是會回到熟悉路徑。

「啊……真的要死了——」會不會下一秒將要連車帶人衝向山谷？

在山路轉著轉著，可以踩到底的煞車失卻了彈性，踩著空洞虛弱的鋼板，不再彈回的煞車板，彷彿失靈了。原本憑空想像的畫面，全都無預警順遂的每個關鍵細節，她反而感到恐懼，恐懼生命將要消失，消失，一切將要消失。

她緊張的緊握方向盤，驚駭的氣場，足以一把將方向盤整個拔起。每半年要保養一次的二手車，恐怕輪胎的胎紋和煞車皮都磨耗得差不多了。家豪對待這輛車的態度就是擺爛，想早點報廢，貸款買更拉風的進口車，豪華大器的優質房車與他才相襯吧。

一輛車的折舊，或許和婚姻一樣，缺乏關注和維護，漸漸就失去了馳騁動力。

家豪照顧舊車和看待生活差不多，二手車雖說是她堅持要買，而兩人輪著開，加油和洗車他完全不管，車子隨時都備妥油水，理所當然，好像他只是來借車的朋友。這個家幸福與否，只是為了讓他在職場或家族保有安穩狀態。

竟然——死到臨頭，不是想起其他人，而是他不屑這輛車的表情。

將要失控的時候，她心底腳底一陣涼，意識是人車分離的狀態，整個人輕飄飄浮起，駕駛座和屁股的間隔，用尺去量應該有五公分，死裡尚不知能否逃生，還有空檔思考無用的距離。

「這麼高的地方連人帶車滾下去，會死得很難看吧？」念頭才晃過，身體便開始癱軟，像逐漸融化的冰淇淋，整張臉，前胸後背淌著大量汗水。

那一瞬，她發現汗的流速、人身上的液體，除了眼淚會打轉，汗水竟可如此迅速累積，先是凝結在前額，於眉心聚集，最後成為水滴狀，彷彿驚嘆終於要解脫似的撒手——摔落在白色棉質長裙，暈開一圈。

汗，一滴滴落下，失禁一般無法控制，有幾秒鐘，她望著裙子上一小片溽濕發呆。

昨晚家豪居然在家過夜，她早已將這個空間屬於他的存在全都清理乾淨，他這時拿著鑰匙堂而皇之進來，每踩一步，每說一句話，座位摩擦沙發的碎屑，都汙染了她苦心驅逐的一切。

「有工作很了不起嗎？補習班可能明天就無預警倒閉了——完全沒有現實感，妳懂什麼叫做危機嗎？」他攤開兩條長腿，躺在沙發拿著電視遙控器轉著一百多臺的有線節目。

曾經她所喜歡的高大的身材，看起來如此猥褻。那腿，纏上的是狐狸精的腿。他到底想怎樣羞辱她。

按下心裡的痛苦不表，按下目擊外遇不表，她得想想，還是有別的事可吵。不只吵他不回家的老調，還有明確表示自己累了再也不想做小孩……最後，他顯然詞窮，連她活在缺乏現實感的外星球毫無危機意識這種話都說出口了。

算是手裡有什麼籌碼全都一次梭光的爭吵不休，想說的一古腦全都攤了。

「到底，是誰沒現實感啊——你媽告訴我，你公司要裁員，整個部門都裁撤，碰上這種事也是沒辦法……說你壓力大，還叫我不要逼你。明明我是最後知道的人，到底是誰在逼你？你不告訴我也就算了……好像我沒有資格關心你，如果不能同甘共苦，我們真的失敗透頂——但是，最缺乏現實感的人是你吧？你媽居然還抵押房子給你開印刷廠——你媽也太好騙，你要掏光她才情願嗎？」

他看著她口沫橫飛說完這串，頓時面色鐵青，彷彿窖藏已久的葡萄酒尚未發酵卻陡地被她揭開封條，還乾脆踹破陶甕，腐爛的果實傾倒一地，整個家瀰漫敗壞的氣味。

他陌生人的眼光瞪視著她，眼睛布滿血絲，扣著她手腕，大喊：「居然去問我媽——妳就非得詛咒我，才高興嗎？好可怕的女人——」

可怕？她冷笑一聲，女人真要情斷義絕，有的是使不完的手段。

最猛的都還沒說呢，帶女人去汽車旅館被善美看見，老婆早就目擊不倫情事，遲遲不挑開醜事，不過是等著徵信社情蒐，難道還奢望他只是一時情迷意亂嗎？他倒是先反咬一口，控訴她多麼可怕。

看他緊咬牙根，以致下顎肌肉間歇抖動，情緒已逼近臨界點，感覺還在盤算著什麼……脖子青筋豎起、臉色漲紅，接下來會暴跳如雷嗎？

眼見即將引爆核彈毀滅式的暴怒——她感到恐懼，不知下一秒會發生什麼不可預料的事……那一瞬，腦海有個聲音，要她不要繼續挑釁一隻精神錯亂的猛虎對獵物的耐心。

但她無論如何都壓抑不了膨脹到胸口狂亂的心跳，失聲大叫：「你懂什麼是真正可怕嗎？你，不，懂——」

他哪裡了解那種眼睜睜看著家破碎的感覺。他不懂。

好不容易，一個女人相信一個男人、勇敢走進婚姻，又得接受被這個人背叛。他不懂。最後，這女人還千方百計想為這個男人生個孩子，不斷打針吃藥做人工受孕，他卻說她很缺乏現實感……

她記得緊緊握著方向盤，不知自己是否開著車，還是車載著她，滿腦子都是昨晚爭吵的情景，忽然一個轉彎——出現一塊小空地，她及時踩住煞車，眼看就要衝出半山腰了。

原來煞車沒壞，一切都是她瀕死的幻想。

家豪只說對一件事，她真切的缺乏現實感，才會相信這幾年，丈夫不過是調劑身心，在外面吃吃點心，哪怕他不回家吃正餐，她還執迷不悔的相信自己虛構的情節。

想不到，昨晚是他們最後的爭吵。

時間像停滯，又無限扭曲的存在極短促的剎那，瀕死的感覺是如此空虛。瀕臨是將要，並未真的死去，是假的，她還活著。

§

宛真覺得自己算是死過一次。

仔細計算一下，好像又死得不夠徹底，想死和真的去死，兩者的長度完全不同。以死去的速度來說，和她的人生一樣不乾不脆，拖拖拉拉。

透過落地窗望著騎樓外頭，行人來來往往，她不能隨便找個人說這件痛苦的事。住在城市最大的好處就是存在街角巷弄大大小小的便利商店，多便利，剛剛好收容宛真不想立刻回家的心情，尤其在一場死亡演練之後。

她滑著手機LINE和善美述說，之後拿出提袋的一疊數學評量，唰唰幾筆快速打勾，比起作文，她更喜歡教數學，對錯分明，自有標準答案。

「那時我以為我已經死了。死了才有時間發呆。」

簡單LINE兩句，善美回了一個孟克吶喊的饅頭人貼圖，隨即問她人在哪？

她說在補習班附近的便利商店，店長有潔癖每小時擦一次桌子那家。

不消半小時，善美已停好摩托車現身眼前，拿下安全帽長髮凌亂糾結的樣子，一看就是剛睡醒，臉沒洗眼角還結著眼屎急急奔來。

有種異樣的感覺從宛真胸臆升起，這個世界至少還有妹妹在乎她生死，這一刻，彷彿妹妹為她奔喪而來的感動。

聽宛真情緒激動地說完飛車這段，善美卻是頭也不抬平靜吸吮著便利店早餐組合的鮮果汁說，「好像Slow motion，後來呢？怎樣了？」

後來？宛真討厭這兩個字。

「後來」在時間速限，與「開始」相對，因果關係就是早知如此何必當初呢。

想到這，她陡地回過神來，瞪大眼盯著善美，「後來……拜託，我開車技術這麼好，恁祖媽真悲哀，後來還得繼續和妳伺候補習班的媽寶、爺奶寶。」

另一邊是深不可測的山谷，還真閃過轟轟烈烈去死也不錯的蠢念頭，大概就是坐自由落體那樣，咚的一下，軀幹四肢變成海綿寶寶，風吹搖擺隨意舞動，或許能趁機飛一下，說不定還有時間跳水翻個圈，最好是屍骨無存，摔個半死就可惜了。

回想生死交關那一瞬，驚慌恐懼，彷若開著車衝進海裡，四面八方的水快速淹過胸前、肩頸、下巴，最後是鼻梁，舔著不停流下的眼淚，吞下鹹鹹鼻水和濃稠的痰，整個人被液體和氣體堵住……她被困在這輛車裡，動彈不得。

後來，就放棄了。

隨便怎樣都沒關係。吐口氣，彌留一樣的灑脫。沒想到車子漸漸得到自由意志，一個彎道後，緩緩滑行，似乎剛剛疾速失控的時間，都來自她的幻想。

「這是死後的世界嗎？空白，空白，只有空白，沒有時間感。」

那一瞬，她才發覺自己將會死而有憾，太多不清不楚的事，還沒得到答案，人生卻要終結了。

「後來……我根本沒在開，腦子一片空白握著方向盤，煞車像是壞的，踩不到底的感覺。差那麼一點點，真的——會死吧。」她雙手一攤，眼眶隱約浮出淚光。

「幹嘛找死？妳不知道……有高空彈跳這種東西嗎？呵呵，上網搜一下，桃園復興鄉就有……咳咳。」善美嚼著剛買來的燻雞三明治，含混著食物，以差點嗆到的聲音企圖轉移這悲傷的結尾。

「吳善美──這好笑嗎?」宛真嚴肅地坐直身體,將手裡揉皺的餐紙丟過去。

「哎喲,嗆到啦。跟妳說……問題癥結就是要解決煩惱。妳有把柄──直接去抓不就好了?」

「哼,簡單?要不抓姦在床,要不請徵信社跟蹤,要有錢哪!想到要花錢才能離婚,就覺得男人憑什麼偷吃爽快,還要等東窗事發照相存證恭請他恩准我離開,這到底是哪門子的道理?」

「花錢抓到,離婚,順序不就這樣?要多少錢我傾家蕩產借妳──這事情就這麼簡單。妳到底──和林家豪攤牌沒?」善美不耐煩翻了個白眼,有氣無處發似的,用力將揉成一團的餐巾紙扔向她。

若說彼此有什麼本能的默契,便是隨手拿到什麼柔軟的東西,就往對方身上扔,不傷人,卻傷心的那種。

宛真將剩下半罐的水果啤酒一仰而盡,垂著頭說:「大吵之後,他沒回家,也沒回老家,電話也不接,我跟鬼攤牌──」

「妳想擺脫他,連命都不要了──他知道嗎?你要讓他知道吧。不然他一輩子都搞不清楚老婆為什麼討厭他。」善美皺著眉表示。

「他不會想要知道。我是死是活,不重要。他完全不關心我在做什麼。他只關心另一個女人。自從生不出孩子,他很少回家了。」她輕笑一聲。為自己感到悲涼,不論什麼時代,所有爭取女權的舉動，注定變成笑話吧。

只見善美轉過身來，嚴肅的盯著她說道：「妳覺得死——能逼迫他什麼嗎？沒用啦，這種偷吃的男人讓法律解決就好。妳有媽媽有妹妹，難道不怕我們傷心嗎？」

桌上匯集了一小攤水漬，宛真下意識伸出食指抹著啤酒罐的水滴，只有水氣可以全然蒸發，變成熱空氣揮發到天空。

她但願自己已經墜入山谷，現在的時間，是新的開始。死亡演練只會讓她更堅強，唯有透過死，讓舊的自己死去，才能通過生的考驗。她很想這麼和妹妹說。

§

姊姊讓妹妹是應該的。

從小妹妹就比宛真漂亮，皮膚特別白，睫毛特別翹，頭髮特別直，她總覺得母親特別呵護善美。偶爾別人送來日本甜甜的高級點心，外婆分給她們一兩個，剩下的也總是偷偷留給妹妹，如果宛真剛好看見，外婆會說妹妹還小，姊姊讓妹妹是應該的。

家裡發生的事，尤其是那男人和狐狸精的醜事，母親也說妹妹還小，留在家別被那些亂七八糟的事嚇壞了。她是長女，應該跟著母親一起去讓父親看看，這個家有妻有女什麼是父親的責任。

妹妹就像她時常摟著一起睡覺的芭比娃娃，穿著層層蕾絲長禮服，站在這個家沒有崩壞的時間點，被緊緊擁抱著，大家都小心的保護著。

在書店附設的咖啡座，阿慎手抱著胸，在對座，聽著，她說起童年，說起目擊丈夫摟小三，說起在山路飛車……本來只是來買幾本自助旅遊的書，挑來挑去心煩意亂，她連要去哪個國家都沒主張，心情很糟，不知不覺撥電話給他。

「旅行，也是逃避，妳知道嗎？」

這話，是推倒骨牌的手指。她像是書店那頭堆成金字塔的奇幻小說，剛才被某個奔跑的小男孩撞倒後，啪啦啦，啪啦啦，癱倒一地的書，歪斜，前後倒置，頭重腳輕，不成模樣。

「小孩在那邊吵，跑來跑去，他媽媽還能優閒地讀雜誌喝咖啡，眼睛瞎了耳朵也聾了嗎？」她上身靠近桌面，挑眉輕聲說。

阿慎微笑著撥撥咖啡杯的小湯匙：「哦，跳過問題不答，直接逃避，以前我還在做心理諮商常會接到這種軟釘子。」

「你轉行可惜了——我妹都說我有病，強迫症或憂鬱症之類。」

「嘿，不對不對，有病請找專業。我那時是絕不對親近的家人朋友進行諮商，判斷會不夠客觀。剛開始，我也是幹勁十足在醫院每天固定看診啊，後來，真的撐不下去，病例啊報告臨床觀察一大堆，每天總是暈沉沉。」

阿慎拿下黑框眼鏡揉揉眼睛，停頓了一下接著說：「或許，我也在逃避吧。」

他約略說明從醫院離職後，加入無國界醫生組織，擔任後援人員，陸續去了賴比瑞亞和蘇丹，協助醫生救治病患。偏僻之地衛生條件落後，那裡缺乏無菌無塵的醫療設備，也無法洋洋灑灑開出一堆處方用藥，醫生不能告訴病人，準時回診配合醫療，狀況一定會改善。

「沒有希望，有的是絕望，大量的絕望。爛掉的皮膚，潰爛的傷口，開了刀全都長滿寄生蟲的內臟……啊，妳吃蛋糕不說這個。總之，那段時間我有很大的震動，這些人也知道活著的時間不多了，每天還是笑得很燦爛，照常去田裡耕種除草，赤著腳在沙地上嬉戲奔跑，有了收成，就捧著蔬菜瓜果來醫療站給我們。」

「聽你這麼說，他們還真是樂觀，要是我，病入膏肓不如給我一個痛快的死。」

「這就是悲觀人的想法，慘就慘到底算了。樂觀的人，總是想著今天還活著，為什麼不快樂的活著，哭，會讓自己遺憾，不如把握時間。」

「真的假的，阿慎，你信手拈來都是格言啊。」

「是不是，很驚訝，但這不是我說的，是賴比瑞亞那些可愛的朋友們這麼安慰我，妳看，當我不知該怎麼告訴病人來日無多，他們還安慰我。要我看看這美麗的田地，每天都長高一點點的小孩，陽光準時出現，雨也在剛剛好需要的時候降下，作物花草果實枯萎腐爛就翻攪進土裡，下次收成會更好。想到這樣，他們就覺得死亡不是絕望，好好活過這一生，就足夠幸福。」

「聽你這麼說，能理解你的震動。我想……如果我是賴比瑞亞偏遠之地的人，可能也會有這種純淨的想法，活著，本身的艱難就是，每個人的際遇不同，我們無法和別人交換人生。」

「換個方式來談好了，如果運用家庭系統療法，讓妳回到大學剛畢業，妳會怎麼做？」

宛真盯著阿慎，擠出一個比笑還難看的表情，搖搖頭說：「你想要什麼答案？人生是沒後悔藥吃的，再來一次，我還是會做一樣的決定吧。早早結婚，也早早離婚。」

離開書店前，阿慎將她沒吃完的起司蛋糕接過去兩三口吃掉，笑著說，別浪費，他們相視一笑。她想起以前和阿慎一起去學餐排隊覓食，打菜阿姨給的分量稍多，她食欲極好的胃尚有空間和他爭食，炸雞紅燒魚豆乾炒肉絲，她也毫不客氣從他餐盤夾走。

搭電梯離開時，他很自然拾她的手，她捏著他的拇指，他摩挲著她的指節，彷彿什麼都沒改變。

她失去了方向任由阿慎帶著走。「這算什麼……你知道自己在做什麼？」這話問他也問自己。

宛真訝異自己沒有掙扎，一點也沒有，讓他握著手。像十九歲那年，下課就一起去學校附近泡咖啡館算塔羅，不管抽到什麼牌，他總怪力亂神胡說一通，她笑得打翻水杯弄濕T恤，他就說妳這樣感動為我濕身真的不行啦。不管發生什麼事，他都解讀為天啟的愛神邱比特發出的訊號。

以為那樣的天真，都已遠去，他牽著她，走過捷運騎樓巷弄，沿路誰也沒有說話，好像穿過時間黑洞，她不知置身何處。

走上他的公寓雅房，他打開臨街的窗，光線已淡，她很久沒有在外放肆遊蕩到夜晚。阿慎做了晚餐，海鮮奶油燉飯和柴魚青花椰，切了一些煙燻起司喝完一瓶紅酒……不是酒精催化，一瓶紅酒亂不了性，是她想要，她非如此不可。

回過神來，她索性就拉下雪紡洋裝的拉鍊，沉默幾秒，對他說：「沒想到我會這麼做，我以為我再也不可能衝動地想要……」

話還沒說完，他的手指貼著她背脊，循腰線而下，再遠一點再遠，將要抵達她羞於見人的小腹。手指輕輕經過，他為她緩緩地拉上洋裝拉鍊。

「別以為我不想，我不想趁人之危。」他埋首她胸前，叫了她的名字，那一秒，那位置已屬於他。

名字是召喚，是圈訂，是連結。她有點痛苦，彷彿陷入不能控制的境地。那種消失的感覺又重新回到身體，召喚，圈訂，連結。只是，從家豪換成眼前這個男人。不想，其實是深思熟慮之後做的決定，比想了就做，更不容易吧。

她有點厭惡，這麼好，卻是不倫。好痛苦，將身體抽離出這時空同時得拋棄被填滿了幸福感的痛苦。

原來是這樣。她好像懂得家豪的感受。罪惡，歡愉，同時拉扯自己。這極端的感覺持續個幾年，會瘋掉吧。

男人直接拒絕女人，一是沒興趣，二是沒性趣。她端起高腳杯將最後半杯紅酒喝掉，這局面怎麼收尾都奇怪，隨便找個理由說頭有點暈，明天還得上班早點回家算了。

她拿出手機點了善美的號碼，手指卻不聽使喚按了家豪的名字，無意外，語音回覆用戶無法接聽。她興起挑釁意味，直接留言，今天就不回家，喝醉了睡在善美那裡。

「妳要去妳妹那裡？不用這麼麻煩，我可以收留妳，沒問題的。」

「不用，我也怕麻煩。剛才……你當我失心瘋，我走出門，一切結束。」

離開阿慎住處之前，這麼說，自己都覺得喪氣，又補上兩句：「欸，我不想要誰負責那套，大家都成熟的大人了。」

阿慎狐疑地打量她，微笑說這話不該說，又摸摸她的頭：「我無所謂，妳照顧好自己的情緒比較重要。」

被摸頭的感覺很差，像表現良好得到讚美，她不喜歡這樣。

才走到捷運站，手機傳來訊息聲，是阿慎。「該解決的家事還是要解決，不要再逃避了。等妳自由，再找個地方一起旅行。」

可以想見阿慎以指尖點出這些字的表情，她立即回覆，「那個地方該不會是賴比瑞亞吧。」

如果有個將絕望耕種成希望的地方，阿慎為什麼要離開，她沒追問，卻想著，即使她當年選擇了阿慎，仍然覺得不夠不甘心不自由，這就是女人的欲望嗎？

說到底，男人是幫助女人成長為女性的存在吧，十八世紀的西蒙．波娃果然真知灼見。

他的，她的，兩人的。

§

整理這房子的東西，說來容易，也不容易。

合照扔掉、獨照分類，蜜月和旅遊紀念品扔掉、對杯分類，同款式不同花色的毛巾浴巾牙刷拖鞋，男士專用的洗髮精、刮鬍膏、乳液、淡香水……她將浴室置物架上他的東西全都掃進紙箱，瞬間有種痛快。

他說屬於他的隨便處理，全扔掉也沒關係，另一處想必備妥日常所需，他根本不在乎，想了想，便將剛剛收拾的物品全都掃進垃圾袋。

張著大嘴的兩個行李箱彷彿飢餓的獸，等著被餵食。

他的衣物如變形蟲一樣分裂繁殖，許多細節，一開始就藏在日常生活裡，好像沒什麼殺傷力，卻能讓整座衣櫥崩塌，彷彿牆面那道裂縫，延伸到一扇門也遮不住。

西裝、襯衫、長褲、外套，林家豪的丟進左邊，洋裝、長裙、風衣、包包，吳宛真的丟進右邊，抽屜裡的雜物全倒進不織布的大型購物袋。她的衣物不多，一個行李箱，幾個袋子就裝滿，他的訂製西裝有五六套，行李箱只能塞進兩套，長短袖襯衫二十幾件，還有幾件未拆封。

「還很新啊，全都扔掉嗎？算了，有錢人不在乎這些，幹嘛幫他省。」她陡地鬆手，全丟進舊衣回收袋。

接下來，是鞋，走到玄關，打開鞋櫃，看來他早已將鞋轉運到另一處，不由覺得好笑。最後還是將他幾雙舊鞋全掃進垃圾袋，隨手扔出一道漂亮的拋物線，垃圾袋咚地剛好落在雜物堆，像驚嘆號結束清倉。

到處散落著紙箱和購物袋，像剛搬來時百廢待舉的模樣。當時的混亂自有秩序，彷彿船帆鼓動著氣流，充滿蓄勢待發的希望，現在卻徒留滄海桑田的荒涼。

相仿情景，想起卓蘭那個房間，地震崩落了書架和櫥櫃上所有物品，她完全不想面對，只想著離開。如今都三十二歲了，又面臨十八歲的斷裂，好像始終沒離開過斷層帶，再次住在一個廢墟裡。

他說房子就給她，一貫大方的口吻，她卻沒有住下去的打算。

桌上還有沉甸甸的牛皮紙袋，裝滿了資料和照片，這些控訴丈夫背叛的證明，多難堪，也一併丟了吧。

或許，最後這兩三年，他若無其事看著不愛的她勉強生活，還得感謝馬尾女。甚至，如常在幾個特定夜晚，通常是排卵週期，激烈的需索的靠近她，剝除她所有偽裝，進入她乾燥的通道，宣示他的主權。或許，馬尾女孩剛好很喜歡家豪激烈的性愛步驟，深深的被他強烈的占有欲吸引也不一定。

都不愛了，約好明天要來談離婚了，她還是會想起這些。

他想做就做，從不理會她的想法。他說，管控不了器官，它有思考。太可笑了——寧可說陽具有思考，也不承認自己的思考。照他所言，慾望和行動都是器官的自由意志，他也不能否認自己沒有思考能力，只有獸慾吧。

如果他說，無法管控的思考都來自女人依偎著微笑，溫柔，氣味，旁若無人黏膩成連體嬰的樣子，他無法抗拒，這些微妙無法定義的瞬間，啟動特定器官的神經末梢，於是慢速歡笑、翻滾、愉悅、進入、滿足……

她還比較同情他就是墜入了另一張情網。

那張網，每個網眼都分格放大了林家豪需求若渴的時刻。

她突然覺得好髒，他所有的懦弱都表現在他的慾望，不夠，不夠，永遠不夠。

他以暴力的方式要求她履行，怎麼也無法填補他心中的缺口，愛怎麼做，也補救不了那巨大空洞。

做完愛，卻沒有愛，背對背睡成兩尊石像。她看似配合，卻完全無法滿足他，所有的愛，在他從她的身體退出之後，張著雙腿，冷颼颼的悲哀感迅速注滿整個縫隙。

她終於了解，他讓她每次做愛，那死去一點點的不只是身體。

十

如果是缺口

缺口，如果是杯子，就不要去看缺角的地方，轉個方向，一樣是杯子，裝了水，還是能讓人解渴的容器。高原Line給善美這些話，讓她覺得敷衍。

「打死我都不能用缺了角的杯子喝水，絕，對，不，行。」善美在「絕對不行」四個字加重語氣，回Line給他。

明明就是會割人，會流血，會痛——明明都知道，為什麼要騙自己。她絕對會一直伸手摸那個尖銳的地方。

早上喝完咖啡洗馬克杯時，手一滑，杯緣就磕碎了一角。

說完這件小事，她按捺著沒說昨天的事。嚴格來說，是今天凌晨。星期天早上起得晚，居然夢見高原了。

善美想和他說話，在遙遠的對角線瞅著，不知過了多久，他的女友暫時離開，逮著機會遂靠近問，你們在一起了？高原露出熟悉笑容，簡短回說，是啊。多久了？很久了。難道妳不知道？

肯定句和疑問句，回覆了她無能參與的所有時光，夢中終於得到解答。還能與他夢中見，彷彿無能為力的情感，僅僅剩下扣問的力氣。然後，萬念俱灰之下她便醒了。

這個夢，太真實了。整個早上，一疊待批改的考卷原封不動，她在手機詳細記錄夢中事，想再傳給高原。她不知自己是什麼病，大小事都想跟他說。他這次有一個月沒回臺北了。

「夢是反的，反的啦。太想我了才會這樣。」他這樣回覆。

分手那幾年，她小心防堵不可抑制的情感，刻意錯過或另覓路徑，盡量避開可能遇見的場合，她沒自信能與高原同處一個空間，好像如此就能繞過可能發生的事。

她逃避婚姻，眷戀舊人不過是害怕變化，害怕無力承受關係改變後接踵而來的考驗，就像孬孬的鴕鳥吳宛真。

姊姊像個媽憂心地嘮叨過幾句，說她和高原這樣拖著，男人禁不起考驗，說變就變，最後還不是女孩子吃虧。她倒認為禁不起考驗是自己，她從不做沒把握的事。

吃虧什麼，高原還覺得他虧大了——白白被睡沒保障的不知是誰呢？她當時直接嗆回去。姊姊笑得直不起腰回她，睡也不能被白睡，結婚不就保障這個。

躲在婚姻的保護傘下，每天都得小心觀測氣象決定心情冷暖，這就是保障？她忍不住脫口而出。宛真聽完拍拍她的肩膀說，原來完美婚姻是建立在預報準確的氣象啊。

有話直說的姊妹肯定是討人厭。有個對照版擺在那，不想理會也不行。家人實在是殘忍的羈絆。

姊姊什麼都不知道，很快就決定結婚，美好前程都為姊姊而存在，她壞心，極盡賤嘴卻破壞不成，姊姊仍然成為林太太。有了男人有了家，為人妻就是世人認為女子的好。

善美覺得姊姊再也無法體會一個髒掉的女孩，究竟還能擁有什麼了。

她也曾經有過夢想，有個家，有個愛她純潔無瑕的男人。她無法對任何人說出那個男人所做的骯髒事，任何人也包括姊姊。

甚至也沒法好好談戀愛，或是讓男人碰觸她，總覺得自己被那隻手抱過揉過後，整個人也是髒的。

後來，她拋掉這樣的想法，既然是髒的，就更髒一點也無所謂。想親近她的男人，很快就約到汽車旅館做個愛，感覺還不錯就發展戀愛，感覺不好隨便找個理由分了也不可惜。

直到遇見高原，攪亂平靜湖水，浮萍綠藻迅速混淆水平面以下，不準備透明的一切。

她再度覺得自己的髒，比原來的還要更髒，不配擁有這麼好的人來愛她。

高原什麼都不問，也不需要確定，那支髮夾再度輕巧轉開門鎖，這幾年來，是她最輕盈柔軟的時光。

她已經很久都不再做纏繞芭比娃娃頭髮那個夢了。

§

為什麼是臺北？不是其他的地方？

善美問過宛真當初為何志願只填臺北的學校，姊姊說，那是母親少女時期最嚮往的地方，母親的夢想在那裡……

姊姊無意複製母親的人生，卻一步步走向相同的路。

她想起有一次獨自回卓蘭，正是姊姊和媽寶鬧得不可開交的時日，母親說她聰明，不結婚也是明智，省得伺候別人一家子，人家不領情不說，最後落得人財兩失，那幽幽的口吻明指暗喻說的是自家母女。

只要在卓蘭過夜，母親定然又說起長長的故事，現在她才明瞭，那是個夢想毀滅的故事。說那剛退伍黝黑壯碩的父親，好不容易懂得要為妻女負責任，可惜不會種田留在嘉義也沒用，浪費食物在鄉村只會被嫌棄，於是父親決定到母親的故鄉卓蘭租房子，重新起家。

善美打從有記性，便住在卓蘭，兒時回憶悉數被母親召喚回來。她和姊姊被託付在外婆家，父母四處找工作，晚上在果菜市場擺攤賣水果，白天到豐原或臺中的大小建築工地轉轉，不論板模、泥水木工、水電等瑣碎的收尾工程他們都攬下來做。

有時父母忽然消失，她總懵懂經過了好幾天才發現。

外婆說母親去了梨山採摘水梨和蘋果，要一兩個月才回來，要她聽話乖乖在家，要姊姊放學別亂跑，大人賺錢辛苦，還不是為了妳們。接下來，外婆又會話說從頭，從媽媽一跑就跑到臺北，不聽話隨便和男人跑了，賺的錢永遠不夠還債，搞成這樣活該，然後怨懟自己的命運沒有享福也就算了，還得幫女兒照顧小孩……

叨叨絮絮也有強大的DNA，母親和外婆特別愛掏翻歷史，她覺得這個家族的女人簡直被詛咒，沒一個能逃脫，所有結了婚的女人都留不住男人。

當時她年紀小，不知道家裡到底欠了什麼債，曾想要細問大人，但問了也是徒然，母親只會說小孩好好念書其他事不必管。二十歲結婚的母親其實也是女孩，丈夫不知去向，大女兒小學二年級，小女兒終日掛著鼻涕眼淚，她們怎懂得大人憂煩。

每個小孩的哭聲都差不多，善美特別黏婆媽，只要見不著大人，終日細細碎碎哭聲不絕於耳，想博取同情的眼淚最後都乾涸凝結在臉龐。

姊姊呢，經常邊做功課邊看卡通太開心放肆大笑，外婆總心情惡劣指著宛真說：「有什麼好笑款？誰說可以看電視，這樣功課做得好嗎？沒老爸的人還笑得那麼歡喜……」

母親一聽，只好隨手抽出裁縫車上做衣服的木尺，啪啪打著姊姊手心，說她是姊姊，怎麼可以不做妹妹的模範？

姊姊的笑顏瞬間消失，抽抽噎噎也哭了，委屈著說要怎麼做模範？

外婆經過她們通鋪房間，狠狠的丟下幾句：「妳知影妳阿爸簽中了六合彩，帶著女人在臺中聳鬚嗎？囂俳無落魄的久啦——妳啥攏不知……」

分明是指責父親的話，母女仨同時都得低下頭領受，她們又不明所以哀哀哭泣，母親只能重複說著要乖要聽話，別做讓大人操心的小孩。

宛真有天放學回家很氣憤的說，同學說她們是沒有爸爸的小孩，那次月考拿了四科一百，說老師要提名模範生，姊姊卻不知道如何開心，眼淚不聽話的一直掉。

那時她也不懂為什麼不能哭也不能笑，不知道的事情實在太多，多到已經放棄去弄清楚。

念小學之前，斷斷續續住在外婆家，長大後，她想媽媽後來離家出走應該也和外婆看不起父親有關，只是大人不讓小孩知道內情。

「唉……妳阿母當時倘有聽入我苦勸，今仔日嘛是先生娘啊——」這句話宛真聽過很多遍，每次說完，外婆必然是長長嘆息，那聲嘆息藏著母親另一個人生。如果不是在臺北遇到爸爸，媽媽從紡織廠女工開始的生活，一切都會質變吧。

每次回卓蘭聽母親細說往事，她還是忍不住想問：「為什麼不堅持？為什麼要丟下我們……沒有爸爸，我們還是可以一起過下去。」

她的口吻極輕極輕，唯恐力道多一點點，徒增母女傷感。母親已日漸衰萎，有如木本植物斑駁的手，輕輕撫著她的髮。

「人家說頭髮細，命好哪。妳以後一定不會像我這樣命苦。我當時實在很氣啊……氣那男人，欠了錢跑路，不要家也不要我們，我跑去找他，說盡好話，他終於答應，以後會回來。誰知道還是被他騙了。」母親徐緩訴說，好像這故事在心中演練多次，終於不必隱藏。

仔細回想，每次父母爭吵扭打，母親總是言辭尖利要父親認清楚，「你是兩個女兒的爸爸，你知否？歸工花天酒地開查某，不倘不知見笑——你不知家己有責任，還是良心攏乎狗哺哺去啊——」父親總是大夢初醒的望著縮在客廳角落的小孩，怯怯諾諾低頭解釋，他會改，真的會改，萬般請求再給他一次機會。

為了孩子，為了孩子，母親後來嘴上不說，但確實是為了孩子而賠上人生哪。

母親說一開始和父親商量，絕不要因票據法坐牢，坐牢這一生就毀了。父親先跑路到高雄避避風頭，母親帶著小孩先回娘家，在卓蘭等了幾個月，不見丈夫返回，才發覺一切都是謊言。他離家出走剛好與那女人廝混，再也不會回來了。後來有親戚在高雄見到父親出沒在賭場和酒店，母親立刻南下，大街小巷找那負心漢，有天晚上聽說他行蹤，立刻包了一輛計程車，尾隨他，最後那男人去了狐狸精的住處。

母親至此絕望，既然丈夫不要母女仨，再也沒有撐下去的理由，心一狠，也離家出走，走了兩年，直到善美念小四、宛真將要考高中，才跟娘家聯絡。

父親離家後，母親曾說希望善美是擺在櫃子上的芭比娃娃，穿著母親裁製的小碎花洋裝，美美的紮著兩綹辮子。母親也離家後，她剪碎芭比長髮，拆斷了芭比四肢，將芭比分屍後丟到葡萄園排水溝。之後，開始做纏繞芭比頭髮的夢。

「媽，有個問題想了很久，不問我實在很痛苦，妳離開家那幾年，得到自由，難道妳沒有罪惡感嗎？」

善美再也藏不住那根鯁在喉嚨的刺，非拔出來不可，彷彿跟前不是母親，而是毫無責任感又無話不談的姊妹淘。

母親什麼也沒說，自顧自拉開床頭五斗櫃，拿出一本棕色塑膠皮面的小記事本，說那幾年總隨身攜帶，裡面夾著幾張姊妹倆的照片，那時沒有數位相機，還是去相館沖洗出來的。

她這才發覺幾本相簿缺了幾張照片的下落在此。母親帶走的是她和姊姊在公園溜滑梯或是海邊堆沙堡，甚至還有善美嬰兒時期掛著一圈餅收涎的畫面，卻沒有一張丈夫的照片……

「要他照片幹嘛？我也知道丟下妳們姊妹，很不應該，但是，就是吞不下那口氣。我以為，我走了，他有良心的話，會回來看看。誰知道……一次也沒有。」母親談起那男人還是怒氣沖沖，他的死或時間，都無法修補。

「所以，阿爸，喔，我是說那個無情的人，他都死了，妳也不會原諒他嗎？」她小心翼翼的問。

「怎麼可能——我不會原諒他，少恨一點倒是可以，一直詛咒他，我是有點愧疚。」母親說完，露出難得的笑顏。

母親和姊姊，像一枚銅板的正反面，宛真曾說不想像母親那樣生活，但銅板無論怎麼旋轉，還是轉回了一個圓形所能抵達的原點。正反面的時空，現在善美都看到了。

§

「想想老媽，我們家的女人沒什麼辦不到——別的沒有，光是決心，足足有八萬匹馬力，問題是，妳別再三心二意了。」在百貨公司化妝室，善美掏出面紙，捏住一角擦拭眼窩暈開的妝。她從鏡子裡看著姊姊止冷冷地看著她。

「本來，結了婚，我就不打算離。妳覺得我傻吧。但是，關鍵時刻，不離也不行。」

「妳，還愛著林家豪，對吧？」善美隨意翻著包包，漫不經心說。

「誰說愛——我恨他啦。」

「如果沒有愛，哪來的恨？」

「這又是哪位兩性專家的主張？沒用啦——專家自己婚姻都支離破碎，還敢教人如何愛。」

「如果不是還愛他，死守什麼勁——他現在對妳根本沒興趣了，不是妳不能生小孩，而是妳不配合當他樣品屋的太太。」

善美說完後，從鏡子裡看見宛真低著頭，喃喃的說：「沒有愛啦，早燒光了，屍骨不存了……」

「瞧妳這軟弱的樣子，對這沒擔當的男人，不必心軟，別奢望有一天他會改。放心啦，我同學老公是業界有名的律師，專打離婚案件，一定幫妳爭取到有利條件。」

顧不得姊姊誤會她太積極，便直接將律師名片塞到宛真手裡，這陣子渾渾噩噩上課下課，只得趁假日拖著姊姊吃飯逛街弄美甲做spa，將沒工作的所有時間都填滿。

姊姊卻說去人多的地方，感覺煩躁，百貨公司才逛兩層樓，直說頭疼得要炸開。

她建議去試試美食街鐵板燒，聽說是人氣美食，下午人潮少，她們不必排隊就坐上好位置。宛真端起冰開水，輕輕抿了一口，指著Menu上的套餐，問她主菜三選一要選牛小排嗎？看起來和牛的油花分布比例很不錯。

「欸，放心了——還有胃口，是好事。」她鬆了一口氣，打開濕紙巾抹抹手。

廚師收回菜單，嘁嘁嚓嚓開始炒豆芽菜和洋蔥，拿起胡椒罐轉了點調味再用臉盆一樣的器皿蓋住，隨即掀開，一陣煙冒上來，嗆得她們不約而同眼眶泛淚。

只見宛真擠出笑容說：「越是痛苦，越要吃，吃飽喝足，睡一覺起來，重新做個好人——張愛玲小說不是這麼寫嗎？」

姊姊這麼說，她忽然興致一來，便拿起筷子敲敲碗：「〈紅玫瑰與白玫瑰〉開頭，我還能背呢。『振保的生命裡有兩個女人，他說一個是他的白玫瑰，一個是他的紅玫瑰。一個是聖潔的妻，一個是熱烈的情婦。』」

「如果媽寶也有兩個女人，一個是媽，一個是情婦，我什麼都不是吧。」

善美眉毛一挑，嘆了口氣說，都什麼時候還在算陳年舊帳，徵信社拍到的蛛絲馬跡可不是幻想，女人的愚蠢就是太相信男人，從伊甸園那顆蘋果開始不就這樣。

「妳啊，穿越到創世紀也是一樣傻傻啃蘋果吧。」善美一說完，轉身和廚師說加兩罐海尼根。

廚師肯定聽見她們的對話，饒有興味地投來注視，隨即收回目光，具有職業道德的不慍不火的表情，讓善美感受到陌生人的善意。

宛真舀著剛送上桌的番茄海鮮湯，繼續喃喃說起丈夫如何周旋在三個女人之間，像是啟動什麼開關，她也不想插話，只是有一搭沒一搭嗯啊回應著。

「好啦，這些事離婚以後都丟到大海餵魚，再也和妳沒關係了——妳怎麼沒遺傳到老媽的魄力？老媽可是立刻揪著那男人去簽字離婚。」

「肖查某欸——抓猴也有遺傳嗎？老媽哪有什麼魄力，那男人是累犯，對累犯不必太仁慈。」姊姊突然提高音量。

這話讓廚師料理的小鏟子停頓了。她機械化的對廚師一笑，說她們指的某個非常可惡的爛人，不是在說他，廚師也牽動嘴角應酬似回覆。

宛真此時放下湯匙，指尖點一下手機螢幕。她發現姊姊每隔幾分鐘就確定手機，不知等誰訊息。不可能是林家豪，削減法剩下的就是阿慎。

「在等電話嗎？阿慎不錯，妳應該給他機會。」

姊姊搖搖頭，說只是習慣時不時看手機，還說阿慎很少主動打來，最多就是傳臉書私訊，要她別胡思亂想。

「妳有臉書？怎麼沒加我？」善美驚訝地瞪大眼。

「幹嘛加？我臉書根本廢墟，只發了幾張帶補習班小朋友去玩的照片，我是古人，臉書拿來當MSN用，用那東西很有壓力，每天都問我在想什麼，我為什麼要跟它報告。」

「如果妳用臉書，現在感情狀態就是一言難盡了。」

「是不是，連感情狀態都要報告，還要填一堆資料，煩死了，乾脆不玩。」

「也是可以略過不理啊，不過是虛擬社群。妳就是一板一眼，死心眼。要有個家，先結婚，要有小孩，不能離婚，對吧？我們又不是臉書，沒給妳壓力，不知道妳為什麼要活成這樣……」

姊姊不說話，只是拿起筷子戳戳戳，挑開一隻蝦，身首分離攤在瓷盤上不是食物，彷彿是某個怨懟的對象。宛真不旺盛的食欲，讓她隱約擔憂。

鐵板滋滋作響，有些油珠噴濺到玻璃杯外緣，姊姊不動刀叉只是拿起餐紙仔細擦拭，善美心一橫，話就溜出口了。「反正，妳也不想再撐下去了，對吧？」

「妳就想看我撐不下去，對吧。」

「他不值得妳浪費青春——真不懂在撐什麼東西……」她輕輕用湯匙敲敲筷架。

「電視劇有句臺詞很經典，『在愛情裡不被愛的那個才是小三』。我撐不下去，也不可恥，對吧？」她刻意壓低聲音，年輕廚師還是將視線投向她。

鐵板燒U型餐檯只她們用餐，這不是談私事的好地方，廚師拿著棉布擦拭鐵板，時不時露出詭異笑容。邪門的笑像看透宛真心中所想。譬如，嘿，妳不是第一個被丈夫拋棄的女人，前幾天，有個頂著大濃妝的年輕女客，點了海陸雙拼，一面掰開長腳蟹的蟹管，一面大口嚼著蟹肉，哭哭啼啼趴在這，還大吼大叫：「我要醉我要醉，永遠都不要回去——」

幾罐海尼根捏扁的罐子，方形瓷碟堆成小山的豆芽、高麗菜、干貝，還有切成骰子狀的和牛，逐漸冷卻的食物，泛著油耗味。宛真有點噁心想吐，喝了一口冰水，才緩過氣，轉過椅子，朝著她說：「早知道，上個月就不白挨針了，還去醫院做試管，白花錢。」

「被妳打敗欸——都要離了還做什麼小孩，就是看不慣妳處處維護他，妳早該去追求自己幸福才算公平。」

善美打開一罐啤酒，勾開拉環，倒進玻璃杯不斷湧出泡泡，瞬間滿出杯緣。聽到姊姊又去做小孩，她嘆了口氣。「唉……這世界又不是每個家非得有爸有媽不可——安親班那麼多單親的小朋友，還不是過得很好，老師愛他阿嬤愛他蒂娜也愛他。」

她說的這個寶貝，是升上小五班的宇威，簡直是長年參加心靈成長團體，呼口號一樣，成天把「老師愛他阿嬤愛他蒂娜也愛他」掛在嘴上。每次他爸爸下班來接宇威，都要仔細看過監視畫面，才能找出兒子躲在哪間教室裡玩。

宇威把安親班當成家，當然覺得大家都愛他。老闆最愛家長繳費痛快不囉嗦，別人千催萬請連月費都繳不齊，宇威爸爸交的是年費，總是一張乾淨的支票，上面的數字等於一個中產家庭整個月開銷，所以宇威爸爸是老闆的VIP，總是交代老師們接待要格外上心。

「那妳說說，每個人都愛宇威，他為什麼那麼討厭回家？」宛真指尖不耐煩地敲著桌面說。

「補習班有人陪公子吃喝玩，回家多無聊，妳一定不知道，宇威多愛我，他每天都說要跟我回家。」

「小屁孩的話妳也信。」宛真感覺善美雖擁有二十三腰三十四D，看到男孩肌肉會臉紅，摸到男人西裝會發瘋，某些時候卻還是心理發育尚未齊全的純情輕熟女。

「沒辦法，男人沒一個能信——也只有小孩說的話能信啊。」她聳聳肩說。

這無厘頭的回答讓宛真不禁苦笑：「還好在補習班工作欸，這些小孩鬼靈精一樣，沒有誰能代替爸媽，老師也不過是暫時的安慰。」

「就像我們嗎？誰也不能取代？」她若有所思說著，手指則不停將啤酒拉環扳來扳去，終於，喀啦一聲，斷裂了。

誰也不能取代，好像是這樣。

姊姊堅持要有自己的家，妹妹堅持不婚，她們心中都有個誰也不能取代的位置吧。

宛真伸手拿走剩下的半罐啤酒，要她別喝太多，隨即把殘酒倒進那堆豆芽菜，她看姊姊居然又在作賤食物，實在不可思議，曾經吃什麼都津津有味的胃口，現在全都毀壞了。

「我不放棄這個家，還有軟弱的丈夫，是為了什麼？妳不知道吧。這幾年，我總想著，如果有了小孩，就可以擺脫那個懦弱的我，如果我是個媽媽，一定會有什麼改變。說也奇怪，不管是人工或試管，我都配合，每次植入胚胎，身體總會源源不絕湧現力量，即使一次次失敗，還是很期待有個小孩，我覺得那個改變的人不是他，是我，大概這就是母性……」

宛真盯著空無一人的鐵板燒餐檯喃喃，淚水突然從眼眶掙脫。戴著白色高帽的年輕廚師做完所有餐食，何時消失影蹤，她們其實毫無所悉。

姊姊著魔般的言論，讓她氣沖沖地隨手將濕紙巾扔過去，低吼：「見鬼的母性啦——有沒有小孩不是重點好嗎？我絕對不能原諒毀掉一個家的男人。那男人和林家豪都一樣啦。妳難道不覺得他毀了妳的人生嗎？本來妳可以擁有更正確的想法，包括妳現在的家，都間接被這男人毀了。」

「什麼叫做更正確？一直以來，抱著恨意在過日子，我發覺，我們緊緊捏著父母的錯誤去比對情感，這種事，換成是妳，妳可能處理得比他們更爛。有時候，不執著努力的事也是一種努力的方式吧。」說著說著又將那團濕紙巾丟回給她。

她點點頭拍桌笑出來，大加讚美宛真長姊如母，反省得好，也罵得好，的確自己就是有本事把所有靠近身邊的男人一個個弄爛弄臭。

「姊，說真的，妳唯一能羨慕我的就是，自由。做為一個女人，如果要婚姻要孩子，就注定失去自己。我呢，唯一嫉妒妳的，就是，即使失去自由，妳也要一個家。我是連家都不要的。活著不是折磨自己，妳要為自己，快樂的活。」

看到姊姊的淚，她不由說出這番話，一點都不像平常嘴巴毒辣的吳善美。但她真的很想告訴姊姊，女人的命運，不是緊緊拽著一個人不放，就會幸福美滿。

大概是父母離異後，她就告訴自己不要輕易地哭。哭，好像說明了對這世界再也無能為力。

這一切都來得及，不過就是回到原點，回到一個人的時候。

§

那男人的葬禮結束，得到八天喪假。她們只去了嘉義參加告別式，直系血親的好處就是主流社會認為你即使不孝有三無後承繼，還是有喪假可休。

還有七天假需在百日內用掉，善美提議不如去日本狠狠玩幾天，宛真說自助遊每次都走到鐵腿恕不奉陪，說想回卓蘭住幾天就好。

「回卓蘭喔，也是可以啦。但是，媽會不會又心情不好，看到我們就想起那男人，想起她那哀怨的一生。我實在很怕聽那些老掉牙的故事，聽到都會背了。」

她在銀行等號，開了麥克風回LINE，語音模擬的話居然都沒錯，看來自己發音頗標準，但姊姊卻沒慶祝恢復單身的反應那樣標準。只說最近身體不舒服，想細問究竟什麼狀況，話到嘴邊又想，算了，過幾天回卓蘭，車上有的是時間聊。

銀行大廳顯示螢幕的數字一直跳，不過換個日幣，匯率一跌窗口就大排長龍，輪到號碼還要二十幾人。在人群中戴著口罩的她，喜歡只露出眼睛觀察周遭，不帶喜怒的嘴臉，就只是看。

隔壁這個老北北，穿著白汗衫西裝短褲紮著高腰皮帶，他蹺著腳緊盯著櫃檯旁的電視機，緊抿著下垂嘴角看起來就像銀行的VIP，存款逼近千萬那種，剛剛業務請他去旁邊理財小間喝咖啡他都不屑，還說要喝咖啡自己會買。還有前排那個拎著托特包貌似東南亞美眉，自然膚色，連毛細孔都吸飽陽光的彈性，讓她忍不住想伸手摸一下她刷白短褲下的大腿，美眉此時撩開頸間長髮，拉了一下船型領上衣，露出鎖骨的玫瑰刺青，性感極了。

有錢真好，美貌真好，身外之物和庸俗表相，卻同時帶給人沉淪與快樂。善美也想像這樣輕鬆打扮，排半個月特休假，到不知名海島什麼都不做，發呆曬太陽海邊散步都好……此時大廳傳來廣播扁平毫無情感的叫號，善美揉皺掛號單，站起身頭也不回走向銀行門口。

信步走到捷運站，月臺人潮還是擁擠，好不容易過了臺北車站，她靠著兩節車廂交界處，總算有個支撐，再回一下宛真的LINE。

「為什麼要把機車賣掉？搭捷運是比較快，但妳家離捷運站還要走上二十分鐘不是？」

「我家？你覺得我還能一直住在那個地方嗎？」

依照姊姊的個性，若是離婚，那個家都毀了寧可不要。「我看先交給房仲賣，有買家再搬不遲，還是先搬過來和我住也可以。」她仔細思索決定這麼回覆。

訊息送出後，過了一站捷運，換來已讀不回的結果。不回也很正常，山邊社區那房子肯定是不能再住，她想或許宛真考慮的不是接下來的住所，而是要過怎樣的生活吧。

盯著「請勿在車廂通道間逗留」的標語，她心中滿是不屑，越是不可以，她越是想要停在這。如果是姊姊，肯定要拉著她找位置或是扣緊拉環，安全為上。如果是她，她會選擇繼續住在那房子，直到不在乎一磚一瓦，擺設，氣味，不在乎任何痕跡。搬到哪都沒用，心中暗影隨時都會讓人走投無路啊。

捷運車廂此時顛簸晃動了一下。越是不可以，越要在雙腳踩踏漂浮時，跨越到另一個平行世界。她覺得想像真是便宜的娛樂，為虛假逗留才是真實最基本的安全存量。但姊姊才不會這麼想。

她腦海跑著野馬胡想時，前方忽然傳來尖銳的叫罵聲，循聲望去，距離她不遠靠近捷運自動門邊上那個年輕媽媽正在吼著身旁看起來才四五歲的女孩。

「妳為什麼會是這樣？妳告訴我啊？為什麼要這樣？」年輕媽媽表情很猙獰。

周遭乘客下意識往後退了一步，像是觀看馬戲表演，必須與舞臺上的動物與馴獸師保持安全距離。對，她實在無法形容這種可怕的感覺，這孩子不是母親十月懷胎撕裂身心生下的嗎？那媽媽訓斥言語彷彿要活生生撕裂小女孩，大家都感受到火一般燃燒的痛苦，卻無人介入這場馴獸師與小獸的演出。對，她無法形容自己此刻的憤怒，若不是演出，她不能想像她們在家在無眾人目光的空間，那媽媽該是如何與孩子相處。

小女孩仍一臉驚恐，不知自己究竟做錯什麼，馴獸師仍試圖要小獸聽話，口中念念有詞，緊緊抓著小獸細細的臂膀。捷運到站，車門一開，有三四位乘客下車，頓時，她與她們中間便空無一人了。

善美決定直接走到她們面前，小女孩小小的身體搖晃著，顫抖的聲音從柔軟如花瓣的嘴唇吐出，「媽迷……不要……生氣，媽迷……我聽話……」

「欸，媽媽有話好說，幹嘛一直罵她，妳看她臉色蒼白，都嚇成這樣了。」她將小女孩拉過來，她確定自己職業病，病入膏肓，無法坐視小孩被大人欺負。

「怎麼有話好說，這小孩多可惡妳都不知道，從淡水站吵到臺北車站，就為了剛剛沒有買冰給她吃，現在背包帽子都不拿了，在那邊耍賴。妳別多管閒事——這孩子就是欠揍，等下回家她就知道厲害。」

聽見年輕媽媽要孩子知道厲害的說法，她不由燃起一把無名火：「媽媽妳真的好厲害啊，不如我現在就打電話給家暴專線，請他們來幫你管教小孩。」

有個揹著登山背包的壯漢，渾身散發酸臭之味，此時轉過身來，聲援她，還說如果媽媽還一直罵，要小女孩按車廂求助鈴，別怕。還有那位拉著吊環，手支著頭，穿著制服看起來很疲累的高中女生，也走過來，遞給小女孩面紙。大概是少有這麼多陌生人圍繞，小女孩頓時嚇壞，哇地又哭出來，跑回年輕媽媽身邊，緊緊摟著媽媽的腰，那媽媽什麼都沒說，只是順順小孩的兩根小馬尾。

下一站捷運到站，車門開啟，這對母女快步離去，車廂又恢復寧靜，彷彿剛才發生的事是幻影一場。

耳邊僅餘下列車在地底呼嘯的聲音。她想起本能反應。無論那媽媽怎麼凶惡的對待小女孩，路人甲乙如何試圖保護拉扯小孩到安全的這邊來，那也只是旁人自以為的正義，仍然改變不了那媽媽與孩子與生俱來的親緣。

她還想起，母親和她們的關係，那男人要小三不要孩子，那時姊姊是叛逆國中生她還是很盧的小學生，母親可曾有過想要丟掉她們的念頭？

如果婚姻和愛情同時存在一座旋轉木馬上頭，愛情是音樂，將所有美的、神祕的、奇妙的光線或氣味，令人愉悅的文字和語言一次全都發散。在裡頭轉完幾圈，有人點頭說願意，有人想要再來一次，一次又一次，也是有人根本不坐，純粹陪伴看人玩耍。她想起高原，或許還得是他，陪著他在遊樂園閒晃。

承諾願意的人，換個地方原地旋轉，卻發現宮殿和馬都成了愛情的陪葬。

都是曾經有愛的，是時間將每個角度磨成現實，銳利的讓深陷其中的人，傷痕累累。

怎樣的選擇是好，善美也不知道。她只慶幸姊姊此時沒有小孩，一切還能重新再來。她也慶幸自己是單身狗，或許可以陪著姊姊走過這段顛簸下坡。像是小時候，姊姊牽著手帶她去學校，每一次都會等她進教室再揮揮手離開，那樣的安心。

十一 無偶之家

彷彿那個夏天，到峇里島度蜜月，日日坐在海灘，遙望沒有邊界的天空。剛搬到這裡，家豪別具巧思在陽臺擺兩張海灘椅，只要坐著平視前方，視線就不會被醜陋的房子占據，擷取視差的畫面，像在峇里島海邊。現在他們坐在九樓陽臺，望著周圍高高低低、密密麻麻的建築，搬到山邊社區快五年，這附近像進行馬拉松蓋房競賽，標榜生活機能完備的大小社區拔地而起。

今日見面必須是雲淡風輕，她特地泡了茶，學生家長送的高山烏龍，熱水一沖泡，茶葉一團團在透明茶壺緩緩舒展開來，氣味很清香，黃澄澄的茶色果然口齒生津。

「大二，中國哲學史那門課，我們總是坐在一起，想到妳拿起隨身杯抿著嘴喝茶的樣子。」

宛真皺眉想，今天他不該是來細細品茗，怎麼一杯接著一杯喝得認真。既然這麼說，思緒不由跟著轉回那一年，她盡量不露喜惡，冷著聲回應：「你是不是又要說，我脖子很美，看起來很優雅……像一隻鵝。」

「對，真的像鵝的脖子啊。沒想到妳還記得。」

他還能愉悅微笑，好像時間從未改變什麼。結婚後，她不能否認自己變了許多，忽忽七年，她不再是大學時代單純可愛的女孩了。

修同一門課，總發現他偷偷注視，想到自己被愛著，嘴角自然浮起梨渦，淺淺的笑。當時他喜歡她這個人，不只是鵝脖子，就算她是猴子臉小雞嘴，他都緊盯著不放。

「很久，沒這麼平靜說話了。」

「嗯。」他喝了口茶水。

「結婚為什麼一定是愛情的墳墓，真像我們的狀態。」

「今天談離婚，不只是墳墓，是把灰燼全裝進靈骨塔了。」宛真不自覺該將話題導回正軌。

「啊，大二通識修的營養學分，愛情與婚姻那門課，老師就說『結婚是愛情的墳墓，但是如果不結婚，愛情就死無葬身之地』。」

她舉起茶杯啜口茶，瞥了他一眼，他似乎對隨口朗讀出完整詞句感到自信。

「記性不錯，老師的確這麼說過。」

像是玩「真心話大冒險」的遊戲，不如以往厲聲咒罵，平心靜氣談話，竟然得走到婚姻無以為繼的時刻。

妹妹在摩鐵看到的確實是他，還有停車場那個大波馬尾女，她終於知道丈夫連續三天坐在公園沉悶抽著菸，或者，他正思索，打電話說又得加班，不不，還是回老家當媽寶，老婆每次都傻傻信服哪。

她也不想從他那裡得到什麼說法，解釋只是多餘，不過佐證情感全然消失。

「老師還說過很經典的，簡直媲美馬雅預言。」沉澱一下心情，她若無其事繼續問答。

「她說過的經典很多，哪句？」

「像是，男人在結婚前覺得適合自己的女人很少，結婚後覺得適合自己的女人很多。」

他沉默。現在認錯已經太晚。或許他根本沒這意思。

她也沉默。裝沒事一樣談天說笑，太虛偽了。她背過身去看看電磁爐的水燒開沒，順手拿起抹布擦拭小水臺。

「聽說那位老師早退休了。她一定沒料到這些垃圾話帶給我們多少歡樂。」她總算突破僵局。

「是啊，為什麼以前一點點小事就能開心很久……」他說。

「是啊，為什麼以前什麼缺點都能裝作看不見。」她心中嘆息，多年搭檔，現在雙人相聲才見出默契。

「你，是不是，外頭有女人？」她曾經預想，將以什麼表情、什麼音調，提出這個問句。沒想到，真的開口，還是很不容易。

「是。」他摸摸下巴冒出的鬍髭，看來兩天煩惱也不過如此。

簡單回覆，倒是讓人讚賞。或者，他也設想彼此處境，至少沒想過逃避。她不免想著，如果問「你，是不是，早就不愛我了」也會得到毫不遲疑的答案？

「多久了？」她承認這問題沒創意。

「好像……三年吧。」

彷彿每個字都化作手掌摑在她臉上，「哼——」她不自覺吐出訕笑的氣息，連時間都無法確定，他還能確定什麼。
「對方知道你結婚嗎？」
他略微停頓，抿了一下嘴角，像是下定決心似的回答：「知道。」
「對方只想玩玩？」她追問。
「她說無所謂，隨時可以結束。」
這答案倒是令宛真呆愣了半晌，不久前阿慎也這麼說，難不成是偷情問答SOP？
毫無辯解，甚至不求她原諒，他理所當然的態度讓人心冷。她頓時渾身鬆軟，但絕對不能投降，先不糾結主戰場，換個方向圍剿好了。
「你菸抽多久了？」
家豪轉頭看了她一眼，吞吞吐吐回說，「當兵抽……後來，偶爾抽……在家就不抽。沒癮，我可以控制。」
這回答讓她忽然壓抑不住情緒，表情猙獰地大吼：「抽菸可以，為什麼不能控制自己？你不覺得很噁心嗎？人家只想玩玩？你這麼聽話——就陪玩啊？」
「我也知道不對……這個癮，比抽菸還麻煩，我告訴自己，最後一次了。發覺一切都不對勁的時候，已經無法回頭了。也不能怪我啊，你們都逼我，我要怎麼辦？只有和她在一起才能輕鬆……」
「你……無恥——」

輕鬆？他嘴裡若無其事吐出這兩個字，和抽口菸一樣隨興，這種輕鬆從何時開始？他憑什麼可以追求這種輕鬆？

「你媽，也知道這事？」她忍不住質疑。

他沉默。沉默也是答案的一種。

宛真發現自己的身體微微顫抖。他忙著和三個女人周旋，這個家又算什麼，即使無視老婆，他媽也不是能輕鬆對付的。不，或許他媽早知曉整個脈絡，還幫忙遮遮掩掩，製造不在場證明。她頓時感到屈辱，這到底算什麼？驅逐她、讓她知難而退？

「你們常約在公司附近公園見面？那個綁馬尾的女孩對吧？在哪認識？在一起多久了？」她繼續拋出問題。她要他親口說。

接下來他的回覆，基本上和徵信社調查的報告差不多。馬尾女孩家在臺中開印刷廠，大約認識三年。本來女方負責承接家豪公司的工具書印製業務，但是今年公司的人事縮編後，財務缺口仍然補不上，他和馬尾女孩便商議山邊的新興工業區附近再開一家印刷廠。他媽立刻拿出公務員退休金，還有大學街區的房子抵押貸款，如果沒有他媽幫忙，他白手起家的出版社可能轉眼成夢幻泡影。

「哼——你好意思說我還真聽不下去……看看這些照片和調查報告，還漏掉很多沒說吧。這女孩長得倒是有點像你媽，居然還在公司附近買了套房，住在一起和夫妻一樣……你們到底要怎麼欺負人！你以為這樣是孝順嗎？找個健康的女人為林家傳宗接代是嗎？很簡單啊——早點離婚不就好了。為什麼要把我當猴兒耍？我還配合你一次又一次做人工受孕，我真是瘋了我——」

她耐心耗盡嘶吼的同時，電磁爐逼近臨界點的滾燙開水，嗶嗶啵啵溢出壺嘴，她站起身來，拔掉插頭。

只見他握著茶杯的手微微抖動，彷彿要捏碎杯子，隨即皺著眉說：「一開始，不是這樣……我以為，只是遊戲……我……也不想這樣……」

「你，和那個馬尾，除了圖個輕鬆，難道沒想過，這個家就毀了？」

「我不知道，為什麼事情會變成這樣……沒想到……最後……」他這時倒是吞吞吐吐說不清楚了。

「算了——你再解釋，只會顯得我可笑——」她撇過頭，用力吸氣，再用力吐氣，聽到這些辯解莫名噁心。

這幾年，她經常抑制和他爭吵的念頭，他說什麼都好，不管他說什麼，那些唧唧嗾嗾的話語，全都落在虛空狀態。只要一浮現吵嚷氛圍，她像嗅到什麼氣味立即扭頭離開他所在之處，他在客廳她去廚房，他在陽臺她到玄關，彷彿風格不相容的兩個家具，擺放在同一個空間，硬是有種違和感。

現在同處窄仄的小小陽臺，視野卻如此開闊，這空間反而讓人擁有前所未有的平靜，好像連空氣都靜止下來，半空中還聽得見救護車伊喔而過的聲音。

她拉開陽臺拉門，正想離開時，他忽然喃喃的說：「我想，大概是，她能接受一事無成的我，不期待我變成什麼樣的人，所以和她在一起，總是很放鬆……我知道妳不想聽，我……我毀了這個家……我們就分開吧。」

「哼。」她聽見鼻腔迸發出極細微的贊同。

她轉身，透過玻璃拉門凝視這個家，她想所有辱罵都飄到半空、揮發在空氣中吧——她和他，就在這裡結束。

「到時去律師那邊簽字就好，離婚吧。」

說出這些話，沒想像中困難，甚至她還感覺到遠處吹來的風，紓解了呼吸。

他不語，臉上的表情倒是柔和許多，或許代表他曾經考慮過這件事，只是剛好由她說出來，他一定鬆了一口氣。

他是個長不大的孩子，人生一直渾渾噩噩，擔不起任何責任。她沒什麼牽掛，七年婚姻，只有二十二坪房子和一輛二手汽車……這筆帳可以快速算個明白。她不想最後連談離婚都要和他媽談。

想起那一年，在臺南想死想半天，最後自己笑得半死那次。還有沒和家豪鬧得太僵，吵架動不動提離婚的時候，一個刻意逃避，一個偏要展開，他像渾身沾滿黏液的鰻魚，總是從話語邊緣逃脫避開正面交鋒，他顯得理性忠厚，她倒像是有外遇的女人，想方設法逼他。

離婚協議書這張紙根本無法代表什麼。他或許早已打定主意，只要繼續裝傻過日，有媽媽疼愛、有聽話的老婆，如常作息，一切都不會改變。

那年剛搬到山邊社區，發現臥室牆上的裂縫，報請管委會處理，管委來家裡看過卻說：「像是地震這種的龜裂，屬於房子裡的損傷，住戶得自行負責，管委會的公款只負責大樓外觀的維護喔。」

原來那道裂縫，一直住在家裡，一直逃避現實的人不是家豪，是她。

她瞟見他緊握茶杯的指節，一刻也不曾放鬆，或許他幾度想將茶杯砸向天際，或是陽臺牆面，看得出來，他努力克制。

她曾揣測家豪的暴力傾向，是長期在他媽百般照應下的極度反彈，他也是一個被家所困鎖的可憐靈魂。

兩個可憐人，為什麼不能彼此安慰，還要這樣傷害彼此呢？

她搖搖頭，連這樣的念頭也是多餘。她再也沒有氣力為他著想。如果馬尾女的出現，能為他解開封印的結界，剛好也將她從這個家釋放出來。她謝謝她。

離婚，竟是這幾年來，他們唯一發生的好事。

以通俗芭樂劇來說，這樣結尾，不能說是出人意料，只能說俗濫，像她的人生翻不出新花樣。

因為丈夫外遇毀掉一個家，此時，她終於了解母親當年如何心碎至心死。心碎，還簡單些，至少還有痛覺，心死，好像直接跳過什麼步驟，整個人是空的。

她有點煩惱，不是沒男人這件事，而是，失去這個家，接下來，怎麼過。

§

一個人不難，善美很擅長和自己相處。

每週買一次日常用品、逛一次圖書館、討厭自己一次。每週看一整天漫畫，每週墜入游泳池，每週換一個咖啡館，每週喜歡一個人，每週安靜一天。煩惱是每日，沉默是每晚，快樂可以持續一分鐘。比秒速還短，和你斷訊只能一眨眼。

善美不想勉強自己去上海找高原，視訊已經足夠，她還是繼續傳心情日記，算是另一種妥協嗎？她不認為是。她想或許是溝通。

他收到後，在「每週喜歡一個人」畫重點，傳訊問她，這樣妳的心不會太擁擠嗎？

她回說，老師是多情的生物啊，逼自己每週喜歡一個人是必要的，這些學生實在太磨人。高原回了哈哈大笑的貼圖，他說，感覺小美心情晴朗像今天浦東的天空。

浦東的天空，多藍多白，不清楚，每次他們視訊都是睡前，螢幕背後的天空是白牆或立燈。物理上而言，高原和她仰望的天空是同一個，但她清楚實際上，不可能是同一個。

高原在螢幕上顯得很自在，他敘述著今天忙著為一個跨國合作案收尾，之後會有比較長的假期回臺北，她聽了也笑著。就是一種囤積的概念。每次這些小小的歡愉，都要好好儲存，留給不開心的時候磨損。

她想起姊姊說，女人的賞味期限。

為什麼女人就得把自己活成一罐優酪乳？如果不在期限之內製作菌種，或是製菌環境被汙染，長出的菌還是雜菌，不能用就丟了。牛奶多的是，再用新的牛奶製作菌種，還是能擁有一罐美好的優酪乳。

宛真喝醉時胡說八道說的話，聽來還滿有道理，如果是她，寧可直接從優酪乳變成乳酪。她這麼和高原說，就當她是塊乳酪，又硬又臭，別想改變她的想法。

如果他不願意，就別浪費時間早點滾，她絕對，不要，複製母親和姊姊的生活。

高原前幾天這麼回她，這麼多年，他很清楚，她和他應該存有結婚之外的相處方式。他說，非如此不可，他們才能繼續。

這時她才了解，為什麼處在磁鐵兩極，他們始終能彼此吸引。

這樣的愛情比起婚姻不是更值得信賴？

在姊姊的離婚協議書蓋章時，其實兩位見證人有律師幫忙即可，宛真卻堅持要她是見證人之一。姊姊說，結婚沒有她的祝福，至少離婚也要補上。這話合情合理，她也不忌諱幫人離婚會唱衰自己的婚緣，禁得住考驗的情感豈止是一紙婚約能束縛。

「聽說習俗上要給妳個紅，才不會被我帶衰。」

遞交離婚登記後，一踏出戶政事務所大門，姊姊就塞來一個紅包。她笑說，拿到紅包像是慶祝什麼喜氣洋洋的事，真不錯。說完這句，兩人靜默許久，她想再說些什麼都不合時宜，彷彿一說出口，未來便會如同話語被下了咒。

想起姊姊還是娉婷少女時，相擁而泣的回憶，好像都整理成另一個檔案，上傳到雲端，點開網頁，檔案夾有三個悲傷的女人。

檔案更精確的時間點，是父母在代書事務所簽署離婚之後，母親奔到事務所外面嘔吐，宛真匆匆牽起善美的手，走到母親身後，擁著滿臉淚痕的她們說：「媽，走吧——沒事了。他再也沒辦法欺負妳了。」

當時年紀尚小的她懵懵懂懂從姊姊細瘦手臂初次感受到力量，她始終無法遺忘那蹙著眉、緊咬牙根的堅毅神情，彷彿在說，失去父親，不是世界末日，以後也沒有誰能夠打擊她們。

她不知道姊姊是否感受到這個世界還存有不會變質的情感。她很想擁抱她，但最後終究什麼都沒做。

她只能愛自己，這唯一確定的事，讓自己面對未來而不恐懼。

§

宛真伸出食指，從鼠蹊部按下去，「啊——」不自覺輕喊，真的有個鼓動腫起的淋巴結。

前幾天按捺不住煩躁去求診，醫生說可能是壓力，也可能是身上有小傷口造成白血球抵禦病毒而產生反應式淋巴結腫大……這些醫學判斷她聽不懂，醫生說一兩週淋巴結會自然消失，心下一安，便不再理會。

但是，反應式淋巴結過了一週還在，她隱隱有些忐忑，彷彿身體寄生了什麼可怕的生物……她慢慢撩起睡衣，抓著下襬綁個結，褪下內褲，取來小方鏡，翻開陰唇兩側，看著陰道口的皺褶。

「哪有傷口？怎麼都看不見……」

她將鏡子映照腹股溝周圍，撥開陰唇，只有中央的裂縫，彷彿張著無法言語的空洞。這麼狹窄的通道，她不能想像一個生命從此擠壓誕生。每次受孕失敗，她總會到醫院嬰兒室，隔著玻璃窗看看那些初生嬰兒，發皺的皮膚，小小身軀，是如何嚎啕哭喊，並且如何需索母親乳汁。她最不能想像的是，自己該如何成為母親。

她不自覺摸著下腹，月經遲來十幾天，不正常，但她討厭去婦產科，張開大腿躺著讓人觀看，即便醫護眼光不帶任何意味，她就是不喜歡。胸部有點脹痛，雖然以前生理期也會脹痛，這次，似乎和以前月經遲到不同。

洗好澡後，抹去浴室掛鏡的霧氣，才洗過臉，張大的毛細孔還泛著油光，皮膚粗糙了許多，她真的不確定，這個她相處三十二年的身體，好像有些不一樣。

裸體走出浴室，找來包包，拿出昨天在藥妝店買的驗孕棒，她希望不是所想的那樣，如果確定沒懷孕，有可能是壓力大亂經。坐在馬桶上，腦袋一片空白，最後還是將尿液滴在驗孕棒上。幾秒鐘好長，她閉緊眼睛，心臟像要跳出胸口那樣。再睜開眼，眼前已浮現兩條紅線。

小小的白色塑膠棒，彷若異次元訊息，她讀不出地球上所有語言的解釋，她發現臉是潮濕的，分不清是汗水還是淚。

「老天爺在和我開玩笑嗎？現在該怎麼辦……驗孕棒應該不足採信吧？」

她想起，上個月植入的幾個受精卵，那個時候，尚未離婚，還有個搖搖欲墜的家，躺在醫院冰涼的病床，以為不過又是一次徒勞……現在身體裡居住著胚胎，實在太荒謬，太不真實了——

離婚後，她已經做好萬全的心理準備，不就是一個人生活嘛——她早已習慣孤獨這件事。

現在，她卻不是一個人了。

§

「我就自我感覺良好，喜歡一個人不行嗎？不結婚是礙到誰，不偷不搶不犯法，那些死八婆動不動就道德勸誡，煩死了——」

善美和姊姊提起現在的同事總不放棄，從小叔到鄰居以及小孩班級導師，最近一次是早餐店老闆，鰥寡孤獨廢疾者皆有所歸，就她眼高於頂得罪全世界，相較以前補習班的Amy還可愛多了。

宛真附和說，是這樣沒錯，有些人就是很愛將女人都收攏到溫良恭儉讓的集合裡。年過三十好像就會過期，老問為何不結婚，結婚後又問該生小孩吧？說生不出來再接著問，可以介紹妳偏方或去名醫的不孕門診看看，那醫生出神入化的醫術包生男……

「靠——到底有完沒完。」她大口嚼著燻鮭魚貝果，吃完午餐，時間也差不多，她們準備搭高鐵回臺中再轉車到卓蘭，又是一趟漫漫返鄉路。

捷運站旁的咖啡館，不到十人的座位，用餐時間早已滿座。鄰座有位推著娃娃車的媽媽，大約三十幾，打著電腦，桌上還堆著幾份附有說明圖表的資料。善美不是故意要盯著她瞧，但對方看起來像業績不是太好的業務，打四通電話給客戶，得到加班、家人聚餐、重感冒等各種拒絕見面了解看看的答案。

與其提早去烏煙瘴氣的月臺，還不如繼續觀察這女人來得有趣。每次這媽媽被拒絕，宛真就會投遞過來鼓著腮幫的表情，善美則保持面容毫無所動，喜或怒都不適合，她們座位實在靠得太近了。

忽然，啪地一聲，年輕媽媽攤軟趴在桌上，像被抽空所有氣體的人偶，動也不動，許久，只見肩膀一上一下輕微聳動，該不會在哭吧？

座位相鄰，近到彼此的情緒都一併承接，旁觀他人的痛苦，她們都暗自為她憂傷了。

宛真愁著眉，忙不迭將手機收進包包，眼神瞟過來她這邊，示意快點離開吧。她們的高鐵還不到點，搭捷運不消十分鐘就到，善美沒有起身的意思，輕聲說再等等。

此時，娃娃車傳來嚶嚶聲，孩子醒來了，趴在桌上的媽媽聽見聲音瞬間從座位彈跳起來，臉上果然淌著淚痕。

那媽媽急切地從娃娃車後的袋子掏出奶瓶、分格奶粉、濕巾、尿片……慌張得不知該拿哪個來堵住嬰兒的嘴，決定先把小孩抱起來，起身時又不小心打翻桌上的水杯，一攤水即刻往桌上的資料蔓延，她和姊姊同時抽出餐紙幫忙圍堵

那媽媽連聲謝謝，又將嬰兒放回娃娃車，再將桌上的東西快手全掃進包包裡，差不多是落荒而逃的速度，離開了咖啡館。

「還好妳沒孩子。她想把孩子塞回肚子裡的樣子，也沒辦法，又要工作又要帶小孩真可悲，男人呢，播完種就跑了吧。」

明明是惋惜，善美非得用這種刻薄的口吻，不過宛真已經百毒不侵，只是想起父親那年在代書事務所，扯著喉嚨，對著母親喊小孩一個都不要——小孩我都不要——那激昂的高音，無盡盤旋。或許，堂而皇之像丟棄破銅爛鐵的聲音，也默默地跟隨她長大了。

鋒利言語，每個字都帶著尖銳倒刺，一次又一次將隱匿的年少記憶掏翻出來，每一次反芻必然伴隨腐臭的酸水湧至喉頭，讓人作嘔。

「小孩，不是物品，丟掉，就算了。」宛真喃喃說著，摸摸小腹，那裡還是一片平坦。

細胞正在她身體進行無數分裂，如果不要這孩子，那麼和那個死去的父親，不就一樣冷酷無情。

§

窗外天色一片灰黯，下了高鐵轉搭客運，又搖晃在回卓蘭的路上了。

故鄉像臍帶，切斷了，還有外婆母親在那裡等妳回家，生命就是這樣源源不絕的繁衍，不由人獨活。

此時善美在座位扭動了一下，揉著眼睛說：「車到哪了？」

「還早，再睡一下吧。」

「肚子好餓，有沒有東西吃？」

她拉開背包拉鍊，伸手進去摸索一陣，翻出一包蘇打餅乾。

「只有這個……我以為妳會有巧克力或三明治。」善美一臉失望。

「最近胃口不好，懷孕了。」客運意外靜謐，她只聽見自己的聲音掉落在車廂裡。

善美聽見這話愣住好幾秒，接著從座位彈跳起來，立即抓住她的手，眼睛還是紅腫得像是被揍了一拳那樣布滿血絲的瞪著她。

「妳說什麼？懷孕——誰？妳——確定嗎？是誰？是阿慎嗎？」

大家都在假寐或者真的沉睡，妹妹刻意將嗓子壓得很低很低，她卻感覺所有人都豎著耳朵等著八卦送進來。別人怎麼評價，她也不在乎，反正短暫同車後就是陌路人。

「沒想到……最後受孕成功……驗血驗尿，該做的檢查都做了。懷孕五週了。」

「噢……吳宛真，妳——怎麼辦？唉，我怎麼……也有讓妳搞到無言以對的時候啊。」

善美用力拍了下額頭，閉上雙眼，厭世般往椅背倒去。

她從未見過妹妹如此驚慌。

客運座位不甚舒適，鄰排歐巴桑正側著身投來注視，隨即善美又抱著肚子在座位上扭動，看起來很痛苦。懷孕的是她，妹妹卻如此激動。

安靜不了多久，善美倏忽腰桿打直，深呼吸，彷彿收拾好情緒，又歪過身來附耳輕聲說：「他知道嗎？妳該不會——想生吧？」

沒有一點遲疑，妹妹似乎斷定她想要留住這孩子。形於外的軟弱，總是讓人擔心她沒主張沒肩膀的活著，她垂頭思索，好一陣子說不出話來。

窗外風景單調乏味，沿途退去的畫面回憶一樣，她想起上回和妹妹同車是那男人葬禮結束。

剛剛送走一個死亡，現在又迎來一個生命，死生循環從未停止。

她看著窗外若有所思的說：「他不會知道。我和他已經沒關係了。」

「話是這麼說沒錯——但是，期待了這麼久，真的想生……也不是什麼大問題，補習班也一堆單親小孩，不過，看別人生活簡單，換成自己，真的要好好想清楚。」善美忽然思路清晰，讓她有點不太習慣。

「嗯，我還在思考……夫妻關係不好，離婚可以解決，母子或母女關係惡劣，怎能說斷就斷？」

她咬著指甲，一點一點咬著甲溝旁的甲皮，彷彿咬下了堅硬的皮屑，也毀滅了一部分的自己。宛真在電話裡閒淡兩句告知母親已辦妥離婚，現在竟有些近鄉情怯。

善美猛地抓住她的手，「別再咬指甲了——光禿禿了還咬……」隨即緊緊握住她顫抖的手說：「沒事的，我會陪妳。」

「回去不要說……」

「好啦。但，妳不可能藏一輩子，遲早也得告訴外婆和媽媽吧。」

「其實，我還沒決定好……不生，我對不起這孩子；生，我也對不起這孩子。我不知道……我還在想……」這是實話，也是最讓她困惑的部分。

善美按下座椅的調整鈕，往後仰躺著說：「還沒聽說過，有誰能想一想，就想通什麼事。」

§

對宛真而言，懷孕此時變成懲罰，她感覺自己又再度被懲罰了。她，一直是輸家，一旦成為母親，可不能再任性賭氣，即使，她不知道自己有資格成為母親嗎？

連續兩日，宛真總在清晨的夢中驚醒。

夢到那個男人的頭臉和肩胸迅速湧出血，血漬將父親在夢中的模樣分割成細小碎片，迸裂在地上的酒瓶與玻璃鏡面，她一直蹲在地上注視著玻璃片，那景象，好像教堂裡五彩的馬賽克琉璃窗。她不知該怎麼辦，整個教堂只有她一個小孩，她好害怕，最後只好以雙手抱住身體，在磚紅色地板上，縮成一枚小小小小的句號。

醒來之後，額頭脖頸沁滿汗水。想到夢境中的血，大量的血，如果從她身上流出多好。這念頭，讓她覺得殘忍，她竟想殺掉這孩子。

她窩在床上，縮成一顆球，渾身發冷。最近，頻繁夢到父親，醒來必定是清晨四點半，麻雀啁啾在外婆家院子的水泥上跳躍，天空泛著深紫與土耳其藍的光澤。一直重複的夢，只當那是告別。

「吳宛真，妳看我找到什麼？」

耳邊傳來妹妹的聲音，這下她完全清醒了。

善美屈身從床下拖出一紙箱，拍打著積累的灰塵和蛛網，她想起那是從臺中搬回卓蘭時打包的東西，箱子上寫著童年讀物。她隨意抽出兩三本故事書，驚呼：「天哪，媽——怎麼還留著這些古董？」

《安徒生童話》、《伊索寓言》、《吳姐姐講歷史故事》這幾套故事書都配有CD，姊妹倆早將故事書的書皮都翻爛，記得那時爸媽忙著做生意，根本沒有睡前故事這回事，苦悶的國中生活大多戴著耳機聽空中英語，善美才念小二，她總是將CD放進床頭的小音響，打發妹妹聽著反覆的故事。

「妳每次都說虎姑婆嚇我，我睡覺都不敢關燈，也不敢一個人上廁所。」善美信手翻著，故事裡有動物，有爸爸媽媽，有老師，有朋友，有自由想像的任何角色。

宛真笑著說：「妳喔，膽子好小一個，本來是『無』大膽，不知道什麼時候，居然變成大膽吳，什麼男人都沒放在眼裡。」

母親在房外聽見她們早起床，乾脆走進通鋪房，催著快去吃粥，阿嬤已經去果園了。不過，她們還賴在通鋪上，不想吃早餐也沒有積極離開房間的意思。

「哎喲，以前還以為故事書都是真的耶。沒想到，我們的人生，也是很戲劇化……」善美說完還用手肘碰了一下宛真，好像她們都沒有長大，仍然留在童年時空。

她知道妹妹特別喜歡小熊維尼的百畝森林，喜歡羅賓，喜歡米老鼠和唐老鴨，童年環繞著迪士尼，陶醉於編造故事，這樣長大的小孩，至少天真爛漫。小時候她聽最多次的故事，居然是母親的冒險，一段一段，散落在臺中潭子加工區、臺北三重埔，又回到逢甲夜市的那些支離破碎的事，也是她們家的拼圖。

「妳們的東西啊，我捨不得丟，衣服啊照片的，也都留著。」母親邊說邊打開床邊五斗櫃，一下子就翻出善美的小學和國中制服。

宛真跟著走到靠窗邊那面牆的大衣櫥，呀地拉開門，在衣櫥底層取出等下要去果園穿的工作服，倏然發現外婆那些毛料大衣和日式洋裝都保存得很好，這些古著現在可是具有時尚氣息的復古風情。

她取出一件卡其色的格子洋裝在身上比畫，神情愉悅地說：「善美以前最愛躲在裡面，大家都不玩了，她還躲到睡著。」

「哈，小時候覺得衣櫥好大，我以為裡面有哆啦A夢的時光機，可以通往另一個世界，現在都塞不進去了。」善美被喚起了玩心咚地從外婆的紅眠床跳下來。

「好啦——兩位小姐，真的該去果園了。等下阿嬤又要說做不完了。」母親早已穿好袖套和工作服，催促她們快去葡萄園，這幾年，姊妹倆一起回來次數屈指可數，還是會幫忙做點篩選果粒裝箱或剪枝的工作。

宛真想到前兩天回到卓蘭，走過空蕩蕩的葡萄架，像是夏天尾聲在臺北植物園憑弔荷花殘梗，不由想念起春夏之交果園飛舞著蜜蜂和果香的情景。

§

「唉……沒有葡萄的果園也太淒涼了。」善美蹲在地上整理著藤蔓。這次她們回來的時間不對，第二收的葡萄已經採收完畢，餘下枯萎的藤蔓和支架，寥落蕭瑟。

宛真在鄰排葡萄架那頭，朝善美喊著：「春天之後葡萄株就抽芽，暑假回來不就又結實纍纍。植物就這點好，無論怎麼支離破碎，過個一年半載，又充滿生命力了。」

她戴起粗布手套將有病蟲害的藤葉，一小把一小把綑綁起來，捏著手掌大的枯葉上斑斑點點，阿嬤說這些有枯霉病的葡萄叢趁早攏燒燒掉，希望下一次種植雨水不要太多才好。

善美發覺姊姊有點憂愁，便脫下外套，走到她身邊，嚷著秋老虎實在凶猛，熱得人發暈，隨手拿起籃子裡的礦泉水，咕嚕咕嚕灌上幾口。「跟妳說個祕密，小時候幫忙摘葡萄，我常想，自己很像《伊索寓言》那隻狐狸。」

「狐狸？為什麼？不過……妳真的騙了不少男人？」她促狹地笑著。

蹲著整理藤蔓的善美，不耐煩地仰起頭說：「不是這樣啦。《伊索寓言》那隻狐狸，看到葡萄藤上掛著沉甸甸的葡萄，不是一直往上跳嗎？可是一直吃不到，最後狐狸就放棄了。我還記得狐狸這麼說：『它們沒有看起來這麼好吃，不成熟，也不甜，它們是酸的。』我越來越像狡猾的狐狸……根本沒有付出努力……也不承認自己沒有勇氣。」

她拍拍善美的頭，帶著俏皮笑意說：「妳這話是酸我吧。妳就是不想結婚的狐狸。真正的狐狸，根本不會反省自己哪。這是怎麼了？想作賤自己還安慰我？」

善美眉毛挑得老高，聳聳肩說自己很崇拜結婚的人，但就是做不到，還說結婚是多麼高難度的團體生活，住在一起幾十年，無限期包容彼此，他在妳臉上放屁，妳還覺得香，他當妳是播種容器，還乖乖配合。

「好啦，我知道你想安慰我。妳真的就不結婚嗎？一個人是自由，不代表每個人都喜歡這樣的自由。」

「喔，不——這制度多荒謬，居然要我們允諾未來或許做不到的事，根本是詐欺。我才不相信永遠和承諾。」

「還是有一堆人，情願被詐欺啊——」

「我承認我沒膽，不做沒把握的事。我這種自私的傢伙，不會愛人，只能等著被人愛。結婚實在太麻煩了，有妳這七年教訓，我這輩子，就算了吧。不過，無論妳要不要生……以後要過什麼生活，我都會支持妳。」善美一口氣喝完半瓶礦泉水，將瓶子咚地丟到果園旁的資源回收桶。

聽到善美這麼說，她撫著心臟差點喘不過氣來，還好母親和阿嬤在果園另一頭整理藤架，聽不見這些對話。

「這不是妳支持我就能做選擇。我能生下這孩子嗎？真的能嗎？如果生下，我是愛她，還是害他？我都不確定還能不能真正去愛這個孩子，怎麼能就這樣生下來？這不是愛，是懲罰啊……」

宛真像行繞口令，反覆說著怎麼愛怎麼懲罰，就是不確定能不能成為對孩子好的媽媽。

「姊，雖然，我沒當過媽，但是誰能保證女人就一定是好媽媽……妳要想清楚，這是前夫的孩子，有一天要是孩子問，爸爸咧？爸爸是誰？妳要先想好怎麼面對……」善美抖抖防曬外套，摺來摺去，像手裡抱著一個孩子。

「爸爸已經有另一個家，他……」她的聲音彷彿被砂紙磨過，低沉沙啞。

「欸，我的意思是——真的要考慮清楚，為人父母就不是小孩，不能任性，是要負責任的……所以我這種自私鬼，一輩子都不可能結婚生孩子。」

聽到善美這麼說，她眼睛瞬間泛紅，不知該說什麼好。

秋初的日頭曬上三小時仍然是會咬人的痛。不知是城市體質還是太久沒做農事，沒多久她感到有點暈眩，噁心作嘔，停下了整理藤蔓的動作。此時，母親抱著簍子朝著她們走過來。

善美見狀，問是不是懷孕的緣故，她點點頭，妹妹便機靈的嚷嚷：「唉喲，阿母，太陽好毒，我快中暑了啦——我們先回去吃飯啦。」

矮房那方正好傳來阿嬤叫喚聲，母親摘下袖套，左手扠腰右手往後彎折搥著疲累的背，見她們笨手笨腳也幫不了什麼，笑說差不多收拾妥當，陽光烈，先回去也好。

沿路，看著善美提著大簍筐和母親走在前頭，妹妹的呵護，讓她心頭一陣暖。以後要過什麼樣的生活，她還不是很清楚。但這次回到卓蘭，或許也回到了童年，回到她和善美依賴彼此的時間裡。

§

吃過午飯，阿嬤和母親習慣小睡，阿嬤在亭仔腳的躺椅一下子便睡著了。母女仨睡紅眠床，宛真躺窗邊，媽媽在中間，善美喜歡貼著床鋪上的小五斗櫃睡，一切都沒改變。

母親搖著蒲扇驅逐熱氣，輕聲地說：「明天一早，妳們又要走了。」

「也許很快，我就回來了。」宛真不自覺接口。

「姊……」善美倏地翻身轉過來，相隔母親的側臉，朝她猛眨眼。

母親倒是沒發現異樣，不知為何，忽然又自顧自說起往事。「妳們知道當初，我為什麼好幾年沒回家……唉，那時年輕哪——本來是賭氣，後來，根本沒有臉回家……」

她和善美迅速交換眼色，一直以來，她曾想像如何開啟這話題，想問母親消失那幾年，究竟在想些什麼，難道都不想女兒不想外婆，不想回家嗎？

宛真故作鎮定的回說：「沒臉？妳是回自己娘家——外婆頂多就是罵個臭頭，也不會怎樣。沒臉的是那個男人吧？」

話雖如此，她現在居然能夠體會母親當年的堅持。還沒離婚時，再怎麼和林家豪吵，也不想回卓蘭，好像回娘家是最後底線，她絕不會輕易和對方認輸。

「賭什麼氣？」善美倒是天真發問。

「我就是不甘願啦——想到他在外面跑路，居然還帶著女人到處逍遙，明明說好了，避避風頭就回來，他卻丟下我，一個人……查埔人講的話，攏不通相信。很多次，我多想，偷偷回來卓蘭看妳們，但是，我一出現，怕有人去跟他說，他就存心不會回來了。誰知道……他還是一次也沒有回來。」

母親娓娓說完這些，便將右手擱在臉上遮光，彷彿真的沒臉面對自己的女兒。

原來，母親牽制爸爸的最後撒手鐗，是將兩個女兒當成餌，放在外婆家，寄望丈夫良心發現，寧可壓抑想念，讓孩子仰賴爸爸出現。善美覺得母親用心計較對付父親，最後還落得一個人孤老，那男人根本不值得母親賠上半生指望，這期間，還讓女兒誤解與冷落，實在不划算。

「媽——妳也真是傻傻的……人家早就養著另一個家，妳還在那邊糾結什麼，都過了十幾年了，別想不開啦——」

母親才說幾句又開始唉聲嘆氣：「老是覺得對不起妳們，如果有個完整的家，小美也不會一直說一輩子不結婚，小真也不會早婚又離婚的……我們家三個女人，是不是注定沒辦法和男人生活在一起？不，是四個啊——外婆也是，早就是寡婦……」

聽到這裡，她倏地從床上坐起，嚷著：「拜託——我離婚，善美不婚，這和妳和外婆都沒關係，就算我們家幸福美滿，遇到爛人還不是一樣的結果，拜託妳不要說這是女人的命啊運的……」

「就是啊——老媽，妳都快六十歲了，早就不需要靠男人也能過得很好，姊姊雖然離婚，她才三十二歲，她未來會比妳還要多采多姿，搞不好不久就遇到真愛，來個梅開二度……」善美這串話不需草稿，卻越說越離譜，不過來點詼諧的笑料也不錯，剛好沖淡一些憂傷。

接下來大家都不再言語。母親瞇著眼睛看著窗外，花布窗簾在午後飛動，陽光透過綠色紗窗，將日影分割成一小格一小格漂流的塵埃，彷彿觀看著時光久遠的紀錄片。

「我一輩子都會恨他……但是，我這一輩子，怎樣都要過得比他好。」母親語氣堅定地說。

事隔多年，仇恨並未隨著男人的死亡而稍減。是這樣嗎？恨一個人可以恨一輩子嗎？

善美正想說些什麼，母親卻收起忿恨的表情，甚至帶點得意的語氣說著和那男人二次離婚後，為了報復他，也曾介入別人的婚姻。時間不長，大約幾個月，深覺不該繼續，一切便戛然而止。這是母親初次對姊妹倆訴說另一段情事。

她和妹妹面面相覷，不知母親說這事意味如何。「真假啦？老媽，妳不說，我都不知道……」善美噘起嘴說，像是撒嬌，又像讚嘆。

母親沒細說過程，或許這個時間點也不適合。忽然，三人又沉默了。

宛真倒是靜靜思索了一陣，多可笑，這不是懲罰那個男人，而是懲罰自己啊。她發覺，媽媽嚥不下的那口氣，遠比想像中還要綿長。

「他都死了。恨他也沒用吧。好像傻瓜一樣，一直恨他，他還不是照樣娶別人，有個家，不想活，一下子就走了……這輩子就了結了。夫妻都是相欠債，妳阿嬤也說，不必要一世人糾纏啦。」母親說完居然露出微笑。

這意思是，同情父親，可憐自己，還是放下過去？

她慶幸自己不會耗費半生怨恨那男人，但是，如果她生下這孩子，這孩子會不會怨恨自己的母親呢？

§

通鋪房的日照充足，下午兩點整個空間還是亮晃晃。她們仨躺在外婆的紅眠床，耳邊傳來母親淺淺的呼聲，她和善美假寐了一會，但誰也沒睡著。輾轉一會兒，母親也醒了，便說不睡也好，去廚房整理一些東西給她們帶回臺北。

宛真下決心回去之前一定得試著說出困擾自己的事。她跟著起身準備打包行李，跟在母親後頭走來走去時，不經意說，離婚協議書已經簽好，該她所有的律師都幫忙爭取了，目前住的房子會賣掉，可能另外租間房和善美同住，還住在山邊社區實在不倫不類。

她的語氣盡量保持平常，沒有哀愁，也沒有痛苦，好像是意料之中發生的事流水帳逐一敘述。

母親倒是轉過身，意味深長看她一眼，聽說離婚已辦妥，看似也沒有太大驚嚇，便又轉身往袋子裡裝進兩瓶葡萄酒。母親只是淡淡地說，她這七年婚姻怎麼磕磕碰碰都看在眼裡，母親最後居然笑著說，外婆當時一直叨念：「嫁翁是大代誌，妳著毋通清彩。」看來大家都沒聽進去。

「阿嬤的話，媽媽妳也沒在聽吧？」善美不知何時繞到廚房，抓著母親的肩膀揉捏按摩著。

「是啊，我們家的女人，沒一個聽話。沒關係啦，妳還年輕，不對的人，不對的婚姻，早點解脫，是好事。」裝好醃漬的梅子罐和葡萄酒，母親騰出手來摸摸宛真的手，彷彿理解她此時的茫然。

宛真撫著肚腹，不知要不要生下小孩？左思右想，最終只能這麼問：「女人變成媽媽究竟是什麼感覺？」

「為了孩子，女人會忽然變得堅強啊，一下子湧出自己也不知道的力量……還有許多考驗等著，不堅強也不行——每個小孩都是選好了媽媽來的……」母親這些話彷彿對著她不敢說出口的祕密回答。

愛一個人必須是全部的犧牲。她想。

離婚後，她已喪失了愛的能力，不知如何去愛的女人，如何成為母親，母親必須要愛自己的孩子啊。但是，她沒有把握，自己能成為一個好媽媽。

母親拉出餐桌的椅子，隨即又想到什麼，收起笑容、神情哀愁的補充，「為了孩子，也會忽然變得很脆弱，像那個男人不要家的時候，覺得全世界都被土石流淹沒了……沒有呼吸的空氣，好慘好慘……但是我想到我還有妳們，我不可以被打敗，我是個媽媽。」母親的語氣像自問，也詢問著宛真。

真正的愛到底是什麼？

她已經沒有家了——這樣的她，真的可以成為母親？

在這徬徨的時刻，她還是做回了讓母親操心的孩子。

廚房的圓形餐桌，很久沒這麼熱鬧了，現在大家都坐在這裡，過年一樣。母親說如果能吃完晚餐再回去多好，然後從冰箱拿出一盒櫻桃，說是今早特別去市場買的，聽說補血的對女孩子很好。善美想也不想便說，給姊墊墊肚子，她最愛吃了。

她捏起一顆櫻桃，圓滾滾的送進嘴裡，剛開始是甜的，嚼了果粒，混合唾液在舌根處，有些酸澀。她初次感受到，吃，沿著食道，一點一滴，在身體流動著，吞嚥的聲音，還有另一個小小心跳。

然後輕輕地吐出核，還有蒂梗。在母親面前，她還是個孩子，母親見她吃東西就歡喜。她不知道這樣的自己還能繼續愛一個人，或是留戀什麼，或許，未來與她血脈相繫的孩子能告訴她答案。

唯一確定的是，有一個小小的房間，在她的身體繼續延展路線。

後記

缺的剎那

終於來到了《缺口》尾聲。

§

捻起這本小說的線頭是開始讀艾莉絲・孟若（Alice Munro）系列短篇，瑣碎日常，關於家與家人的事，正如孟若所說，「我希望用古老的方法來說故事——就是某個人發生了什麼事——不過我希望發生的事情，能夠隨著不少阻礙、轉折與詭譎而展現出來，我希望讀者覺得有些東西令人驚訝：不是『發生的事情』，而是一切發生的方式……」

一切發生的方式。尋常的一句話，卻道出小說取自生活的簡單道理。不需要眼花撩亂的繁複技巧，不需要艱澀文字，就只是寫出一個破碎家庭是如何影響一對姊妹的成長。

以女性視角為主的《缺口》，男性都選擇離家遠走，像《玩偶之家》的娜拉，缺乏溝通和信任的夫妻，可能就是糾結於婆媽相處的小事或是夫妻床事。男人們深信離家出走的自己方能收復失去的天空，人夫與人父的責任，是副枷鎖，他們選擇不背負，誰都攔不住。

男性成為敘述視角缺席的一方，留在家的女性，從不知所以被棄，到之所以被棄，女性的堅強並非作者所賦予，而是不得不，那就是她的人生，非如此不可。

殘破，不足，不完整，千塊拼圖少一片，礙眼的感覺，揮之不去。

缺了什麼……具象的可以騙，拿個近似的東西搪塞，抽象的，怎樣都難以呼攏，雙目雪亮心知肚明知曉，失去的瞬間，就像《說文解字》所云，器破也，一切全都碎了。

這是一本讓人讀了不好受的小說，似是少女彷如女人的仰望，她或她，始終被留在被遺棄的時間，誰也說不清楚究竟缺乏什麼，才會長成目前這樣冷漠無情也無法同理他人的人。

這就是她們的缺。

完成初稿後這三年，我試著將這對姊妹被棄的時間，一塊塊拼湊回來。姊姊其實不曾孤立無援，血脈相連的妹妹始終陪在身邊，她們是蝸牛角上的觸氏與蠻氏，在一個家無法比較誰最慘，分開後卻注視著對方的缺乏，那一瞬，終於懂得了愛。

夏卡爾曾說：「對於那些心中有愛的人來說，每一件事物總是清澈無比；對於那些尚未發現愛的人，我們能說些什麼呢？」

我總認為女性面對生命變故的韌性，不是宿命或油麻菜籽命；幸或不幸，留守一個家，不是為了等待男性迷途知返，而是這個性別特有的溫柔與堅毅。家彷彿是子宮，連結臍帶輸送著養分，一直在那裡等著修復她們，再次完整女性的身分。

§

事實上，我也有缺的剎那。

不在場的父親，早有另一個家庭，缺席我成長過程三分之二的時間。一直以來，我沒有更多線索去對應他不在的時光，即使他經常希望我親近他，用他想要的方式。經常一通電話打來就是指責女兒不孝，但是在兒女成長史缺席的父親，想要追索自己曾經存在的理由多麼可笑，遑論一開始他就放棄的家庭，以及愛，怎麼可能在多年後，毫髮無傷。

現在年紀漸長，我慢慢能體會一對不再相愛的伴侶，何苦糾纏，不如好聚好散，各自海闊天空。

或許，這樣的缺，使成長有了遺憾，卻是滋養我寫作的養分。不過，如果可以與他人交換，我寧可不要經歷這樣的缺。寫完這本小說，關於遺棄命題，也該畫下句號。從下一本小說嶄新出發。

§

寫小說，像隱藏在日常平凡無奇事物的背景，躲在陰影裡幽微的什麼，可能是人生無解的時刻，或是沉澱在記憶裡被攪動的塵埃，既然看見了，我就想試著說說看。

這幾年來，寫長篇讓我養成規律創作的習慣，寫小說是自己最愛的事，長篇和短篇小說對我而言，最大的差異是長篇像走入沒有盡頭的隧道，短篇則是有光在遠方指路。

儘管《缺口》彷彿是缺乏母愛又先天不足的孩子，這孩子不好調教，長得歪斜又愛喃喃自語，管教過程，經常忍不住對自己發脾氣。我常濫情又芭樂的補償她，她有時接納有時鄙夷，我逐漸懂得長成長篇的孩子必有她珍貴質地，那不是能用短篇手法管束的未來。說也奇怪，當我退到和她一樣的位置，忽然像是滑溜的拉鍊，每個小齒孔都彼此緊密咬合了。

這是我第一本長篇小說，也是五年前就讀國北教語創系碩士班的畢業創作。今年才密集進入書寫和修改，刪去兩萬字又重新架構支線，相較當時粗疏而不成熟的模樣，於今已然改換面貌。在此仍然非常感謝碩班的張春榮老師耐心等待迷宮裡旋轉跳躍的我，給予後學諸多鼓勵。而為《缺口》撰序的三位小說家，郝譽翔老師，聰威、鈞堯，在臺灣的小說地圖上，您們都是我仰望的高山。

另外，我想特別致謝金倫總編，三年前回到小說路上，初初架構長篇時常傳訊加油打氣，沒有他慧眼獨具與堅持，《缺口》仍在黑暗摸索無法成形。一校後修改甚多的稿件，星星點點瑣事也勞煩執編逸華了。而我的三位試讀者L、Y、C，我終日焦慮與碎念，您們無比的容忍是這本小說背後支撐的力量。

§

從二〇一三年至今，一直處於被小說創作包圍的日子，相較過去不寫小說的十幾年，像是豢養在心中的小女孩，終於長成少女，她說她還是想寫，和當時我的少女時代一樣，迷戀於說故事。行至中年的我，決定讓那個愛寫小說的少女，從時間的背後，從缺的剎那，跳過去，並且支持她繼續寫下去。

身為一個沒有姊姊亦無妹妹的人，在這本長篇面前，我明白自己只是小學生，努力學著指認文字解釋人生，對於人性與善惡，所知太少，唯有想像，可以彌補無知。

當代名家・凌明玉作品集2

缺口

2017年11月初版　定價：新臺幣330元
有著作權・翻印必究
Printed in Taiwan.
著者	凌明玉
編輯主任	陳逸華
叢書編輯	張彤華
校對	吳美滿
封面設計	許晉維

出版者	聯經出版事業股份有限公司
地址	台北市基隆路一段180號4樓
編輯部地址	台北市基隆路一段180號4樓
叢書主編電話	(02)87876242轉224
台北聯經書房	台北市新生南路三段94號
電話	(02)23620308
台中分公司	台中市北區崇德路一段198號
暨門市電話	(04)22312023
台中電子信箱	e-mail：linking2@ms42.hinet.net
郵政劃撥	帳戶第0100559-3號
郵撥電話	(02)23620308
印刷者	世和印製企業有限公司
總經銷	聯合發行股份有限公司
發行所	新北市新店區寶橋路235巷6弄6號2樓
電話	(02)29178022

總編輯	胡金倫
總經理	陳芝宇
社長	羅國俊
發行人	林載爵

行政院新聞局出版事業登記證局版臺業字第0130號

本書如有缺頁，破損，倒裝請寄回台北聯經書房更換。　ISBN 978-957-08-5024-6 (平裝)
聯經網址： www.linkingbooks.com.tw
電子信箱：linking@udngroup.com

國家圖書館出版品預行編目資料

缺口/凌明玉著．初版．臺北市．聯經．2017年11月
（民106年）．328面．14.8×21公分（當代名家·
凌明玉作品集2）

ISBN 978-957-08-5024-6（平裝）

857.7 106017749